GOLDMANN

Buch

Jim Chee ist auf dem besten Weg, ein Medizinmann zu werden. Außerdem ist er Polizist. An einem herbstlichen Gewitterabend macht er sich auf die Suche nach seinem Kollegen Delbert Nez, der sich ebenfalls auf Streife im Reservat befindet, besessen von der Idee, einen scheinbar verrückten Farbsprayer zu stellen, der eine ganze Felsformation in der Mesa verunstaltet hat. Chee findet Nez erschossen in seinem brennenden Wagen – und stößt kurze Zeit später auf den Schamanen Ashie Pinto, der betrunken und mit einem Revolver bewaffnet die regennasse Straße entlangtaumelt. Ein sonnenklarer Fall. Oder? Auch wenn Jim Chee, hin- und hergerissen zwischen Schuld- und Rachegefühlen, alles andere als Mitleid mit dem offensichtlichen Täter hat, stolpert er doch über ein paar Ungereimtheiten, die ihm mehr und mehr zu denken geben. Und unfreiwillig bekommt auch Lieutenant Joe Leaphorn, Chees erfahrener und besonnener Kollege von der Navajo Tribal Police, mit der Sache zu tun. Die Ermittlungen der beiden ungleichen Polizisten führen weit zurück in die Vergangenheit des kargen, zerklüfteten Landes, zu den Tonbandaufzeichnungen eines spurlos verschwundenen Professors, in denen der alte Schamane von Kojote erzählt, dem großen Unheilstifter in der Navajo-Mythologie. Die Jagd nach dem Kojoten führt Chee und Leaphorn zusammen. Und bringt sie in Lebensgefahr – denn am Ende seiner Fährte lauert der Tod.

Autor

Krimi-Großmeister Tony Hillerman, Jahrgang 1925, wuchs im ländlichen Oklahoma unter Pottawatomi-Indianern und Seminolen auf. »Ich war ein Ein-Mann-Minderheiten-Problem und weiß seitdem, was es heißt, eine Minderheit zu sein.« Seit 1970 hat er zehn immens erfolgreiche ethnische Kriminalromane geschrieben, in denen es nicht zuletzt um die Konflikte zwischen roter und weißer amerikanischer Kultur geht. »Der Thriller ist nur ein Vehikel«, faßt der Edgar-Allan-Poe-Preisträger zusammen. »Es kommt mir darauf an, Fremde als Menschen zu zeigen und Verständnis für ihre Fremdheit zu schaffen.«

Tony Hillerman im Goldmann Verlag

Das Tabu der Totengeister. Roman (41391)
Schüsse aus der Steinzeit. Roman (41445)

Tony Hillerman

Der Kojote wartet

Roman

Aus dem Amerikanischen
von Wulf Bergner

GOLDMANN VERLAG

Die Originalausgabe erschien 1990
bei Harper & Row, New York,
unter dem Titel »Coyote Waits«

Umwelthinweis:
Alle bedruckten Materialien dieses Taschenbuches
sind chlorfrei und umweltschonend.
Das Papier enthält Recycling-Anteile.

Der Goldmann Verlag
ist ein Unternehmen der Verlagsgruppe Bertelsmann

Genehmigte Taschenbuchausgabe

Umschlaggestaltung: Design Team München
Umschlagfoto: The Image Bank/Spring, München
Satz: IBV Satz- und Datentechnik GmbH, Berlin
Druck: Elsnerdruck, Berlin
Verlagsnummer: 42379
Lektorat: Sky Nonhoff
Herstellung: Peter Papenbrok
Made in Germany
ISBN 3-442-42379-1

3 5 7 9 10 8 6 4 2

Für meinen großartigen
Freund und Schwager Charles Unzner
und
für unsere Weltklasse-Nachbarn
Jim und Mary Reese
und Gene und Geraldine Bustamante.

1

Der Streifenwagen zog leicht nach rechts. Officer Jim Chee wurde den Verdacht nicht los, daß mit dem Luftdruck in seinem rechten Vorderreifen etwas nicht stimmte. Es mochte auch sein, daß der Stoßdämpfer auf dieser Seite nicht mehr ganz in Ordnung war. Vielleicht hatte auch irgendein Straßenarbeiter seine Planierschaufel nicht ganz richtig eingestellt, so daß die Straßenoberfläche hier leicht geneigt war. Jedenfalls zog Chees Streifenwagen aus irgendeinem Grund etwas nach rechts. Er runzelte die Stirn, während er gegenlenkte. Er war hundemüde.

Aus dem Lautsprecher des Funkgeräts kam ein Pfeifen, dann war die Stimme von Officer Delbert Nez zu hören. »...fast beim letzten Tropfen Sprit. Ich muß in Red Rock tanken, obwohl's da verdammt teuer ist, oder zu Fuß heimgehen.«

»Falls du das tust, rate ich dir, den Sprit selbst zu bezahlen«, sagte Chee. »Das ist besser, als dem Captain erklären zu müssen, warum du aufzutanken vergessen hast.«

»Ich glaube...«, antwortete Nez. Dann wurde seine Stimme unhörbar leise.

»Die Verbindung ist gestört«, sagte Chee. »Ich höre dich nicht mehr.« Nez fuhr Wagen 44, einen notorischen Spritschlucker. Wahrscheinlich war irgend etwas mit seiner Benzinpumpe nicht in Ordnung. Der Wagen stand immer mal wieder in der Werkstatt, ohne jemals hundertprozentig repariert zu werden.

Schweigen. Gleichmäßiges Rauschen. Das Fahrverhalten von Chees Streifenwagen schien sich gebessert zu haben. Wahrscheinlich hatte es doch nichts mit dem Reifendruck zu tun. Vielleicht eher... Plötzlich funktionierte die Verbindung wieder.

»...den Hundesohn auf frischer Tat schnappen«, sagte Nez gerade. »Ich möchte wetten, daß er...« Dann brach der Funkkontakt wieder ab. Stille.

»Ich höre dich nicht mehr«, sagte Chee in sein Mikrofon. »Der Funk ist gestört.«

Was nicht weiter ungewöhnlich war. In dem 65,000 Quadratkilometer großen Gebiet, das die Navajos »Big Rez« nannten, gab es mindestens ein Dutzend Stellen, die aus verschiedenen Gründen im Funkschatten lagen. Hier zwischen den monolithischen Vulkantürmen von Ship Rock, der Carrizo Range und den Chuska Mountains befand sich nur eine davon. Chee vermutete, daß der schlechte Empfang auf die umliegenden Berge zurückzuführen war, aber es gab auch andere Theorien. Deputy Sheriff »Cowboy« Dashee behauptete steif und fest, die Ursache dafür seien Magnetfelder der alten Vulkanschlote, die hier und dort wie riesige schwarze Kathedralen aufragten. Die alte Thomasina Bigthumb hatte ihm einmal erklärt, ihrer Überzeugung nach könnten nur Hexen und Zauberer dahinterstecken. Gewiß, dieser Teil des Reservats war wegen des Hexenspuks berüchtigt, aber andererseits war auch bekannt, daß die alte Bigthumb immer gleich an Hexerei glaubte, egal, was passiert war.

Dann hörte Chee seinen Kollegen wieder. Anfangs klang seine Stimme sehr leise. »...sein Fahrzeug«, sagte Delbert gerade. (Oder »...sein Laster«? Oder »...sein Pickup«? Was hatte Delbert Nez genau gesagt?) Dann war er plötzlich klar zu verstehen, und Chee hörte seinen Kollegen sogar lachen. »Diesmal krieg' ich ihn!« sagte Delbert Nez.

Chee griff nach dem Mikrofon. »Wen willst du kriegen?« erkundigte er sich. »Brauchst du Verstärkung?«

»Meinen Phantomschmierer«, schien Nez zu sagen. Zumindest klang es so. Der Empfang ließ wieder nach; die Stimme wurde leiser und drohte im Rauschen unterzugehen.

»Ich kann dich kaum hören«, sagte Chee. »Brauchst du Verstärkung?«

Soweit er es verstand, schien Nez seine Frage zu verneinen. Und er lachte dabei wieder.

»Okay, dann sehen wir uns in Red Rock«, antwortete Chee. »Und diesmal zahlst du.«

Die einzige Antwort bestand aus dem Rauschen des Funkgeräts, aber Chee brauchte keine Bestätigung. Delbert Nez war von der Zentrale der Navajo Tribal Police in Window Rock aus auf der U.S. 666 von Yah-Ta-Hey nach Norden unterwegs. Chee fuhr die 666 von der Shiprock Police Station aus nach Süden ab, und wenn sie sich begegneten, tranken sie einen Kaffee miteinander. Sie hatten vereinbart, daß sie sich an diesem Abend in der Tankstelle Red Rock, die zugleich Poststelle und Lebensmittelgeschäft war, treffen würden – und dieses Ziel steuerten jetzt beide Streifenwagen an.

Chee war auf der Schotterstraße unterwegs, die von Biklabito aus in Richtung Süden führte und dabei mehrmals die Grenze zwischen Arizona und New Mexico überschritt. Nez fuhr von der U.S. 666 auf dem Asphalt der Navajo Route 33 nach Westen. Da er die bessere Straße hatte, wäre er vermutlich eine Viertelstunde früher angekommen. Aber jetzt hatte er anscheinend vor, jemanden festzunehmen, was seinen Vorsprung ausgleichen würde.

In den Wolken über den Chuska Mountains wetterleuchtete es gerade, und Chees Streifenwagen zog nicht mehr nach rechts, sondern statt dessen nach links. Vermutlich hatte der Fahrer der Planierraupe gemerkt, daß seine Schaufel falsch eingestellt war, und die Einstellung zu stark korrigiert. Wenigstens war dadurch nicht der übliche Waschbretteffekt entstanden, der einem Nierenschläge versetzte.

Die Abenddämmerung – ein durch das heraufziehende Gewitter bewirktes vorzeitiges Zwielicht – war hereingebrochen, als Chee von der Schotterstraße auf den Asphalt der Route 33 abbog. Nez und sein Wagen waren nirgends zu sehen. Chee sah überhaupt keine Scheinwerfer, sondern nur das letzte Nachglühen des flammendroten Sonnenuntergangs. Er rollte an den Zapfsäulen der Tankstelle Red Rock vorbei und parkte hinter dem Handelsposten. Kein Streifenwagen 44 an der Stelle, wo Nez sonst immer parkte.

Chee stieg aus und inspizierte den rechten Vorderreifen, der völlig in Ordnung zu sein schien. Danach sah er sich um. Drei Pickups und ein blauer Chevy. Die Limousine gehörte der neuen Abendkassiererin. Ein hübsches Mädchen, aber er konnte sich nicht an ihren Namen erinnern. Wo mochte Nez stecken? Vielleicht hatte er seinen farbsprühenden Vandalen tatsächlich geschnappt. Vielleicht hatte die Benzinpumpe seiner Rostlaube endgültig den Geist aufgegeben.

Auch im Laden war Nez nirgends zu sehen. Chee nickte der Kleinen zu, die hinter der Kasse in einer Zeitschrift blätterte. Sie bedachte ihn mit einem schüchternen Lächeln. Wie hieß sie gleich wieder? Sheila? Suzy? Irgendwas in dieser Richtung. Sie war eine Towering House Dineh und deshalb mit Chees eigenem Slow Talking Clan weder verwandt noch verschwägert. Daran erinnerte Chee sich genau. Junge Navajos prüften das ganz automatisch, um sicherzugehen, daß jemand, der einem gefiel, nach dem komplizierten Clansystem des Stammes keine Schwester, Cousine oder Nichte war.

Der Glasbehälter der Kaffeemaschine war zu zwei Dritteln voll, was im allgemeinen ein gutes Zeichen war, und der Kaffee duftete frisch. Chee griff sich einen Styroporbecher für fünfzig Cent, ließ ihn vollaufen und nippte. Gut, dachte er. Dann nahm er sich eine Packung mit zwei Twinkies mit Schokoladeüberzug. Sie würden gut zum Kaffee passen.

An der Kasse gab er dem Mädchen aus dem Towering House Clan einen Fünfdollarschein.

»Ist Delbert Nez dagewesen? Erinnerst du dich an ihn? Ein bißchen untersetzt, kleiner Schnäuzer. So ein richtig potthäßlicher Polizist.«

»Ich fand ihn eigentlich ganz niedlich«, sagte die Kassiererin lächelnd.

»Vielleicht hast du einfach 'ne Schwäche für Polizisten?« sagte Chee. Verdammt noch mal, wie hieß das Mädchen gleich wieder?

»Nicht für alle«, wehrte sie ab. »Kommt darauf an.«

»Ob sie gerade deinen Freund verhaftet haben, schätze ich«, sagte Chee. Die Kleine war ledig – das wußte er von Delbert. (»Warum beschaffst du dir solche Informationen nicht selbst?« hatte Nez sich beschwert. »Bevor ich geheiratet hab', wußte ich über diese Dinge genau Bescheid. Ich hätte niemand zu fragen brauchen. Wenn meine Frau rauskriegt, daß ich mich für die Clanzugehörigkeit von Miezen interessiere, sitze ich bis zum Hals in der Scheiße!«)

»Ich hab' keinen Freund«, sagte das Mädchen aus dem Towering House Clan. »Im Augenblick nicht. Und Delbert ist heute abend noch nicht dagewesen.« Sie kicherte, während sie

Chee das Wechselgeld herausgab. »Hat er seinen Felsenmaler eigentlich schon geschnappt?«

Chee fragte sich, ob er für kichernde Mädchen nicht vielleicht schon ein bißchen zu alt war. Aber sie hatte schöne braune Augen, lange Wimpern und einen perfekten Teint. Und sie verstand sich aufs Flirten. »Vielleicht ist er gerade dabei, ihn festzunehmen«, antwortete er. »Über Funk hat er vorhin was davon gesagt.« Ihm fiel auf, daß sie ihm einen Dime zuviel herausgegeben hatte, was irgendwie zu ihrem Kichern paßte. »Zuviel«, sagte er und gab ihr die Münze zurück. »Hast du eine Idee, wer der Maler sein könnte?« Dann fiel ihm ein, wie sie hieß: Shirley. Shirley Thompson.

Shirley spielte die Erschrockene. Es sah hübsch aus. »Irgendein Verrückter«, behauptete sie.

Das war auch Chees Theorie. Aber er fragte trotzdem: »Warum ein Verrückter?«

»Na ja, eben so«, meinte Shirley, die plötzlich ernst geworden war. »Sie wissen schon. Wer würde sich sonst die Mühe machen, einen Berg weiß anzumalen?«

Das Wort Berg war leicht übertrieben. Tatsächlich handelte es sich um einen Vulkankegel – eines der vielen zerklüfteten Gebilde aus schwarzem Basalt, die östlich der Chuska Mountains hier und da aus der Prärie aufragten.

»Vielleicht ist er gar nicht so unbegabt«, meinte Chee. »Bist du schon mal draußen gewesen, um dir sein Werk aus der Nähe anzusehen?«

Shirley fuhr zusammen. »Da würd' ich nie hingehen!« beteuerte sie.

»Warum nicht?« fragte Chee, obwohl er bereits wußte, was sie davon abhielt. Wahrscheinlich stand dieser Basaltkegel im Mittelpunkt irgendeiner lokalen Legende. Aus irgendeinem

Grund war es da draußen nicht ganz geheuer. Vermutlich war dort jemand ermordet worden und hatte seinen *chindi* zurückgelassen, der an diesem Ort spukte. Und es sollte dort auch Hexen geben. Delbert, der im Chuska-Hochland westlich von hier aufgewachsen war, hatte einmal davon gesprochen, daß dieser Kegel zu den Orten gehörte, an denen der Skinwalker Clan seine Geheimtreffen abhielt. Jedenfalls ein Ort, den man besser mied – und gerade das hatte den Felsenmaler für Delbert Nez um so interessanter gemacht.

»Was der Kerl da tut, ist nicht nur völlig verrückt«, hatte Delbert gesagt. »Daß er einen Berg anmalt, meine ich. Aber diese Sache hat auch was Unheimliches an sich. Da draußen ist es nicht geheuer. Sogar Menschen, die nicht abergläubisch sind, machen einen weiten Bogen um diesen Ort. Niemand will dort gesehen und selbst für einen Skinwalker gehalten werden. Ich glaube, daß die Malerei einen bestimmten Zweck hat. Und ich möchte rauskriegen, wer dieser verdammte Schmierer ist – und welche Absicht er damit verfolgt.«

Chee, der ebenso beharrlich sein konnte, verstand nur zu genau, worauf es Nez ankam. Jetzt sah er auf seine Uhr. Wo blieb Delbert so lange?

Die Tür wurde geöffnet. Eine Frau mittleren Alters, deren Haar von einem blauen Tuch zusammengehalten wurde, kam herein. Sie zahlte ihre Tankrechnung und verwickelte Shirley in ein Gespräch über den geplanten Sing- und Tanzabend in der Schule in Newcomb. Chee trank noch einen Becher Kaffee. Hinter zwei Jugendlichen kam ein alter Mann herein, auf dessen T-Shirt in großen Lettern DON'T WORRY, BE HAPPY stand. Die nächste Kundin war etwa in Shirleys Alter und brachte hörbares Donnergrollen mit, bevor sich die Tür hinter ihr schloß. Die Frauen schwatzten kichernd miteinander. Chee sah erneut auf die Uhr. Delbert ließ sich wirklich verdammt lange Zeit.

Chee trat in die Nacht hinaus.

Der leichte Wind roch nach Regen. Chee hastete um die Ecke und über den Parkplatz hinter dem Handelsposten. Im Auto schaltete er das Funkgerät ein und versuchte, Nez zu erreichen. Nichts. Chee ließ den Motor an und legte mit durchdrehenden Rädern einen Kavaliersstart hin, der eigentlich gar nicht seiner Art entsprach. Auch seine plötzliche Besorgnis war ungewöhnlich. Er schaltete seine Sirene und das Blaulicht ein.

Chee war erst wenige Minuten unterwegs, als er Scheinwerfer sah, die ihm auf der Route 33 entgegenkamen. Erleichtert nahm er den Fuß vom Gas. Aber bevor ihn die Scheinwerfer erreichten, sah er den rechten Blinker des anderen Wagens aufleuchten. Das Fahrzeug, das vor ihm nach Norden abbog, war nicht Delberts Streifenwagen mit dem Wappen der Navajo Tribal Police auf der Tür, sondern ein reichlich mitgenommener weißer Jeepster. Chee erkannte ihn. Der Wagen gehörte dem Vietnamesen (oder Kambodschaner oder was er sonst war), der an der Shiprock High School unterrichtete. Chees Scheinwerfer huschten über das Gesicht des Fahrers.

Dann setzte der Regen ein: zuerst als Schauer aus großen, weit verteilten Tropfen, die an die Windschutzscheibe klatschten, danach als Wolkenbruch. Die Fahrbahn der Route 33 war breit und glatt, die Mittellinie frisch markiert. Aber diesen Sturzbächen vom Himmel waren Chees Scheibenwischer nicht gewachsen. Er fuhr langsamer und hörte den Regen aufs Dach trommeln.

Unter gewöhnlichen Umständen ließ jeder Regen Chee jubeln – eine ganz natürliche, ursprüngliche Reaktion, die den Bewohnern eines Trockengebiets angeboren ist. Aber diesmal wurde sein Jubel durch Sorge und ein leichtes Schuldgefühl unterdrückt. Nez war durch irgend etwas aufgehalten worden. Nach dem Abreißen der Funkverbindung hätte er sich auf die Suche nach ihm machen sollen. Aber bestimmt steckte ein harmloser Grund dahinter. Eine Panne. Ein bei der Verfolgung des Felsenschmierers in der Dunkelheit verstauchter Knöchel. Jedenfalls nichts Ernstes.

Ein Blitz erhellte die im Regen glänzende Straße vor Chee und zeigte ihm, daß außer ihm weit und breit niemand in der Nähe war. Zudem beleuchtete der Blitz auch eine zerklüftete Basaltformation, die südlich der Straße aus der Prärie aufragte – der Berg, den Nez' Felsenschmierer verunstaltet hatte. Danach rollte der Donner über Chee hinweg. Der Regen ließ kurz nach, prasselte erneut los und flaute dann wieder ab, als die Böenlinie des Gewitters vorbeigezogen war.

Irgendwo rechts sah Chee einen Lichtschein. Er spähte in die Dunkelheit. Der Lichtschein kam von einer unbefestigten Straße, die sich von der Route 33 über eine Hügelkette nach Süden schlängelte und schließlich zum Schuppen von Old Lady Gorman führte. Chee, der den Atem angehalten hatte, ließ die Luft jetzt zischend durch seine Zähne entweichen. Erleichterung. Das war vermutlich Nez. Seine Schuldgefühle verflogen.

An der Einmündung fuhr er langsamer und starrte die unbefestigte Straße entlang. Das Scheinwerferlicht hätte gelb sein müssen. Dieses Licht war rot. Und es flackerte. Feuer.

»Großer Gott!« sagte Chee laut. Das war ein Stoßgebet. Er schaltete in den zweiten Gang zurück und holperte und rutschte mit aufheulendem Motor die schlammigen Fahrspuren entlang.

2

Wagen 44 stand mitten auf der Straße. Die Motorhaube zeigte in Richtung Route 33, aus dem Heck schlugen rote Flammen, und die Reifen brannten lichterloh. Chee bremste scharf und schlug das Lenkrad dabei so ein, daß sein Fahrzeug aus den Schlammfurchen rutschte und erst zwischen Grasbüscheln und verkümmerten Salbeibüschen zum Stehen kam. Noch während der Wagen rutschte, stieß Chee die Fahrertür auf, den griffbereiten Feuerlöscher in der Hand. Jetzt regnete es wieder heftiger, und die kalten Tropfen klatschten ihm ins Gesicht. Dann umgab ihn der Übelkeit erregende schwarze Rauch von brennendem Gummi, brennendem Öl und brennenden Sitzen. Das Fahrerfenster war zersplittert. Chee zielte mit dem Feuerlöscher hindurch und sah, wie der weiße Schaum einen Bogen durch den Rauch beschrieb. Dann erkannte er die undeutlichen Umrisse des übers Lenkrad gesackten Fahrers.

»Del!«

Chee packte den Türgriff, ohne auf den sengenden Schmerz zu achten. Als er die Tür aufriß, schlugen ihm wabernde Flammen entgegen. Er sprang zurück und klopfte sein brennendes Uniformhemd ab. »Del!« rief er noch einmal. Er richtete den Schaumstrahl erneut in den Wagen, ließ den Feuerlöscher fallen, griff durch die offene Tür, bekam Officer Delbert Nez am Arm zu fassen und zerrte daran.

Nez war angeschnallt.

Chee tastete nach dem Gurtschloß, bekam es auf, zerrte erneut mit aller Kraft an dem Bewegungslosen und merkte dabei, daß seine Handfläche auf eine ihm bisher unbekannte Art und Weise schmerzte. Dann stolperte er rückwärts durch den strömenden Regen und ging mit Delbert Nez zu Boden. Er blieb zunächst keuchend liegen, hatte die Lungen voller Rauch, war sich bewußt, daß irgend etwas mit seiner Hand nicht in Ordnung war, und spürte einen Teil von Delberts Gewicht auf sich. Dann fühlte er Hitze. Sein Ärmel brannte. Er schlug die Flammen aus und wälzte sich mühsam unter Nez hervor.

Delbert lag mit ausgebreiteten Armen und Beinen auf dem Rücken. Chee sah ihn kurz an, um sofort wieder wegzublikken. Er griff nach dem Feuerlöscher und besprühte die Stellen, an denen Delberts Hose brannte. Mit dem restlichen Inhalt versuchte er, den brennenden Streifenwagen zu löschen. Delbert Nez hatte gesagt, er sei »beim letzten Tropfen Sprit« angelangt. Das war sein Glück gewesen. Chee hatte genügend brennende Wagen gesehen, um zu wissen, was ein voller Tank anrichten konnte. Sein Glück? Auch das wenige Benzin hatte für den Brand ausgereicht, der Nez das Leben gekostet hatte.

Er war am Funkgerät, machte Meldung nach Shiprock und forderte Unterstützung an, bevor ihm richtig bewußt wurde, wie schmerzhaft seine eigenen Brandwunden waren.

»Da ist auch Blut«, sagte Chee gerade. »Möglicherweise ist er erschossen worden. Sein Hemd ist am Rücken blutig – und vorn auch, glaube ich.«

Captain Largo war zufällig in der Dienststelle, um seinen endlosen Papierkram zu erledigen. Während Chee die Meldung durchgab, kam er selbst ans Mikrofon.

»Wir schicken alles los, was wir hier entbehren können«, versicherte er Chee. »Aus Window Rock ebenfalls, und ich frage nach, ob jemand aus Crownpoint zufällig in deine Richtung unterwegs ist. Ist das Blut noch frisch?«

Chee betrachtete seine Hand und verzog das Gesicht. »Jedenfalls noch klebrig«, antwortete er. »Irgendwo zwischen glitschig und klebrig.« Aus der Handfläche fehlte ein großes Stück Haut. Das muß der Türgriff gewesen sein, dachte er. Der glühende Griff mußte ihm das Fleisch bis fast auf die Knochen weggesengt haben.

»Du hast keinen anderen Wagen gesehen?«

»Doch, einen. Als ich von Red Rock gekommen bin, ist ein weißer Jeepster von der Dreiunddreißig auf die Straße nach Biklabito abgebogen. Ich glaube, der Fahrer war dieser vietnamesische Mathematiklehrer von der Shiprock High School. Es müßte eigentlich sein Wagen gewesen sein.« Chee konnte kaum schlucken. Auch seine Lungen schmerzten. Wie seine Augen und sein Gesicht. Er tastete es mit gefühllosen Fingern ab. Die Augenbrauen waren völlig versengt.

»Okay, wir übernehmen dann den Rest«, sagte Largo gerade. »Mit der Spurensuche lassen wir uns Zeit, bis es wieder hell ist. Bring in der Umgebung des Wagens nichts durcheinander, verstanden?« Der Captain machte eine Pause. »Klar?« fragte er dann.

»Ja, natürlich«, bestätigte Chee. Er hatte genug geredet. Er wollte losziehen, um Delbert Nez' Mörder aufzuspüren. Er hätte bei Nez sein müssen. Er hätte hinfahren müssen, um ihm zu helfen.

»Du bist auf der Dreiunddreißig nach Osten gefahren? Von Red Rock aus? Am besten fährst du dieselbe Strecke zurück – ganz bis zur Sechshundertsechsundsechzig. Vielleicht fällt dir unterwegs irgend etwas auf. Falls der Täter motorisiert war, kann er nur dorthin weitergefahren sein.« Largo hielt für einen Moment inne. »Mal ganz abgesehen von deinem vietnamesischen Lehrer.«

Chee kam jedoch nicht bis zum U.S. Highway 666. Etwa drei Meilen östlich der Einmündung erfaßten seine aufgeblendeten Scheinwerfer die Gestalt eines Mannes, der vor ihm her über den Asphalt marschierte. Chee ging auf die Bremse. Der Mann schwankte mitten auf der nach Westen führenden Fahrspur weiter. Er trug keine Kopfbedeckung, aber seine grauen Haare waren mit einem Tuch zu einem Pferdeschwanz zusammengebunden. Sein regennasses Hemd klebte an seinem Rükken.

Der Unbekannte schien die Scheinwerfer, die jetzt bis auf wenige Meter herangekommen waren, überhaupt nicht wahrzunehmen. Ohne sich umzusehen, ohne Anstalten zu machen, dem Wagen auszuweichen, marschierte er stetig weiter, schwang etwas in der rechten Hand und bewegte sich in leichten Schlangenlinien, aber im gleichmäßigen, nicht überhasteten Schrittmaß eines Mannes, der schon weite Strecken hinter sich gebracht und noch weite vor sich hat.

Chee steuerte den Streifenwagen neben ihn und kurbelte sein Fenster herunter. Der Gegenstand, den der Mann schwang, erwies sich als eine viereckige Flasche, die er am Hals umklammert hielt. »*Yaa'eh t'eeh!*« rief Chee – den unter Navajos üblichen Gruß. Der Mann ignorierte ihn und setzte seinen Weg unbeirrt fort. Als er wieder ins Scheinwerferlicht trat, sah Chee, daß er hinten im Hosenbund etwas Klobiges stecken hatte. Es sah wie ein Revolvergriff aus.

Chee öffnete den Verschluß seines Halfters, zog seinen eigenen Revolver heraus und legte ihn auf den Beifahrersitz. Dann betätigte er die Sirene. Aber der Grauhaarige schien das plötzliche Aufheulen nicht zu bemerken.

Chee griff zum Mikrofon, rief Shiprock und gab seinen Standort durch. »Vor mir marschiert ein Mann – etwa einsfünfundsiebzig groß, ältlich, grauhaarig – vom Brandort weg nach Westen die Straße entlang. Er scheint einen Revolver im

Hosenbund stecken zu haben, hält in der rechten Hand eine Whiskeyflasche und benimmt sich ziemlich eigenartig.«

»Benimmt sich ziemlich eigenartig«, wiederholte der diensthabende Beamte.

»Ich halte ihn für betrunken«, sagte Chee. »Er tut so, als würde er mich weder hören noch sehen.«

»Der Verdächtige ist betrunken«, wiederholte sein Kollege.

»Vielleicht«, stellte Chee richtig. »Ich nehme ihn jetzt fest.«

Was unter Umständen leichter gesagt ist als getan, dachte Chee. Er fuhr an dem Dahinschreitenden vorbei und wendete dann, so daß sein Fernlicht den Mann anstrahlte. Dann stieg er mit dem Revolver in der Hand aus. Ihm war schwindlig. Seine Umgebung erschien ihm vage und verschwommen.

»Halt! Bleiben Sie stehen!« rief Chee.

Der Alte hielt inne. Er starrte Chee mit gerunzelter Stirn an, als bemühe er sich, ihn zu erkennen. Danach seufzte er, setzte sich auf die Straße, schraubte den Verschluß von seiner Flasche und nahm einen langen, gurgelnden Schluck Whiskey. Schließlich sah er zu Chee auf und murmelte:

»Baa yanisin, shiyaazh.«

»Du schämst dich?« wiederholte Chee. Seine Stimme versagte beinahe. »Er schämt sich!« Mit der unverletzten Hand griff er über die Schulter des Grauhaarigen und zog ihm den Revolver aus dem Hosenbund. Die Mündung roch nach verbranntem Pulver. Danach klappte er die Trommel auf. Alle sechs Kammern enthielten Patronen, aber drei davon waren verschossen. Chee steckte den Revolver in seinen Hosenbund, riß dem Grauhaarigen die Flasche aus der Hand und warf sie in hohem Bogen in die Salbeibüsche am Straßenrand.

»Dreckiger Kojote!« sagte Chee auf navajo. »Steh auf!« Seine Stimme klang scharf.

Der Mann blickte verwirrt zu ihm auf. Das grelle Scheinwerferlicht spiegelte sich in dem Regenwasser, das ihm in Bächen übers Gesicht lief und von seinen Haaren und Augenbrauen tropfte.

»Los, steh auf!« schrie Chee ihn an.

Er riß den Grauhaarigen hoch, stieß ihn vor sich her zum Streifenwagen, suchte ihn rasch nach weiteren Waffen ab und ließ ihn seine Taschen ausleeren, die ein Taschenmesser, einige Geldstücke und eine abgegriffene Geldbörse enthielten. Als er ihm Handschellen anlegte, merkte er, wie abgemagert die knochigen Handgelenke des alten Mannes waren. Wie taub seine eigene Rechte sich immer noch anfühlte, und wie der Schmerz in der linken Handfläche wühlte. Er half dem Festgenommenen auf den Rücksitz, warf die Tür hinter ihm zu und blieb noch einen Augenblick stehen, um ihn durch die Scheibe hindurch anzustarren.

»*Shiyaazh*«, wiederholte der Mann, »*baa yanisin.*« *Mein Sohn, ich schäme mich.*

Chee stand mit gesenktem Kopf da, während der Regen auf seine Schultern prasselte. Er fuhr sich mit dem Handrücken über sein nasses Gesicht und mit der Zungenspitze über die Lippen. Der Geschmack war salzig.

Dann machte er sich auf die Suche nach der Whiskeyflasche, die er in die Salbeibüsche geworfen hatte. Sie würden sie als Beweismittel brauchen.

3 Nichts war Lieutenant Joe Leaphorn unangenehmer als die Situation, in der er sich jetzt befand – daß er Leuten Hilfsbereitschaft vorspielen mußte, obwohl er ihnen nicht helfen konnte. Diesmal ging es jedoch um Mitglieder einer Familie aus Emmas Clan, dem Bitter Water Clan, mit denen er verschwägert war. Gemäß dem weitgefaßten Verwandtschaftsbegriff der Navajos waren sie alle Emmas Brüder und Schwestern...

Daß Emma nur selten von ihnen gesprochen hatte, spielte in diesem Zusammenhang keine Rolle. Ebenfalls unwichtig war, daß Emma ihn niemals um sein Eingreifen gebeten hätte. Erst recht nicht in diesem Fall, bei dem es um den Mord an einem Polizisten ging. Aber sie hätte bestimmt versucht zu helfen, so unauffällig wie möglich – und wäre dabei ebenso machtlos wie Leaphorn gewesen. Aber Emma war tot, so daß die ganze Verantwortung nun auf ihm lastete.

»Wir wissen, daß er den Polizisten nicht erschossen hat«, hatte Mary Keeyani gesagt. »Nicht Ashie Pinto.«

Nach Verwandtschaftsbegriffen der Weißen war Mrs. Keeyani eine Nichte Ashie Pintos. Sie war eine Tochter seiner Schwester, was ihr im Turning Mountain Clan den Status einer leiblichen Tochter eingetragen hatte. Sie war eine hagere kleine Frau, die für ihren Besuch in der Stadt extra ihren altmodischen Sonntagsstaat angezogen hatte. Aber ihre langärmelige Samtbluse war viel zu weit, als stamme sie aus fetteren Jahren, und ihr ganzer Schmuck bestand aus einem schmalen Silberarmband und einer Halskette mit sehr wenigen Türkisen. Steif aufgerichtet saß sie in dem blauen Plastiksessel vor Leaphorns Schreibtisch und machte einen unbehaglichen, verlegenen Eindruck.

Während Mary Keeyani ihm nach traditioneller Navajositte ihre verwandtschaftlichen Beziehungen zu Ashie Pinto – und somit auch zu Hosteen Pintos Problem – auseinandergesetzt hatte, hatte Louisa Bourebonette überhaupt keine Erklärung abgegeben. Sie saß neben Mary Keeyani und sah Leaphorn mit entschlossener Miene an.

»Daß hier ein Irrtum vorliegt, steht völlig außer Zweifel.« Louisa Bourebonette sprach langsam, präzise und mit leichtem Südstaatenakzent. »Aber wir sind bei unseren Versuchen, mit dem FBI zu sprechen, keinen Schritt weitergekommen. Wir haben versucht, mit jemand in der Außenstelle Farmington zu reden, und sind dann nach Albuquerque gefahren. Aber die FBI-Leute weigern sich, mit uns über den Fall zu reden. Und wir wissen nicht, wer uns helfen könnte, Beweise für seine Unschuld zu sammeln. Wir dachten, wir könnten einen Privatdetektiv engagieren, und daß Sie uns vielleicht einen zuverlässigen Mann empfehlen könnten.«

Louisa Bourebonette hatte Leaphorn ihre Karte gegeben. Er griff danach und besah sie sich ein zweites Mal.

Dr. phil. LOUISA BOUREBONETTE
a.o. Professorin, American Studies
NORTHERN ARIZONA UNIVERSITY
FLAGSTAFF, ARIZONA

Aber das waren nicht die Informationen, die Leaphorn wollte. Ihn interessierte, was diese schlanke Grauhaarige mit dem durchdringenden Blick mit dem traurigen Fall Delbert Nez zu schaffen hatte, bei dem ein junger Mann ermordet und das Leben eines alten zerstört worden war. Zu den Erkenntnissen Leaphorns aus jahrzehntelanger Polizeiarbeit gehörte die

Einsicht, daß Menschen für alles, was sie tun, einen Grund haben – und daß er um so gewichtiger sein muß, je mehr Aufwand damit verbunden ist. Für Navajos waren Familienbande ein solch triftiger Grund. Bourebonette war keine Navajo. Was sie tat, war sehr aufwendig. Er legte ihre Karte in seine Schreibtischschublade.

»Haben Sie schon mit Hosteen Pintos Anwalt gesprochen?«

»Mit seiner Verteidigerin, die anscheinend nicht sonderlich gut informiert ist«, antwortete Bourebonette. Sie machte eine wegwerfende Handbewegung und schüttelte den Kopf. »Mr. Pinto hat natürlich eine Anwältin bekommen, die in ihrem Job noch völlig neu ist. Sie ist erst vor kurzem aus Washington hierher gekommen. Sie hat uns erklärt, bei der zuständigen Außenstelle des Bundesamts für Pflichtverteidiger gebe es zwei Ermittler, die uns helfen könnten. Aber...«

Professor Bourebonette ließ den Satz unvollendet, als sei ihr skeptischer Unterton Aussage genug. Leaphorn saß schweigend hinter seinem Schreibtisch. Er sah zu ihr hinüber. Und wieder weg. Er wartete.

Bourebonette zuckte mit den Schultern. »Aber ich hatte den Eindruck, als verspräche sie sich nicht allzu viel von den beiden. Ich glaube nicht, daß sie diese Leute besonders gut kennt. Überhaupt hat sie uns nicht gerade den Eindruck vermittelt, Mr. Pinto werde vor Gericht gut vertreten sein.«

Leaphorn kannte einen der Cops im Amt des *Federal Public Defenders*: einen ehrlichen, fleißigen, zuverlässigen Hispano namens Felix Sanchez. Er war früher in El Paso Polizeibeamter gewesen und wußte, wie man ermittelte. Aber auch Sanchez hätte den beiden Frauen nicht viel helfen können. Und Leaphorn konnte erst recht nichts für sie tun.

Er hätte ihnen die Namen von Privatdetektiven in Farmington, Flagstaff oder Albuquerque geben können. Lauter Weiße. Was hätten sie tun können? Was hätte irgend jemand tun können? Ein alter Mann war durch Whiskey gemeingefährlich geworden und hatte einen Polizeibeamten erschossen. Wozu das bißchen Geld vergeuden, das seine Familie vielleicht besaß? Oder das Geld dieser aggressiven Weißen. Welche Rolle spielte *sie* in dieser Geschichte?

»Ein Privatdetektiv würde Sie ziemlich teuer kommen«, sagte Leaphorn. »Er würde als erstes einen Teil seines Honorars im voraus verlangen. Etwa fünfhundert Dollar, schätze ich. Und Sie müßten ihm seine Spesen ersetzen. Fahrtkosten, Mahlzeiten, Übernachtungen und dergleichen. Und dazu käme dann noch das eigentliche Honorar auf Stundenbasis.«

»Wieviel?« fragte Professor Bourebonette.

»Kommt darauf an. Schätzungsweise fünfundzwanzig bis dreißig Dollar pro Stunde.«

Mrs. Keeyani holte tief Luft. Sie war sichtlich erschrocken. Dr. Bourebonette legte ihr tröstend eine Hand auf den Arm.

»Damit haben wir ungefähr gerechnet«, sagte Professor Bourebonette mit steifer, unnatürlich klingender Stimme. »Soviel können wir zahlen. Wen würden Sie uns empfehlen?«

»Schwer zu sagen«, meinte Leaphorn. »Was...«

Professor Bourebonette unterbrach ihn.

»Man kann von der Polizei wohl nicht erwarten, daß sie die Ermittlungen selbst in die Hand nimmt. Anscheinend ist es inzwischen so, daß man einen Privatdetektiv engagieren muß, um Licht in einen Mordfall zu bringen.«

Leaphorn war vor Zorn fast sprachlos. Deshalb brachte er unumwunden die Fakten auf den Tisch.

»Für Fälle dieser Art, wo die Straftat in einem Reservat verübt worden ist, ist ausschließlich das...«

Sie hob abwehrend die Hand. »Dafür ist das FBI zuständig. Das hat man uns bereits gesagt – übrigens wußten wir das schon selbst, weil wir einigermaßen intelligenzbegabt sind. Aber schließlich ist einer von Ihren eigenen Männern ermordet worden.« Ein leicht sarkastischer Ton hatte sich in ihre Stimme geschlichen. »Sind Sie nicht ein kleines bißchen neugierig, wer ihn wirklich umgebracht hat?«

Leaphorn spürte, wie er rot wurde. Diese arrogante Weiße erwartete doch nicht etwa, daß er ihre Frage beantwortete? Nicht in Gegenwart der Nichte des Täters.

Aber die Professorin wartete auf eine Antwort. Sollte sie doch warten! Leaphorn wartete selbst. Schließlich sagte er: »Fahren Sie fort.«

»Da Sie nicht zu ermitteln scheinen und sich das FBI damit zufriedengibt, Ashie Pinto einfach vor Gericht zu bringen, ohne den geringsten Versuch zu unternehmen, den wahren Täter zu fassen, können Sie uns hoffentlich wenigstens raten, wen wir engagieren sollen. Einen guten, ehrlichen Mann.«

Leaphorn räusperte sich. Er versuchte, sich diese hochnäsige Lady im eleganten Büro des FBI-Außenstellenleiters in Albuquerque vorzustellen. Dort war es bestimmt ausgesucht höflich und manierlich zugegangen.

»Ganz recht«, sagte er. »Darüber haben wir vorhin gesprochen. Aber um Sie beraten zu können, muß ich einiges wissen. Was haben Sie diesem Privatdetektiv zu erzählen? Womit können Sie seine Nachforschungen unterstützen? Soll er Spuren im Reservat verfolgen – in der Umgebung von Hosteen Pintos Wohnung? Oder bei Shiprock und Red Rock, wo... wo es passiert ist? Mit anderen Worten: Was wissen Sie, das nützlich sein könnte? Was wissen Sie, was den Verdacht gegen Hosteen Pinto entkräften könnte? Wie wollen Sie einem privaten Ermittler helfen, einen Ansatzpunkt für seine Ermittlungen zu finden?«

Der Lieutenant hielt inne und dachte, daß es vermutlich ein Fehler war, sich in diese Sache hineinziehen zu lassen. Dies war nicht sein Fall, nichts, wofür er zuständig war. Jede Einmischung konnte ihm nur Ärger einbringen, weil die gesamte Navajo Tribal Police den Tod eines Kollegen durch die Verurteilung seines Mörders wettgemacht sehen wollte. Es war ein Fehler, die Tür zu öffnen, vor der er jetzt stand. Am besten erklärte er diesen beiden Frauen einfach, daß er ihnen nicht helfen könne – was zufällig die traurige Wahrheit war. Trotzdem war Mary Keeyani eine Verwandte Emmas. Und im Fall Delbert Nez gab es seines Wissens noch verschiedene Ungereimtheiten und unbeantwortete Fragen.

»Hören Sie«, sagte er, »sollten Sie brauchbare Informationen besitzen – über mögliche Zeugen, über konkrete Beweise, für die sich das FBI nicht interessiert hat –, können Sie nichts Besseres tun, als sie mir anzuvertrauen. Ich werde mich beim FBI persönlich für Sie einsetzen. Wenn Sie also irgend etwas wissen...«

»Wir wissen, daß er es nicht getan hat«, antwortete Bourebonette. Aber ihr Zorn war jetzt verbraucht. Sie brachte ein kleines, schwaches Lächeln zustande. »Wir können Ihnen nur erzählen, *weshalb* wir wissen, daß er den Polizeibeamten nicht umgebracht haben kann – es geht schlicht und einfach darum, was für ein Mann Ashie Pinto ist. Stets gewesen ist.«

Aber er hat vor langer Zeit einen Mann getötet, dachte Leaphorn. *Wenn ich mich recht entsinne, stand in seiner Akte, daß er vor Jahren wegen Totschlags zu einer Haftstrafe verurteilt wurde.*

»Sind Sie eine Verwandte?« fragte er Bourebonette.

»Eine Freundin«, antwortete die Professorin.

Leaphorn betrachtete sie über seine Lesebrille hinweg und wartete auf eine erschöpfende Antwort.

»Seit einem Vierteljahrhundert«, fügte sie hinzu. »Mindestens.«

»Ah«, sagte der Lieutenant.

Professor Bourebonette sah ungeduldig drein, als halte sie weitere Erläuterungen für ziemliche Zeitverschwendung. Aber dann ließ sie sich doch dazu herab.

»Mein Spezialgebiet ist die vergleichende Mythologie. Die Entwicklung von Mythen innerhalb einzelner Kulturen. Und der Wandel von Mythen, wenn Kulturen aufeinandertreffen und sich miteinander vermengen. Die Interaktion zwischen der Mythologie einer Gesellschaft und ihren wirtschaftlichen Grundlagen. Die Einflüsse von Umweltbedingungen... Mr. Pinto ist einer meiner Informanten gewesen. Seit vielen Jahren.« Sie machte eine Pause.

Leaphorn sah zu ihr hinüber. War sie fertig? Nein, sie erinnerte sich nur an vergangene Zeiten.

»Er wäre außerstande gewesen, einen Menschen zu töten«, fügte sie hinzu. »Er hat einen wundervollen Sinn für Humor. Und ein großartiges Gedächtnis für lustige Dinge. Überhaupt ein ausgezeichnetes Gedächtnis.« Sie sah Leaphorn in die Augen und sprach langsam und deutlich, als sei er der Richter. Als verkörpere er die Geschworenenbank. Aber konnte Whiskey nicht auch einen Spaßvogel zum Mörder machen – genau wie er Traurige und Zornige zu Morden anstiftete?

»Er hat einen wundervollen Sinn für Humor«, wiederholte Bourebonette.

Das beweist überhaupt nichts, dachte der Lieutenant. Aber es war interessant. Ebenso interessant war, daß sie ihm das alles erzählte. Sie war weit gereist, hatte viel Zeit aufgewendet und würde noch viel Geld ausgeben müssen, falls sie tatsächlich einen Privatdetektiv engagieren wollte. Und sie hatte nur eine sehr unbefriedigende Erklärung für ihre Verwicklung in diesen Fall.

Deshalb bat Leaphorn seine Verwandte aus dem Turning Mountain Clan und die Professorin um einen Augenblick Geduld. Er rief eine Etage tiefer an und ließ sich die Akte mit der Aufschrift *MORD: DELBERT NEZ* bringen.

Er war nicht dagewesen, als es passiert war, sondern hatte in einem Hotelzimmer in Phoenix, Arizona, darauf gewartet, bei einer Berufungsverhandlung vor dem dortigen Bundesgericht als Zeuge auszusagen. Trotzdem erinnerte er sich an die meisten Einzelheiten. Selbstverständlich hatte er jeden Tag die Berichterstattung in der *Phoenix Gazette* und der *Arizona Republic* verfolgt. Und er hatte im Shiprock angerufen und mit Captain Largo über den Fall gesprochen. Die Navajo Tribal Police bestand aus nur rund 110 Beamten, so daß die Ermordung eines Kollegen jedem einzelnen Beamten persönlich naheging.

Der Lieutenant hatte Delbert Nez kaum gekannt und ihn als kleinen, ruhigen, pedantisch ordentlichen Beamten in Erinnerung. Sie waren beide in Window Rock stationiert gewesen, so daß Leaphorn oft mit ihm zu tun gehabt hatte. Nez hatte versucht, sich einen Schnäuzer wachsen zu lassen. Das war für Navajos mit ihrem spärlichen Bartwuchs nicht einfach, und seine kümmerlichen Stoppeln hatten ihm Hänseleien und anzügliche Bemerkungen eingebracht.

Den Beamten, der den Tatverdächtigen festgenommen hatte, kannte Leaphorn weit besser. Chee hatte schon bei mehreren Ermittlungen seinen Weg gekreuzt. Ein ungewöhnlich cleverer junger Mann. Intelligent. Sehr begabt. Aber er hatte eine Eigenschaft, die seine Laufbahn ernstlich gefährden konnte: Er war ein Individualist, der sich nur an die Vorschriften hielt, wenn es ihm gerade paßte. Außerdem war er ein Romantiker. Er wollte sogar Medizinmann werden! Leaphorn lächelte über diese Idee. Polizist und Schamane in einer Person. Diese beiden Berufe waren nicht miteinander vereinbar.

Leaphorn ertappte sich bei der Frage, ob er wohl Chees erster Kunde gewesen sei. In einer schweren Stunde – damals, nach Emmas Tod, als er schrecklich deprimiert war – hatte er Chee gebeten, für ihn das Lied, das den Segen bringt, zu zelebrieren. Eine durch und durch impulsive Entscheidung – was gar nicht seiner Art entsprach. Teils, um dem jungen Mann Gelegenheit zu geben, teils Emmas Verwandtschaft zuliebe.

Die Yazzies gehörten zum Bitter Water Clan und waren Traditionalisten. Die Zeremonie sollte eine unausgesprochene Entschuldigung für das Leid sein, das er ihnen zugefügt haben mußte. Leaphorn hatte den Hogan seiner Schwiegermutter schon am zweiten Morgen nach Emmas Beisetzung im Canyon verlassen, weil er die traditionell viertägige schweigende Trauer im Familienkreis nicht ertragen konnte. Damit hatte er die Yazzies gekränkt, und er hatte sein Verhalten später bedauert.

Deshalb hatte er Agnes angerufen und ihr erzählt, er habe einen Sänger bestellt. Er hatte sie gebeten, die Zeremonie zu arrangieren. Das hatte sie nur allzu gern übernommen, denn sie wußte recht gut, daß sein eigener Clan – die Slow Talking Dineh – jetzt weit verstreut und fast ausgestorben war und daß Leaphorn kaum noch nahe Verwandte hatte. Ihre Gegenwart war ihm immer ein bißchen unheimlich gewesen. Agnes hatte nie geheiratet, und als Witwer hätte er nach alter Sitte eigentlich die ledige Schwester seiner verstorbenen Frau heiraten müssen.

Leaphorn blickte zu den beiden Frauen hinüber, die geduldig wartend vor seinem Schreibtisch saßen, und sah dann wieder in die Akte Nez. Er dachte an Officer Jim Chee, der mit im Nacken zusammengebundenen Haaren seine Gerätschaften auf dem frischgekehrten Erdboden des Yazzie-Hogans ausgebreitet hatte. Chee war nervös gewesen, als er einen kleinen Teppich vor Leaphorn ausgebreitet und ihm gezeigt hatte, wo er an die Westwand des Hogans gelehnt sitzen mußte. Danach hatte Chee aus seinem *jish*, einem Hirschlederbeutel, der sein Vier-Berge-Bündel war, zwei Paar »sprechende« Gebetstäbe, eine Schnupftabakdose mit Feuersteinpfeilspitzen und ein halbes Dutzend Säckchen mit Blütenstaub gezogen.

Als nächstes hatte Chee feierlich die Umrisse von Fußabdrücken in die Erde gekratzt und sie danach mit den Sonnenstrahlensymbolen aus Blütenstaub versehen, auf denen Leaphorn zukünftig gehen würde. Durch den Eingang des Hogans hatte Leaphorn die Carrizo Mountains im rosigen Schein der Abenddämmerung gesehen. Er hatte den Pinienduft der Kochfeuer der Verwandten Emmas und seiner eigenen Freunde gerochen, die gekommen waren, um ihn auf seinem Weg in die Geisterwelt seines eigenen Volkes zu begleiten.

In diesem Augenblick hatte er sich nichts sehnlicher gewünscht, als dieses Unternehmen abbrechen zu können. Er war ein Heuchler. Er glaubte nicht an die rituellen Gesänge, die Officer Jim Chee vortragen würde, oder an die ins Erdreich gekratzten Bilder, die die bösen Mächte bannen und dazu zwingen würden, Joe Leaphorn ein Leben in Harmonie und Schönheit zurückzugeben. Das Schöne war aus seinem Leben verschwunden, seit Emma zur Beisetzung in den Canyon fortgetragen worden war. Leaphorn wünschte sich nichts sehnlicher, als ihr folgen zu können.

Aber er hatte das einmal begonnene Zeremoniell nicht mehr abbrechen können. Und als er nach einer langen Nacht mit rituellen Gesängen bei Tagesanbruch die vier vorgeschriebenen tiefen Atemzüge in frischer Morgenluft getan hatte, war ihm anders als seit Wochen zumute gewesen. Die Zeremonie hatte ihn nicht geheilt, aber sie hatte den Heilungsprozeß eingeleitet. Dafür hatte er vermutlich Jim Chee, dem Schamanen, zu danken. Zumindest für einen Teil dieses Erfolgs. Aber Officer Jim Chee war ein anderer Fall. Hätte er seine Pflicht getan, wäre Delbert Nez vielleicht noch am Leben gewesen.

»Brustdurchschuß links oben«, hieß es in dem Bericht. »Offenbar aus nächster Nähe erschossen.«

Leaphorn sah wieder zu Mary Keeyani und der Professorin hinüber. »Tut mir leid, daß ich so lange brauche«, entschuldigte er sich.

»Oh, wir haben Zeit«, versicherte Mary Keeyani ihm.

Von Captain Largo wußte er, daß Chee nach dem Mord den Polizeidienst hatte quittieren wollen. Bei der Bergung des Toten aus dem brennenden Fahrzeug hatte Chee Brandwunden an beiden Händen, am Arm, am Bein und am Oberkörper davongetragen. Der Captain war nach Farmington gefahren, um ihn im Krankenhaus zu besuchen. Da Largo und Leaphorn alte Freunde waren, hatte der Captain ihm die ganze Geschichte erzählt.

»Er hat seinen Rücktritt nicht nur angeboten«, hatte Largo dem Lieutenant erzählt, »sondern darauf bestanden. Er hat mir seine Dienstmarke zurückgegeben – weil er nach eigener Einschätzung versagt hat. Er hätte losfahren und Nez zur Hand gehen müssen, als er hörte, daß jemand festgenommen werden sollte. Und das stimmt natürlich.«

»Warum ist er nicht hingefahren, verdammt noch mal?«

hatte Leaphorn gefragt. »Dieser Schwachkopf! Welche Entschuldigung hat er dafür?«

»Er hat gar nicht erst versucht, Entschuldigungen vorzubringen«, hatte Largo in einem Tonfall gesagt, der Leaphorns Vorverurteilung zurückgewiesen hatte. »Aber ich habe ihn daran erinnert, daß in seinem Bericht stand, daß Nez gelacht hat. Aus den Bruchstücken, die er über Funk mitbekommen hat, konnte er schließen, daß Nez die Sache nicht weiter ernst nahm. Als ob das Ganze ein Scherz wäre. Und ich habe ihm gesagt, daß er den Dienst ohnehin nicht quittieren kann. Jedenfalls nicht, bevor Pinto vor Gericht gestanden hat.«

Als Leaphorn sich jetzt an dieses Gespräch erinnerte, fiel ihm ein, daß es zwischen Largo und Officer Chee angeblich irgendeine weitläufige Clanverwandtschaft geben sollte. Zumindest hatte er davon gehört. Die Vorschriften der Navajo Tribal Police untersagten Nepotismus im Dienst. Aber diese Bestimmungen waren einfach aus den Personalvorschriften der *biligaana* übernommen. Die Vorschriften der Weißen berücksichtigen keine Clanverbindungen.

Das nächste Blatt war der Bericht von Sergeant Eldon George. Bei seinem Eintreffen hatte er Chee unter Schockeinwirkung und halb bewußtlos auf dem Fahrersitz seines Wagens vorgefunden. Pinto hatte in Handschellen auf dem Rücksitz geschlafen. George hatte sich bemüht, Chees Brandwunden mit dem Inhalt seines Erste-Hilfe-Kastens zu versorgen.

Nacheinander waren ein weiterer Streifenwagen der Navajo Tribal Police, ein Fahrzeug des Sheriffs im San Juan County, ein Streifenwagen der Mexico State Police und schließlich der von Chee für Nez bestellte Krankenwagen eingetroffen. Statt dessen hatte er Officer Jim Chee abtransportiert. Pinto war ins Bezirksgefängnis in Aztec gebracht und wegen Körperverletzung in Haft genommen worden – die schwerste in einem Reservat verübte Straftat, für die sie zuständig waren, bis die Bundesbehörde den Fall übernahm und Anklage wegen Mordes erhob.

Leaphorn sah kurz zu Mrs. Keeyani hinüber. Sie saß mit im Schoß gefalteten Händen da, biß sich auf die Unterlippe und beobachtete ihn.

»Ich muß mich noch mal sachkundig machen, bevor ich Ihnen zu etwas raten kann«, sagte er.

Mrs. Keeyani nickte.

Die nächste Seite erinnerte Leaphorn daran, daß Ashie Pinto die Aussage verweigert hatte. Wie aus dem Bericht hervorging, hatte er bei seiner Festnahme lediglich gesagt:

»Officer, ich habe etwas Schändliches getan.«

Das klang gestelzt. Leaphorn dachte darüber nach. Vermutlich hatte Pinto Chee auf navajo angesprochen. Und Chee, der vermutlich halb bewußtlos gewesen war, mußte George den Satz übersetzt haben. George hatte ihn in sein Notizbuch geschrieben und später in seinen Bericht aufgenommen. Was hatte Pinto wirklich gesagt?

Weiter nichts, wenn man diesem Bericht glauben wollte. Er hatte nichts gestanden, nichts geleugnet, standhaft geschwiegen, sich geweigert, irgendwelche Fragen zu beantworten, lediglich seine Identität durch ein Nicken bestätigt, einen Anwalt abgelehnt und auch nicht den Wunsch geäußert, irgend jemand von seiner Verhaftung benachrichtigen zu lassen. Als er aufgefordert worden war, sich eine Blutprobe abnehmen zu lassen, hatte er wortlos nickend seine Zustimmung gegeben.

Die Untersuchung ergab einen Alkoholgehalt von 2,11 Promille. Ab 1,0 Promille Blutalkoholgehalt galt man in New Mexico als amtlich und unwiderruflich betrunken.

Dann folgte der FBI-Bericht vom elften Tag nach der Festnahme. Leaphorn überflog ihn nur. Die ballistische Untersuchung bestätigte, daß die Kugel, mit der Nez erschossen worden war, aus der bei Pinto beschlagnahmten Waffe – einem Revolver Kaliber 38 – stammte. Ein weiterer Bericht hielt fest, daß die Löcher in Pintos Hose Brandlöcher waren.

Als nächstes kam der Autopsiebericht. Leaphorn wußte, was er aussagte. Nez hatte noch gelebt, als er im Rauch erstickt war. Er war vermutlich bewußtlos gewesen, aber er hatte noch gelebt. Der Lieutenant blätterte seufzend um. Eine Zusammenfassung der im Krankenhaus gemachten Aussage Chees. Er überflog sie rasch. Lauter bekanntes Zeug. Augenblick! Er las einen Absatz nochmals durch.

»Officer Chee sagte, Nez sei seit einigen Wochen darauf aus gewesen, einen unbekannten Täter zu fassen, der einen Basaltkegel östlich von Red Rock und südlich von Ship Rock durch Schmierereien verunziert habe. Chee sagte weiterhin, Nez habe sich so angehört, als hätte er den Unbekannten gesehen und damit gerechnet, ihn festnehmen zu können. Er sagte, der Funkkontakt sei zuletzt sehr schlecht gewesen, aber er habe Nez lachen gehört und nicht den Eindruck gehabt, als brauche oder verlange sein Kollege Verstärkung.«

Der Lieutenant schnaubte – verärgert und lauter als beabsichtigt. Er blickte auf, um sich zu vergewissern, ob die beiden Frauen etwas gemerkt hatten. Sie starrten ihn an.

Er überspielte seine Verlegenheit mit einer Frage. »Sind Sie von irgend jemand über die näheren Umstände des Falls informiert worden?«

»Es hieß, er sei draußen in der Nähe des Tatorts verhaftet worden«, antwortete Mrs. Keeyani. »Und es war die Rede davon, daß die Tatwaffe bei ihm gefunden worden sei.«

»Hat man Ihnen gesagt, daß er die Tat mit keinem Wort geleugnet hat?« erkundigte sich Leaphorn. Aber er dachte irritiert an Jim Chee. Nez schien keine Unterstützung gewollt zu haben. Aber es kam nicht darauf an, was er persönlich gewollt hatte; laut Vorschrift hätte sein Kollege sich sofort auf den Weg machen müssen. Das war wieder einmal typisch Jim Chee! Er tat, was ihm gerade paßte. Clever, überdurchschnittlich intelligent. Aber kein Teamspieler. Deshalb hatte er in Red Rock Kaffee getrunken, während Nez sich einem bewaffneten gemeingefährlichen Betrunkenen gegenübergesehen hatte.

»Ich weiß nicht, was mein Onkel ausgesagt hat«, antwortete Mary Keeyani. »Aber ich weiß, daß er es nicht gewesen ist.« Sie schüttelte den Kopf. »Nicht Hosteen Pinto. Er würde niemals einen Menschen umbringen.«

Leaphorn wartete, betrachtete ihr Gesicht und gab ihr Gelegenheit, mehr zu sagen. Sie saß zunächst schweigend da und sah auf ihre Hände.

»Vor langer, langer Zeit«, fuhr sie endlich fort, »bevor ich zur Welt gekommen bin... ist er als junger Mann in eine Schlägerei verwickelt worden, bei der es einen Toten gegeben hat. Aber damals war er ein wilder Bursche – und dazu noch betrunken. Jetzt ist er ein alter Mann. Er trinkt nicht mehr. Schon seit Jahren nicht mehr.«

Das war nichts, worüber man hätte streiten können. Statt dessen sagte der Lieutenant: »Wie man hört, verweigert Pinto jegliche Aussage. Er redet nicht mal mit seiner Anwältin.«

Mrs. Keeyani sah wieder auf ihre Hände. »Das war nicht seine Waffe«, stellte sie fest. »Mein Onkel hat ein altes einschüssiges Kleinkalibergewehr. Es hängt in seinem Hogan.«

Leaphorn äußerte sich nicht gleich dazu. Das war interessant. Die bei Pinto sichergestellte Waffe war ein Ruger-Revolver – ein teures Modell, dessen Besitz man einem Mann wie Pinto eigentlich nicht zutraute. Andererseits gab es Tausende von Möglichkeiten, wie diese Waffe in seinen Besitz gelangt sein konnte.

»Vielleicht haben Sie nichts von diesem Revolver gewußt«, meinte Leaphorn.

Diesmal war Mrs. Keeyani sichtlich überrascht. »Er ist der Bruder meiner Mutter«, stellte sie fest. »Er hat nie geheiratet. Sein Hogan steht auf dem Farmgelände unserer Großmutter hinter dem Yon Dot Mountain.«

Weitere Erklärungen waren überflüssig. Hätte Ashie Pinto einen teuren Revolver Marke Ruger besessen, hätten seine Verwandten davon gewußt. Leaphorn blätterte erneut in dem FBI-Bericht und suchte den Namen des Mannes, der die Ermittlungen geführt hatte. Agent Theodore Rostik.

Da er diesen Namen noch nie gehört hatte, mußte Rostik in der FBI-Außenstelle Gallup neu sein – entweder war er ein Greenhorn von der FBI Academy oder ein älterer Agent, der in Ungnade gefallen und dorthin verbannt worden war. Karrieretypen wurden nicht nach Fargo, Gallup, Farmington oder in andere Nester versetzt, die in den Augen der FBI-Hierarchie als sibirisch galten. Das waren Posten für neue Männer ohne Beziehungen oder für Agenten, die ins Fettnäpfchen getreten waren – vielleicht indem sie das FBI in den Medien in Verruf gebracht hatten (eine Todsünde für jeden Agenten) oder durch Ansätze origineller Ideen aufgefallen waren.

Für Leaphorn war der springende Punkt, daß Rostik ungewöhnlich dumm oder ungewöhnlich schlau sein konnte. Beides konnte seine Verbannung in die Einöde bewirkt haben. Aber höchstwahrscheinlich war er nur ein grüner Junge.

»Okay, ich will Ihnen sagen, was Sie meiner Meinung nach

tun sollten«, erklärte er Mrs. Keeyani, ohne von dem Bericht aufzusehen. »Hosteen Pinto hat eine Anwältin, die vielleicht unerfahren, aber bestimmt clever ist. Der *Federal Public Defender* stellt nur die besten Leute ein. Arbeiten Sie mit ihr zusammen. Erzählen Sie ihr von den Ungereimtheiten, die Ihnen Sorgen machen. Sie schickt dann einen der Ermittler los, damit er Nachforschungen anstellt. Einen davon kenne ich persönlich; ich weiß, daß er ein sehr guter Mann ist. Mit diesen Leuten sollten Sie zusammenarbeiten.«

Leaphorn las weiter, ohne den Kopf zu heben, und wartete auf eine Antwort. Er hörte, wie Mrs. Keeyani sich auf ihrem Stuhl bewegte. Aber danach hörte er Dr. Bourebonettes Stimme. »Sind die beiden Navajos?« fragte sie. »Würden Sie verstehen, daß Hosteen Pintos Familie ganz sicher davon gewußt hätte, wenn dieser Revolver sein Eigentum wäre?«

»Vielleicht nicht«, antwortete der Lieutenant. Er blickte nicht auf, weil er sich seinen Unmut nicht anmerken lassen wollte. Mrs. Keeyani konnte er ertragen. Er respektierte die Gründe für ihre Anwesenheit – obwohl sie dadurch seine und ihre Zeit vergeudete. Professor Bourebonette war ein anderer Fall. Aber er mußte zugeben, daß sie eine scharfsinnige Frage gestellt hatte.

»Wahrscheinlich würden sie das nicht verstehen«, gab Leaphorn zu.

Dann blätterte er in dem Bericht und suchte nach einer Erklärung dafür, wie Ashie Pinto von seinem Wohnort hinter dem Yon Dot Mountain zur Navajo Route 33 südlich von Shiprock in New Mexico gekommen war. Immerhin eine Entfernung von etwas über zweihundert Meilen. In dem Bericht stand nichts über ein verlassen aufgefundenes Fahrzeug.

Dr. Bourebonette räusperte sich höflich. »Steht in diesem

Bericht auch, wie Hosteen Pinto nach New Mexico gekommen ist?«

»Danach habe ich eben gesucht«, sagte Leaphorn. Er blickte zu ihr hinüber. »Wissen Sie die Antwort?«

»Irgend jemand ist vorbeigekommen und hat ihn abgeholt«, antwortete sie.

»Wer?«

Die Professorin nickte Mrs. Keeyani aufmunternd zu.

»Ich weiß nicht, wer es war«, sagte Mrs. Keeyani, »aber ich weiß, daß ihn jemand abgeholt hat. Ich war im Laden, um Petroleum für die Lampen zu kaufen. Und mein Mann, der hat unsere Schafe geweidet. Wir waren alle unterwegs – bis auf meine jüngste Tochter. Sie ist mit dem Schulbus heimgekommen und wollte ihr Pferd holen, um bei den Schafen zu helfen, als sie den Staub gesehen hat, den der Wagen aufgewirbelt hat.«

»Aber es war nicht Pintos Wagen?«

Mrs. Keeyani lachte. »Seine Kiste fährt schon lange nicht mehr!« sagte sie. »In der schlafen jetzt die Hühner.« Ihre Belustigung schwand so rasch, wie sie gekommen war. »Sie war mit ihrem Pferd hoch oben auf dem Hügel und hat bloß die Staubwolke und ganz kurz einen Wagen gesehen, der aus der Richtung von Pintos Hütte kam. Der Weg führt am Hogan meiner Mutter und an unserem Haus vorbei und nach Twentynine Mile Canyon und zum Handelsposten in Cedar Ridge. Sie sagt, daß der Wagen ein helles Pickup gewesen sein könnte – aber vielleicht war er auch nur staubig.«

»Wann war das?«

»Am Abend vor Hosteen Pintos Verhaftung drüben in New Mexico.«

Leaphorn blätterte erneut in der Akte. Er fand keinerlei Hinweis auf die Umstände, die ihm gerade auseinandergesetzt worden waren.

»War ein Polizeibeamter bei Ihnen, um mit Ihnen zu reden?«

»Ein junger Weißer«, antwortete Mary Keeyani. »Mit kleinen Flecken im Gesicht. Und ein Navajo, der für ihn übersetzt hat.«

Sommersprossen, dachte der Lieutenant. Ein Volk, bei dem keine auftreten, kennt kein Wort für sie. »Was wollten sie wissen?«

»Sie haben nach dem Revolver gefragt. Sie haben gefragt, was Hosteen Pinto drüben in New Mexico zu suchen hatte. Woher er den Revolver hatte. Wie er zu den beiden Fünfzigdollarscheinen in seiner Tasche gekommen war. Ob er Delbert Nez gekannt habe – den Mann, den er erschossen haben soll. Sie haben Fragen gestellt, als hielten sie Hosteen Pinto für einen Alkoholschmuggler. Zum Beispiel: Wie hat Pinto sich benommen, wenn er betrunken war? Hat er dann Streit gesucht? Wovon hat er gelebt? Hat er heimlich Schnaps gebrannt?«

Mrs. Keeyani hatte bisher ihre Hände angestarrt. Nun sah sie auf. »Anscheinend haben sie ihn wirklich für einen Alkoholschmuggler oder Schwarzbrenner gehalten.« Sie schüttelte den Kopf.

»Was haben Sie geantwortet?«

»Ich habe gesagt, daß die hundert Dollar sein Honorar gewesen sein könnten. Von dem Mann, der ihn abgeholt hat.«

»Honorar?«

»Er hat seine Kristalle bei sich gehabt«, sagte Mary Keeyani. »In jüngeren Jahren hat er davon gelebt, daß er Sachen für Leute gefunden hat. Als ich ein kleines Mädchen war, sind sie von Tuba City und sogar aus Leupp und Kayenta zu ihm gekommen. Damals war er so etwas wie eine Berühmtheit.«

»Er ist also Hellseher gewesen«, sagte Leaphorn. Er beugte sich nach vorn. Falls Ashie Pinto noch immer als Schamane arbeitete, steckte hinter dieser Sache vielleicht noch mehr als ein weiterer sinnloser, im Vollrausch verübter Mord oder Totschlag. »War er denn noch aktiv auf diesem Gebiet?«

»Nicht mehr oft.« Mary Keeyani dachte darüber nach. »Vergangenes Jahr hat er das Pferd eines Mannes aus Copper Mine gefunden und ein bißchen für einen Weißen gearbeitet. Und er hat mit Dr. Bourebonette zusammengearbeitet.« Sie nickte zu der Professorin hinüber. »Das ist eigentlich alles, was ich darüber weiß.«

»Was hatte der Weiße verloren?«

»Er war auf der Suche nach alten Geschichten, glaub' ich.«

Leaphorn wußte nicht recht, was sie damit meinte. Er wartete auf eine Erklärung, die jedoch ausblieb.

»Sind Wissenschaftler zu Hosteen Pinto gekommen, um sich Märchen und Sagen erzählen zu lassen? Wie Professor Bourebonette?«

»Ja. Früher sogar sehr häufig. In letzter Zeit nicht mehr so oft. Die meisten Geschichten hat er von Narbona Begay gehört. Vom Bruder seiner Mutter.«

»Glauben Sie, daß er am Tag vor der Schießerei von diesem Weißen auf der Suche nach alten Geschichten abgeholt worden ist?«

Mrs. Keeyani schüttelte den Kopf. »Ich weiß nicht, wer es gewesen ist. Vielleicht.«

Vielleicht auch nicht, dachte Leaphorn. Und was würde das auch nützen? In Gedanken beschäftigten ihn immer wieder die Gründe für Dr. Bourebonettes Anwesenheit. Sie kannte Pinto offenbar. Sie sagte, daß sie den alten Mann mochte, daß sie mit ihm zusammengearbeitet habe. Aber wer in Flagstaff arbeitete, mußte viel Zeit und Mühe aufwenden, um hierher zu kommen. Und sie schien bereit, das Honorar eines Privatdetektivs allein zu übernehmen.

»Arbeiten Sie noch mit Hosteen Pinto zusammen?« fragte er sie. »Jetzt im Augenblick, meine ich. An einem aktuellen Projekt?«

Die Professorin nickte. »Wir waren mit den Recherchen zu einem Buch beschäftigt.«

»Über vergleichende Mythologie?«

»Über den Wandel des Hexenglaubens«, antwortete Bourebonette. »Es war Ashie Pinto selbst aufgefallen. Wie die Geschichten sich seit seiner Kindheit verändert hatten. Er hat mich nach Albuquerque begleitet, und wir haben uns dort die Tonbandaufnahmen angehört...«

Sie machte eine Pause – und schien dann noch eine Erklärung für nötig zu halten.

»Tonbandaufzeichnungen aus der Sammlung der University of New Mexico. Interviews mit alten Navajos. Und nicht nur mit Navajos, sondern auch mit Indianern anderer Stämme und alten Menschen aus dem spanisch-amerikanischen Kulturkreis. In den dreißiger und vierziger Jahren sind Erinnerungen aufgezeichnet worden, die bis in die achtziger Jahre des vorigen Jahrhunderts zurückreichen. Und läßt man überlieferte Erinnerungen aus zweiter Hand gelten – sogenannte Großvatergeschichten –, reichen manche bis in die Zeit vor dem Langen Marsch zurück.

Wir haben uns diese Aufzeichnungen angehört, und Hosteen Pinto hat die Transkripte gelesen, um sich noch besser an die Geschichten aus seiner Kindheit erinnern zu können.«

Professor Bourebonette hatte ein verschlossenes Gesicht. Die einzigen Empfindungen, die Leaphorn bisher darin ausgemacht hatte, waren Ärger, Zweifel und Entschlossenheit: das Gesicht einer Frau, die es gewohnt war, sich durchzusetzen – und die bezweifelte, daß ihr das bei ihm gelingen würde. Jetzt hatte sich ihr Gesichtsausdruck verändert. Während sie über dieses Buch sprach, wirkte sie lebhaft und begeisterungsfähig.

Nun war Leaphorn davon überzeugt, Dr. Bourebonettes Motiv zu kennen.

»... wirklich bemerkenswert«, sagte sie eben, »woran Hosteen Pinto sich erinnern kann. Wie er selbst auf kleinste Nuancen in diesen alten Geschichten achtet. Zum Beispiel, wenn es um die Unterschiede in der Einstellung des Erzählers gegenüber den Hexen geht. Oder um Bedeutungsverschiebungen, wenn eine Variante von außerhalb des Kulturkreises der Navajos eingeführt worden ist. Beispielsweise aus der Hexentradition der Zunis, auf dem Umweg über die ›Zwei-Herzen-Sage‹ der Hopis oder...« Dr. Bourebonette verstummte mitten im Satz. Sie wirkte verlegen.

»Sie haben noch mit Pinto zusammengearbeitet? Ihr Projekt war noch nicht abgeschlossen?«

»Mehr oder weniger. Ich sollte ihn später in dieser Woche abholen. In der Woche, in der's passiert ist. So habe ich erfahren, daß er verhaftet worden war. Ich hatte von dem Mord an einem Polizeibeamten gelesen, aber der Name des Täters war nicht bekanntgegeben worden. Ich bin also zu ihm hinausgefahren und habe von Mrs. Keeyani gehört, daß er im Gefängnis sitzt.«

Hinter Gittern, dachte der Lieutenant. Für die Fragen einer Professorin unerreichbar. Ein Buch, das vorläufig nicht fertiggestellt werden konnte. Das vielleicht nie abgeschlossen würde. Dr. Bourebonettes Motiv erschien ihm plötzlich weit weniger rätselhaft.

»Können Sie das Buch ohne ihn fertigschreiben?« erkundigte sich Leaphorn. Sein Tonfall war dabei so neutral wie irgend möglich. Aber Professor Bourebonette verstand ihn nur allzu gut. Ihre klaren blauen Augen erwiderten seinen Blick. »Natürlich«, sagte sie. Dann nickte sie. Er hatte recht, und sie mußte seinen unausgesprochenen Vorwurf akzeptieren. »Aber es wäre vielleicht weniger fundiert.«

Der Lieutenant sah weg, blätterte wieder in dem Bericht, war von ihrem Scharfsinn beeindruckt und fühlte sich leicht schuldbewußt. Hätte er Emma wie gewohnt von diesem Gespräch erzählt, hätte sie den Kopf geschüttelt und sein Verhalten mißbilligt. Jetzt suchte er die Antwort auf die von den beiden Frauen aufgeworfene logische Frage: Wie war der Alte vom Westrand des Reservats in die Nähe von Shiprock gekommen? Er konnte wenigstens versuchen, *das* für sie in Erfahrung zu bringen.

»Eigentlich ist es vor allem sein Buch gewesen«, sagte Dr. Bourebonette wie zu sich selbst.

Leaphorn blickte ihr direkt in die Augen. Und sah was? Ärger? Enttäuschung?

Er blätterte weiter. Die Frage, die seinen Besucherinnen und ihm so logisch erschienen war, hatte Agent Rostik offenbar weit weniger interessiert. Sie war einfach ignoriert worden. Nun, vielleicht gab es irgendeine unkomplizierte, irrelevante Antwort.

Eigentlich hatte er den ganz hinten eingehefteten braunen Umschlag mit Fotos nicht beachten wollen. Das waren sicher keine Bilder, die man sich gern in Gegenwart von Frauen ansah. Aber jetzt war er neugierig. Er ließ den Stapel aus dem Umschlag auf die Schreibtischplatte gleiten.

Der tote Delbert Nez neben dem ausgebrannten Streifenwagen. Noch einmal der Streifenwagen mit Chees Feuerlöscher. Der wie neu glänzende Revolver. Ein halbes Dutzend bei Licht gemachte Aufnahmen des Tatorts mit einem häßlichen, zerklüfteten Basaltkegel, der im Hintergrund aus der Prärie aufragte, einer Schnapsflasche, einem Taschenmesser und sonstigen Kleinigkeiten, die der Polizeifotograf – oder der Leiter der Ermittlungen – für wichtig gehalten hatte.

Wichtig. Leaphorn griff nach der Aufnahme von der Flasche. Eine typische Scotchflasche, die sich von den meisten anderen nur durch ihren Preis unterschied. Er setzte seine Lesebrille auf und studierte das Flaschenetikett.

DEWARS
WHITE LABEL

Der Lieutenant drehte das Photo um. Ein Aufkleber auf der Rückseite bestätigte, daß dies die Flasche war, die Ashie Pinto dabeigehabt hatte, als er von Officer Chee festgenommen worden war. *Inhalt 1 Liter*, war dazu vermerkt, *ungefähr zu 5/6 geleert*.

Scotch. Teurer Scotch.

»Mrs. Keeyani«, fragte Leaphorn, »wissen Sie, was Hosteen Pinto am liebsten trinkt? Wein? Whiskey?«

Mary Keeyanis Gesichtsausdruck zeigte, daß sie sich über seine Frage ärgerte. »Er trinkt keinen Alkohol«, sagte sie.

»In der besagten Nacht muß er etwas getrunken haben«, sagte Leaphorn. »Es wurde eine Blutprobe gemacht.«

»Früher hat er manchmal getrunken«, gab Mrs. Keeyani zu. »Aber nur gelegentlich. Er hat immer gesagt, wenn er auch nur einen Tropfen trinke, könne er nicht mehr aufhören. Und wenn er nach langer Zeit mal wieder getrunken hat, mußte anschließend jemand nach Flagstaff oder Winslow oder sonstwohin fahren, um ihn aus dem Gefängnis zu holen. Danach war er dann wieder monatelang trocken. Bei seiner letzten Sauftour vor vier, fünf Jahren ist er in Flagstaff im Gefängnis krank geworden. Er mußte ins Krankenhaus, und der Arzt hat ihn gewarnt, daß ihn der Alkohol umbringen würde. Seitdem...« Sie hielt inne und schüttelte den Kopf. »Und seitdem hat er keinen Tropfen mehr angerührt.«

»Aber was hat er bevorzugt, wenn er mal getrunken hat?«

Mrs. Keeyani zuckte mit den Schultern. »Wein«, sagte sie. »Alles, was billig war.«

»Wie steht's mit Scotch?«

Mary Keeyani runzelte die Stirn. »Ist der süß?«

»Nein. Teuer und recht stark, aber nicht süß. Wie kommen Sie darauf?« fragte der Lieutenant.

Mrs. Keeyani lächelte, während sie sich an ihre Kindheit erinnerte. »Mein Onkel hat immer gern Süßes gegessen«, sagte sie. »Wegen seiner Vorliebe für Süßigkeiten hatte er bei uns den Spitznamen ›Zuckermann‹. Wenn er mit seinem Pickup zu uns kam, rief meine Mutter immer: ›Beeilt euch, Kinder, versteckt meinen frischgebackenen Kuchen! Versteckt die Süßigkeiten! Versteckt den Zuckersack! Da kommt mein Bruder, der Zuckermann!‹« Sie kicherte bei der Erinnerung daran vor sich hin. Damit ihre Mutter nicht etwa falsch eingeschätzt wurde, fügte sie hastig hinzu: »Sie hat ihm immer ein Stück Kuchen gegeben.«

»Aber Sie wissen nicht, ob er Scotch getrunken hat?«

»Wenn der süß ist, dann ja. Und wenn er billig ist.«

Leaphorn betrachtete die Aufnahme mit der Flasche. Ihr Inhalt war ganz bestimmt nicht billig gewesen.

Der Lieutenant seufzte. Nach jahrzehntelanger Polizeiarbeit

kannte er sich gut genug, um zu wissen, daß er diese klar auf der Hand liegenden Widersprüche nicht so ohne weiteres hinnehmen würde. Ihn hatte interessiert, wie es möglich gewesen war, daß Pinto ohne eigenes Transportmittel über zweihundert Meilen von seinem Wohnort entfernt hatte aufgegriffen werden können. Aber das ließ sich durch eine Fahrt per Anhalter erklären. Keine vergleichbar einfache Erklärung fiel ihm für diese Flasche Scotch ein. Oder für die beiden Fünfzigdollarscheine. Oder für den teuren Revolver.

Leaphorn stand auf.

»Ladies«, sagte er, »ich sehe mal zu, was ich herauskriegen kann.«

4

Jim Chee kam ziemlich niedergeschlagen aus dem Untersuchungsraum der Fachärztin im Verbrennungs- und Traumazentrum der Universitätsklinik von New Mexico geschlurft. Die Ärztin hatte sich nicht eindeutig zu den Heilungschancen seiner Hand äußern wollen. Dann wurde er auf eine Frau aufmerksam, die an einer Wand des Wartezimmers saß. Irgendwas an ihr erinnerte ihn an Janet Pete. Sie war in eine Ausgabe von *Newsweek* vertieft und hielt den Kopf gesenkt, so daß ihr rabenschwarzes glattes Haar das Gesicht verdeckte. Ihre sehenswerten schlanken Beine waren lässig übereinandergeschlagen. Er blieb stehen und starrte sie an. Als sie umblätterte, bekam er endlich ihr Gesicht zu sehen.

Seine Niedergeschlagenheit wich freudigem Staunen. Es *war* Janet Pete!

»Hallo, Janet«, sagte er überrascht. »Was machst du denn hier?«

»Ich hab' auf dich gewartet«, antwortete Janet Pete. Sie stand lächelnd auf. »Ich wollte mal sehen, wie du getoastet aussiehst.«

»Keine große Verbesserung«, sagte Chee und hielt die verbundene Hand hoch. Dann legte er seinen gesunden Arm um sie.

Sie umarmte ihn ebenfalls und schlang ihre Arme um seinen verbrannten Oberkörper.

»Aua!«

Janet wich erschrocken zurück. »Oh, entschuldige!«

»Ich versuche bloß, Mitleid zu schinden«, sagte Chee schweratmend.

»Ich hab' nicht gemerkt, daß du unter dem Hemd einen Verband hast«, sagte Janet reumütig.

»Das Bein ist auch verbunden«, erklärte Chee und tippte grinsend auf seinen Oberschenkel. »Die Ärztin hat gesagt, daß ich insgesamt gut durch bin. Medium sozusagen.«

»Ich hab' erst gestern davon erfahren«, berichtete Janet. »Es ist während meines Umzugs passiert. In Washington gibt's Tag für Tag so viele Morde, daß einer hier draußen keine Zeitungsmeldung wert ist. Nicht mal, wenn der Tote ein Polizeibeamter ist.«

»Ich hab' gehört, daß du heimgekommen bist«, sagte Chee. »Oder jedenfalls beinahe. Ich wollte dich aufstöbern, sobald ich diese Verbände losgeworden bin.« Er blickte zu ihr hinunter und war sich dreierlei Tatsachen bewußt: daß er wie ein Schimpanse grinste, daß die Krankenschwester am Empfang sie beobachtete – und daß Janet seinetwegen hergekommen war. »Aber wie hast du mich gefunden?«

»Ich habe deine Dienststelle in Shiprock angerufen. Dort hat man mir gesagt, daß du Genesungsurlaub hast. Nebenbei habe ich dann noch erfahren, daß du heute zur Untersuchung bestellt warst.« Sie tippte sanft gegen seinen Verband. »Geht's dir schon besser? Kommt alles wieder in Ordnung?«

»Im Prinzip heilt alles ganz gut – bis auf die Hand. Aber die Ärzte glauben, daß sie auch wieder wird. Wahrscheinlich. Oder jedenfalls soweit, daß ich sie gebrauchen kann.« Er zog sie mit sich zum Ausgang. »Komm, laß uns hier abhauen! Hast du Zeit für einen Kaffee?«

Janet Pete hatte Zeit.

Auf dem Weg vom Krankenhaus über das Universitätsgelände zum Frontier-Restaurant sprach Janet vorsichtig Nez' Tod an und spürte, daß Chee noch nicht darüber reden konnte. Er interessierte sich dafür, weshalb Janet ihren Job in einer Anwaltskanzlei in Washington aufgegeben hatte und heimgekehrt war, und merkte rasch, daß dies eher ein Thema für später war. Und so verfielen sie bei ihrem Spaziergang durch einen milden Morgen in Albuquerque darauf, gemeinsame Erinnerungen auszugraben.

»Weißt du noch, wie wir uns kennengelernt haben?« fragte Janet lachend. »In San Juan im Gefängnis! Du hast versucht, meinen Mandanten in Haft zu behalten, ohne etwas Konkretes gegen ihn in der Hand zu haben. Und ich war zu Recht darüber empört. Erinnerst du dich noch?«

»Ich erinnere mich, wie ich dich damals überlistet habe«, antwortete Chee.

»Das hast du nie!« widersprach Janet energisch. Sie lachte nicht mehr und blieb ruckartig stehen. »Was soll das heißen? Wie willst du mich überlistet haben?«

Chee sah sie grinsend an.

»Wie meinst du das?« fragte Janet scharf.

»Weißt du noch, wie du deinen Klienten aus dem Bezirksgefängnis geholt hast? Er hatte den Beutel mit seinen persönlichen Sachen schon wieder zurückbekommen, als du mich plötzlich verdächtigt hast, ich wollte ihn im Vernehmungsraum zu belastenden Aussagen verleiten. Als du dann rausgegangen bist, um dich beim FBI über mich zu beschweren und meine Abberufung zu fordern, hast du deinen Mandanten sicherheitshalber mitgenommen.«

Janet runzelte die Stirn. »Ja, das weiß ich noch«, sagte sie. »Der leitende FBI-Agent hat mir bestätigt, du seist keineswegs berechtigt, den Mann zu vernehmen. Wie hieß er noch gleich wieder?«

»Bisti«, antwortete Chee. »Roosevelt Bisti.«

»Richtig«, sagte Janet. »Er war krank, soweit ich mich erinnere. Und ich weiß noch, wie der FBI-Agent dich am Telefon angewiesen hat, die Finger von Bisti zu lassen. Stimmt's? Wie willst du mich also überlistet haben, Schlaukopf?«

»Als du telefonieren gegangen bist, hast du Bisti mitgenommen, aber seinen Beutel vergessen.«

Jane dachte darüber nach. Dann kam sie kopfschüttelnd auf ihn zu.

»Du hast seine Sachen durchsucht!« sagte sie vorwurfsvoll. »Darauf willst du hinaus, stimmt's? Das nenne ich nicht überlisten. Das nenne ich betrügen!«

Sie gingen weiter. Chee grinste noch immer. Obwohl seine Hand und die Brandwunden am Oberkörper schmerzten, genoß er es, mit Janet zusammenzusein. Er war glücklich.

»Nach welchen Regeln?« fragte er jetzt. »Du als Anwältin mußt dich an die Regeln der *biligaana* halten. Aber du hast vergessen, mich zu fragen, welche Regeln für mich gelten.«

Janet lachte. »Okay, Jim«, sagte sie. »Jedenfalls habe ich den alten Bisti aus dem Gefängnis und deinen unfairen Krallen befreit.«

»Der Job hat dir gefallen, stimmt's? Die Arbeit draußen in der Big Rez, meine ich. Willst du nicht wieder dort anfangen? Der Personalmangel ist inzwischen eher noch größer geworden. Ich möchte wetten, daß du deinen alten Job jederzeit wiederkriegen könntest.«

»Ich fange da an, wo ich aufgehört habe.«

»Bei der DNA?« fragte Chee freudig überrascht. Die *Dinebeiina Nahiilna be Agaditahe* der Navajos war eine Rechtshilfeorganisation für Stammesangehörige, die sich keinen Anwalt leisten konnten. Auf diese Weise würde er viel mit Janet zu tun haben.

»Der Job ist ganz ähnlich, aber nicht bei der DNA«, antwortete sie. »Als Angestellte des Justizministeriums arbeite ich für den *Federal Public Defender* hier in Albuquerque. Ich gehöre zu den Pflichtverteidigern für Kriminalfälle, für die Bundesrecht gilt.«

»Oh«, sagte Chee. Seine Auffassungsgabe verhalf ihm zu zwei Schlußfolgerungen. Als Navajo und dienstjüngste Pflichtverteidigerin würde Janet den Auftrag erhalten haben, Ashie Pinto zu vertreten. Aus dieser Schlußfolgerung ergab sich sofort eine zweite, die ihm den Morgen verdarb. Janet Pete war gekommen, um mit Jim Chee zu reden – aber als Officer, nicht als Freund.

»Ich hab' hier studiert, weißt du«, murmelte Chee, um seine Enttäuschung irgendwie zu überspielen.

Sie überquerten den im Schatten riesiger Platanen liegenden zentralen Platz mit seinem Klinkerpflaster. Eine Gruppe jugendlicher Skateboarder donnerte an ihnen vorbei. Janet warf

Chee einen prüfenden Blick zu, als wundere sie sich über den Themawechsel – und das vorausgegangene plötzliche Schweigen.

»Nach vier Jahren fühlt man sich auf dem Campus allmählich wie zu Hause«, meinte sie.

»Bei mir sind's sieben gewesen«, sagte Chee. »Man studiert ein paar Semester, hat dann kein Geld mehr und macht weiter, sobald man welches verdient hat. So geht's hier den meisten, glaube ich. Ungefähr sieben Jahre bis zum Abschluß. Aber wie zu Hause bin ich mir hier nie vorgekommen.«

»Das ist in Stanford anders gewesen«, stellte Janet fest. »Dort hatten die Leute entweder Geld oder großzügige Stipendien. Man hat auf dem Campus gelebt und Freundschaften geschlossen. Der Zusammenhalt war enger, nehme ich an.« Sie sah ihn mit prüfendem Blick an. »Was ist los?«

»Nichts. Alles in bester Ordnung.«

»Deine Stimmung hat sich verändert. Vor die Sonne hat sich eine Wolke geschoben.«

»Ich würde dich gern etwas Berufliches fragen«, sagte Chee.

»Oh?« fragte Janet erstaunt.

»Du verteidigst Ashie Pinto, stimmt's?« Das kam barscher heraus, als er beabsichtigt hatte.

Sie kamen am Studentenbüro vorbei, ohne daß seine Frage beantwortet worden wäre, und gingen auf den Natursteinbrunnen zu. Chee erinnerte sich an die Geschichte, die man sich auf dem Campus erzählte: daß der Universitätsarchitekt, als ihm das Geld für die geplante Skulptur ausgegangen war, sich aus Steinbrüchen rohe Marmorblöcke zusammengeschnorrt und daraus etwas geformt hatte, das an Stonehenge, Felsendome oder andere Phantasiegebilde des Betrachters erinnerte. Die Skulptur verfehlte fast nie ihre Wirkung auf Chee.

»Ich habe dich abgeholt, weil ich dich mag«, stellte Janet fest. »Wärst du nicht zufällig mein Freund, hätte ich dich als den Beamten aufgesucht, der Pinto festgenommen hat – weil das mein Job ist.«

Chee dachte darüber nach.

»Ich hatte also zwei Gründe«, sagte Janet. »Ist das einer zuviel für dich?«

»Was hab' ich denn gesagt?« fragte Chee. »Ich hab' überhaupt nichts gesagt!«

»Willst du mich verarschen? Weshalb fühle ich mich dann von dir in die Defensive gedrängt?« fragte Janet. »Und weiß nicht mal genau, warum?« Sie ging etwas schneller. »Junge!« sagte sie. »Junge, jetzt ist mir klar, warum deine weiße Freundin nach Wisconsin zurückgegangen ist...«

Chee holte sie ein.

»Wie hieß sie noch? Mary?«

»Mary Landon«, antwortete Chee. »Hör zu, das von eben tut mir leid. Ich weiß, wie so was ist. Aber irgend jemand muß Pinto verteidigen – und diese Aufgabe fällt natürlich dir zu. Was willst du also wissen?«

Janet Pete, die ihr Tempo beibehielt, ließ jetzt die Bäume hinter sich und ging quer über den Parkplatz der Popejoy Hall. Der Morgenhimmel war dunkelblau und sonnig – aber schneeweiße Wattebauschwolken verrieten, daß Herbstgewitter in der Luft lagen.

»Das FBI geizt mit Auskünften, wie?« fragte Chee. »Okay, was willst du wissen?«

»Nichts«, sagte Janet.

»Komm schon, Janet! Ich hab' mich entschuldigt.«

»Stimmt«, bestätigte sie. Dann sah sie ihn lachend an und hakte sich bei ihm ein.

»Ich kann so empfindsam sein wie du«, versicherte sie ihm dabei. »Und ich kann richtig gemein sein.« Sie lachte wieder. »Aber hast du gemerkt, wie elegant ich dich ins Unrecht gesetzt habe? Hat dir das imponiert?«

»Nicht besonders«, antwortete Chee. »Gehört das zu den Tricks, die angehende Juristen lernen?«

»Nein, zu denen, die man von seiner Mutter lernt.«

Jim Chees Geschmack für Kaffee war durch das Gebräu verdorben, das er seit Jahren in seinem Wohnwagen unter den Pappeln in Shiprock kochte – in letzter Zeit mit kleinen Papierfiltern über den Tassen. Der Kaffee im Frontier-Restaurant schmeckte frisch, aber dünn. Bei der dritten Tasse beschlossen sie, daß Chee seinen Rückflug stornieren und mit Janet Pete nach Shiprock heimfahren würde. Morgen würde er ihr den Tatort zeigen. Bis morgen, dachte er, würde er hoffentlich darüber reden können.

»Weißt du, daß Hosteen Pinto noch immer kein Wort zum Tathergang gesagt hat?« fragte Janet. »Er spricht mit mir über alles mögliche, aber nicht über den Mord. Da wird er stumm wie ein Fisch.«

»Was gibt's da schon viel zu sagen?«

»Verdammt viel, wenn du mich fragst! Zum Beispiel, ob er es gewesen ist. Warum er es getan hat, wenn er es war. Was er dort draußen zu suchen hatte. Hast du gewußt, daß er ein Schamane ist, ein Hellseher? Er findet Dinge für andere Leute. Das scheint seine einzige Einnahmequelle zu sein. Das und seine Honorare als Informant. Von Wissenschaftlern, meine ich. Er ist gewissermaßen eine Autorität für Sagen, Märchen und Geschichten aus alter Zeit. Deshalb sind Historiker, Mythologen, Soziologen und andere Professoren hinter ihm her, um ihn seine Erinnerungen auf Tonband sprechen zu lassen. Er hat einen Pickup, der aber nicht mehr fährt – wie ist er also dorthin gekommen? An den Ort, wo du ihn verhaftet hast, meine ich. Was hatte er rund zweihundert Meilen von daheim zu suchen? Das würde ich nur zu gern wissen. Und weshalb er es getan hat, falls er es getan hat.«

»Er hat es getan, weil er betrunken war«, antwortete Chee. »Nez hat ihn aufgelesen und versucht, ihn auf den Rücksitz seines Streifenwagens zu bugsieren. Das muß Pinto ihm übelgenommen haben.«

»Das scheint die amtliche Theorie über den Tathergang zu sein«, bestätigte Janet. »Ich weiß, daß der Staatsanwalt die Anklage darauf aufbauen will.«

»Und so könnte es tatsächlich gewesen sein«, gab Chee zu bedenken.

»Aber weshalb hat Nez ihm nicht den Revolver abgenommen? Bei euch gibt's doch eine Art Standardverfahren für derartige Fälle, nicht wahr? Für den Umgang mit Betrunkenen?«

Darüber hatte Chee auch schon nachgedacht. »Nez hat Pinto nicht verhaftet«, sagte er. »Wir nehmen Betrunkene zu ihrem eigenen Schutz mit. Damit sie nicht erfrieren. Oder ertrinken. Aber das weißt du ja selbst.«

Sie trank ihren Kaffee mit kleinen Schlucken. Ihre schwarzen Augen blickten Chee über den Tassenrand skeptisch an.

»Er hat ihm den Revolver nicht abgenommen, weil er die Waffe nicht gesehen hat«, fügte Chee hinzu. »Der Alte hatte ihn im Hosenbund stecken – allerdings hinten.«

Janet trank noch einen kleinen Schluck. »Hör mal«, fragte sie dann, »hat man seinen Revolver nicht üblicherweise dort stecken?«

Chee zuckte mit den Schultern.

»Okay, wie ist Pinto also hingekommen?«

»Keine Ahnung«, gab Chee zu. »Vielleicht hat der Kerl mit dem weißen Auto ihn hingebracht. Du hast doch den FBI-Bericht gelesen? Was stand darüber in der Akte?«

Janet stellte ihre Kaffeetasse ab. »Ein weißes Auto? Welches weiße Auto?«

»Auf der Fahrt von Red Rock zum Tatort ist mir ein weißes... nun, jedenfalls ein helles Fahrzeug entgegengekommen. Ich bilde mir ein, es trotz Regen und einbrechender Dunkelheit erkannt zu haben. Es war ein alter, verbeulter Jeepster, der einem Lehrer von der Shiprock High School gehört. Was steht im FBI-Bericht über den Wagen?«

»Er ist nicht mal darin erwähnt«, stellte Janet fest. »Das höre ich alles zum ersten Mal.«

»Sie sind dieser Spur nicht nachgegangen?« fragte Chee. Er schüttelte den Kopf. »Das kann ich nicht glauben.«

»Ich schon«, sagte Janet. »Du hast ihnen alles geliefert, was sie brauchten. Einen Verdächtigen, der mit der Tatwaffe in der Hand in der Nähe des Tatorts festgenommen wurde. Nur das Motiv fehlt. Aber Pinto war betrunken – und das ist Erklärung genug. Und er leugnet die Tat nicht einmal. Wozu also Zeit vergeuden und den Fall komplizieren, indem man *alle* Tatsachen ausgräbt?« Ihre Frage klang verbittert.

»Wie steht's mit der teuren Flasche, die Pinto in der Hand hielt? Ist in dem Bericht erwähnt, woher er sie hatte?«

»Kein Wort. Ich wußte nicht, daß es ein teurer Whiskey war.«

»Wie ein luxuriöses Weihnachtsgeschenk, mit dem man einem Kenner imponieren will. Jedenfalls keine Marke, die ein Säufer kaufen würde.«

Janet trank ihren Kaffee aus, stellte die Tasse ab und betrachtete ihn nachdenklich.

»Hör zu, Jim, ich will nicht, daß du meinetwegen in Gewissenskonflikte gerätst. Ich kann mir vorstellen, wie dir zumute ist. Und mir fällt es oft schwer, meine Rollen als Freundin und Anwältin auseinanderzuhalten, weil…«

Chee unterbrach sie, indem er die rechte Hand hob.

»Sobald ich glaube, die Anwältin zu hören, halte ich einfach den Mund«, versicherte er ihr. Das Wundervolle an Janet Pete war, daß er mit ihr über heikle Themen reden konnte. Sie war nicht Mary Landon. Kein weiches, helles Haar, keine unergründlichen blauen Augen, kein Talent dafür, ihm das Gefühl zu vermitteln, als Mann der absolut Größte zu sein…

Aber mit Janet konnte Chee vielleicht schon morgen darüber sprechen, wie er Delbert Nez über Funk lachen gehört hatte, wie seine Befürchtungen immer stärker geworden waren, während er in Red Rock im Handelsposten gesessen und endlos gewartet hatte. Mit ihr konnte er darüber reden, wie lange er gebraucht hatte, um seinen unverzeihlichen, nie wieder gutzumachenden Fehler zu begreifen.

Janet würde verstehen, weshalb Chee nach dem Schuldspruch gegen Ashie Pinto seinen Dienst bei der Navajo Tribal Police quittieren und sich einen anderen Job suchen würde. Sie würde verstehen, weshalb ihm daran liegen mußte, daß der alte Trunkenbold verurteilt wurde. Er war seiner Pflicht nicht nachgekommen. Er hatte den Tod eines Kollegen verschuldet. Aber er hatte wenigstens seinen Mörder festgenommen. Er hatte das Richtige getan.

Sie würde den Alten verteidigen, eine leichte Strafe für ihn herausholen – oder möglicherweise auf verminderte Zurechnungsfähigkeit plädieren, damit er nur für einige Zeit in eine Anstalt mußte. Chee hatte kein Problem mit diesen Gedanken. Niemandem war mit einer Gefängnisstrafe gedient.

Aber er mußte Janet Pete begreiflich machen, daß ein Freispruch für Pinto einem zweifachen Schuldspruch für Jim Chee gleichkommen würde.

5

Joe Leaphorn stand an der Tür von Ashie Pintos Haus und rekapitulierte, was er über die juristischen Aspekte kriminalpolizeilicher Ermittlungen wußte. Er war sich sicher, daß nur der großzügigste Richter gebilligt hätte, was sich hier abspielte. Ihr Vorgehen würde als Durchsuchung ohne richterlichen Befehl, möglicherweise als Einbruch gewertet werden. Mary Keeyani und Louisa Bourebonette hatten sich jedoch weder von solchen Spitzfindigkeiten noch durch Leaphorns Unbehagen bremsen lassen.

»Ich dachte, wir wollten uns hier nur mal umsehen«, hatte Leaphorn gesagt. »Ein paar Fragen stellen. Mal rumhören, ob irgend jemand etwas gesehen hat. Wir haben kein Recht, hier einzubrechen.«

»Er ist mein Onkel«, hatte Mary Keeyani geantwortet. Sie benutzte den Radmutterschlüssel aus Professor Bourebonettes Wagen, um den mit einem Vorhängeschloß gesicherten Riegel an Ashie Pintos Haustür aufzustemmen.

»Außerdem brechen wir nicht wirklich ein«, sagte Bourebonette. »Was wir tun, ist schließlich zu seinem Besten.«

Der Lieutenant wußte nicht so recht, weshalb er hier war. Teils aus Neugier, teils aus irrationalem Verantwortungsgefühl Emmas Clanschwester gegenüber – eine Art Familiengeste, um sein Gewissen zu beruhigen. Ihm fiel kein plausibler

Grund ein, mit dem er diese Einmischung in FBI-Ermittlungen hätte rechtfertigen können. Trotz dieser Überlegungen trat Leaphorn beiseite, als Mary Keeyani die aufgebrochene Tür öffnete. Die beiden Frauen gingen an ihm vorbei.

»Er bewahrt seine Papiere in einer Blechdose auf«, sagte Mary Keeyani. »Irgendwo hier muß sie sein.«

Leaphorn überließ die Frauen ihrer zweifelhaften selbstgestellten Aufgabe, machte einen Rundgang und inspizierte dabei Pintos Wagen. Hinter dem Haus stand ein Ford-Pickup Baujahr 1970 mit kurzer Ladefläche, platten linken Vorderreifen, fast plattem linken Hinterreifen, fehlendem Fahrerfenster und Hühnermist auf dem Sitz. Er entriegelte die Motorhaube und öffnete sie. Die Batterie fehlte. Wie überall im Reservat war sie als erstes ausgebaut worden, sobald sich herausgestellt hatte, daß sich eine Reparatur nicht mehr lohnte. Diesen Wagen hatte Ashie Pinto offensichtlich schon sehr, sehr lange nicht mehr gefahren.

Er schloß die Motorhaube wieder und ging den mit Schlangenkraut bewachsenen Hang hinunter zu Pintos Außenabort. Die ungehobelten Bretter, aus denen er vor einem Menschenalter zusammengenagelt worden war, waren geschrumpft und hatten sich verzogen. Während Leaphorn den Abort benutzte, bewunderte er durch die klaffenden Lücken hindurch Pintos Aussicht über Gras und Salbeibüsche hinweg und die Blue Moon Bench hinunter bis zum Colorado River Canyon.

Auf dem Rückweg zum Haus interessierte er sich für den danebenstehenden Hogan. Der gemauerte, fensterlose Rundbau war mit Dachpappe eingedeckt, auf der als Isolierung eine dicke Erdschicht lag. Der Lieutenant öffnete die knarrende Brettertür und warf einen Blick ins dunkle Innere. Er sah ein Feldbett, aufgestapelte Kartons und einen uralten Kühlschrank, in dem anscheinend Vorräte lagerten, aber nichts wirklich Interessantes.

Ebenso unergiebig war ein Blick in Ashie Pintos ehemaligen Pferdestall. An einem der niedrigen Dachsparren hing ein altes Zaumzeug aus steifem, rissigen Leder und mit verrosteter Trense. Leaphorn nahm es herunter, betrachtete es flüchtig, hängte es wieder auf und gähnte herzhaft dabei. Ein vergeudeter Tag! dachte er.

Das einzig Nützliche, das hier zu finden sein mochte, war vielleicht ein Hinweis darauf, wie Pinto von hier aus – vom Westrand des großen Reservats – in die Nähe von Shiprock gekommen war. Derjenige, der ihn abgeholt haben sollte, mußte sein Kommen logischerweise angemeldet haben. Wahrscheinlich in einem Brief, der Pinto über den Handelsposten in Short Mountain erreicht hatte. In einem Brief, den er nach Mary Keeyanis Ansicht aufbewahrt haben würde.

»Wer vielleicht nur einen Brief im Jahr kriegt – oder nur acht bis zehn im ganzen Leben –, hebt ihn bestimmt auf«, hatte Mary Keeyani ihm erklärt. Das stimmte natürlich. Er ging ins Haus zurück.

Nach Leaphorns Erfahrung neigten alleinstehende Männer zu Extremen: Sie waren entweder äußerst schlampig oder pedantisch ordentlich. Ashie Pinto gehörte zu den Ordnungsliebenden. Vom Türrahmen aus konnte Leaphorn das gesamte Wohn-Schlafzimmer des aus nur zwei Räumen bestehenden Hauses des Alten überblicken.

Das Eisenbett auf dem abgetretenen, teilweise rissigen Linoleum war mit einer billigen blau-weißen Tagesdecke bedeckt; neben dem einzigen Fenster standen eine Kommode mit drei Schubladen und ein alter Sessel, dessen Polsterung Wasserflekken aufwies. Die restliche Einrichtung bestand aus einem Metalltisch mit Kunststoffplatte, zwei Holzstühlen und einem hohen zweitürigen Kleiderschrank. Weder auf Bett, Tisch oder Stühlen lag irgend etwas, aber auf der Kommode befanden sich eine Zigarrenkiste, ein gerahmtes Foto, das Pinto in jüngeren Jahren zu zeigen schien, eine große weiße Waschschüssel aus Porzellan und ein schwarzer Metallkasten, auf dessen Verwendungszweck Leaphorn nicht sofort kam.

Mary Keeyani durchsuchte die Kommodenschubladen, und Professor Bourebonette machte sich klappernd in der Küche zu schaffen.

»Eine Blechdose?« fragte sie. »Rund oder quadratisch?«

»Rund«, sagte Mary Keeyani. »Soviel ich weiß, ist ein Kuchen dringewesen. Oder Plätzchen.«

Joe Leaphorns Neugier lag in heftigem Streit mit seinem Pflichtbewußtsein. Was war das für ein Metallkasten auf der Kommode? Zuletzt entschied er sich für einen Kompromiß.

»Mrs. Keeyani. Was hat es mit dem schwarzen Ding dort drüben auf der Kommode auf sich? Neben der Zigarrenkiste.«

»Das ist ein Kassettenrecorder«, antwortete Mary Keeyani. Sie nahm ihn von der Kommode, kam damit zur Tür und reichte ihn Leaphorn zusammen mit einem Plastikbeutel mit fünf Kassetten. »Mein Onkel hat ihn oft benutzt. Um Aufnahmen für die *biligaana* zu machen, für die er gearbeitet hat.«

Professor Bourebonette erschien an der Küchentür. In den Händen hielt sie eine runde Blechdose, deren Deckel mit aufgedruckten roten Rosen verziert war.

»Das ist sie!« rief Mrs. Keeyani aus.

Der Kassettenrecorder war ein sperriges, schweres Gerät, wie sie vor etwa zwei Jahrzehnten verkauft worden waren. Er enthielt eine Kassette. Leaphorn drückte auf die Abspieltaste und hörte das leise Surren, mit dem leeres Band am Tonkopf vorbeilief. Er betätigte die Stoptaste, betätigte Rücklauf, wartete ab, bis die Kassette völlig zurückgespult war, und drückte erneut auf die Abspieltaste.

Aus dem Lautsprecher drang die Stimme eines alten Mannes, der navajo sprach.

»*Sie sagen, daß Kojote lustig ist, das sagen manche dieser Leute. Aber die Alten, die mir die Geschichten erzählt haben, die hielten Kojote nicht für lustig. Kojote hat immer für Streit gesorgt. Er war böse. Er hat Unfrieden gebracht. Er hat Menschen verletzt, manche sogar in den Tod getrieben. So heißt's in den Geschichten, die meine Onkel mir erzählt haben, als ich noch ein kleiner Junge war. Diese Onkel, die haben gesagt...*«

Professor Bourebonette stand jetzt neben ihm. Der Lieutenant drückte auf die Stoptaste und sah sie mit hochgezogenen Augenbrauen an.

»Diese Geschichte hat er für mich erzählt«, erklärte sie ihm. »Ich hatte ihn darum gebeten. Wie weit er wohl gekommen ist?«

»Ashie Pinto? Für Ihr Buch?«

»Nicht direkt. Er hat mir erzählt, er kenne die authentische Originalfassung eines der Kojotemythen. Die Geschichte von den rotgeflügelten Amseln und dem Spiel, das sie mit ihren Augäpfeln spielen. Wie die Vögel sie hochwerfen und wieder auffangen – und wie Kojote sie dazu zwingt, ihn das Spiel zu lehren.« Sie warf ihm einen fragenden Blick zu. »Sie kennen die Geschichte?«

»Ich habe sie schon mal gehört«, antwortete Leaphorn. Er starrte die Blechdose in ihren Händen an. »Haben Sie vor, Mr. Pintos Dose zu öffnen?«

Louisa Bourebonette schien seine Frage als Mißbilligung auszulegen. Sie betrachtete erst die Blechdose und dann Leaphorn, bevor sie sagte: »Ich gebe sie einfach Mary. Sie ist seine Nichte.«

Mrs. Keeyani hatte anscheinend keine Bedenken. Sie öffnete resolut den Deckel. In der Blechdose sah Leaphorn ein Durcheinander aus Papieren aller Art: Briefumschläge, Rechnungen, Fahrzeugpapiere und andere Schriftstücke. Mary Keeyani stellte die Dose auf den Tisch, wo die Professorin und sie in ihr herumkramten.

»Hier ist ein Brief von mir« sagte Bourebonette und zog einen Umschlag heraus. »Und noch einer.« Sie sah zu Leaphorn hinüber. »Das sind bereits alle. Wir sind ohne viel Schriftverkehr ausgekommen.«

Pintos Nichte hörte zu kramen auf. »Das sind alle, die er dieses Jahr bekommen hat«, sagte sie und hielt zwei Briefumschläge hoch. »Frühere brauchen uns nicht zu interessieren.« Sie zog ein Blatt Notizpapier aus dem ersten Umschlag, überflog den Text, steckte es dann wieder in den Briefumschlag und legte ihn zurück in die Dose. Nachdem sich dieser Vorgang wiederholt hatte, verschloß sie die Blechdose und machte ein enttäuschtes Gesicht.

»Nichts Brauchbares?« erkundigte sich Bourebonette.

Nichts Besonderes, hatte Mary Keeyani zugestimmt. Nichts, was einen Hinweis darauf geben konnte, wer diesen holprigen Weg entlanggefahren war und einen alten Mann quer durch das Reservat transportiert hatte, damit er einen Mord verüben konnte. Während Leaphorn jetzt langsam den holprigen Weg zurückfuhr, versuchte er, seine Reaktion auf die Ereignisse dieses Tages zu ergründen. Alles war wie erwartet ausgegangen – und trotzdem fühlte er sich enttäuscht. Warum? Er hatte nicht damit gerechnet, daß die Durchsicht von Pintos Unterlagen – falls er überhaupt welche besaß – aufschlußreich sein würde. Aber wenn man dem Zufall eine Chance gab, wurde man manchmal belohnt.

Seine eigentliche Hoffnung bestand darin, einen Zeugen zu finden. Das FBI schien der Überzeugung, der Fall sei so gut wie abgeschlossen, und hatte sich deshalb nicht die Mühe gemacht, nach Zeugen zu suchen. Andererseits wurden diese schlaglöcherübersäten Wege – die in Wirklichkeit kaum mehr als meilenlange Zufahrten waren – so selten von fremden Fahrzeugen benutzt, daß die Anwohner sich an sie erinnerten. Der Besuch eines Fremden bei irgendeinem Nachbarn auf derselben Seite des Berges war eine kleine Sensation.

Obwohl Ashie Pinto ungefähr vier Meilen von der Straße entfernt wohnte, war sein Haus bedauerlicherweise das erste an diesem Weg. Mary Keeyanis Anwesen, wo er jetzt gleich parken würde, bestand aus mehreren Hütten, die fast eine Meile entfernt außer Sichtweite um einen gemeinsamen Hogan gruppiert waren. Es war reiner Zufall gewesen, daß ihre jüngste Tochter, die beim Schafehüten helfen wollte, die Staubwolke des Fahrzeugs beobachtet hatte, von dem Pinto abgeholt worden war. Außer ihr war sonst niemand dagewesen, der etwas hätte sehen können.

Der Lieutenant unterdrückte ein Gähnen. Es war schon fast Abend. Ein langer Tag. Er war müde. Er war über 250 Meilen gefahren – und diese Strecke in Begleitung zweier fremder Frauen war anstrengender als in seiner gewohnten Einsamkeit. Und bevor er für heute Schluß machen konnte, mußte er weitere vier Stunden nach Window Rock zurückfahren.

Ein vergeudeter Tag. Nichts erreicht. Oder fast nichts. Er hielt vor Mary Keeyanis Haus, einem verwitterten großen Wohnwagen auf einem Fundament aus Hohlblocksteinen. Sobald die Sache abgeschlossen war, konnte er sich wenigstens von seiner Verantwortung gegenüber der Familie befreit fühlen – und dann war er auch diese beiden Frauen los.

»Mrs. Keeyani«, fragte er, »für wen hat Hosteen Pinto sonst noch gearbeitet? In den letzten Jahren, meine ich. Außer für Dr. Bourebonette.«

Mary Keeyani, die neben ihm saß, sammelte gerade ihre Sachen ein.

»Früher hat er für einen Mann aus Tucson gearbeitet. Einen gewissen Dr. Drabner. Aber dieses Jahr nicht mehr, mein' ich. Und dann war da noch dieser alte Professor von der University of Utah. Seinen Namen hab' ich vergessen, aber er sprach ziemlich gut Navajo.«

»Wahrscheinlich Dr. Justin Milovich«, sagte Bourebonette. »Er war Linguist.«

»Milovich«, bestätigte Mrs. Keeyani. Sie stieg aus dem Wagen und wurde von drei an ihr hochspringenden Hunden kläffend und schwanzwedelnd begrüßt. »Das war sein Name.«

»Noch jemand?«

»Sonst weiß ich niemanden mehr.«

»Was ist mit diesem Geschichtsprofessor von der University of New Mexico?« fragte Bourebonette. »Tagert. Was ist mit Tagert? Hosteen Pinto hat früher häufig mit ihm gearbeitet.«

»Aber jetzt nicht mehr«, stellte Mary Keeyani fest.

Ihre Miene und ihr Tonfall warfen eine Frage auf, und Professor Bourebonette stellte sie. »Ist etwas passiert?«

»Er hat meinem Onkel Whiskey gegeben.«

»Oh«, sagte Bourebonette. »Dieser Dreckskerl!« Sie wandte sich an Leaphorn. »Wenn er trinkt, verliert er völlig die Beherrschung.«

»Ich hab' diesem Mann gesagt, daß er meinem Onkel niemals Whiskey geben soll, aber er hat's trotzdem getan«, berichtete Mary Keeyani weiter. »Als er dann letztes Mal wegen weiterer Arbeit geschrieben hat, hab' ich ihm den Brief nicht mal vorgelesen. Ich hab' ihn einfach zerrissen. Und ich hab' mir von meinem Onkel versprechen lassen, daß er nie wieder für ihn arbeiten würde.«

»Wann war das?« fragte Leaphorn.

»Letztes Jahr. Im Frühjahr.«

»Wann haben Drabner oder Milovich sich zuletzt gemeldet? Wissen Sie das noch?«

»Von Milovich hat er lange nichts mehr gehört«, antwortete sie. »Drabner hat ihm im letzten Winter geschrieben. Vielleicht auch schon im Herbst. Der Brief lag in der Blechdose.«

Sie waren wieder auf der U.S. 89 nach Süden in Richtung Tuba City unterwegs – Bourebonette und der Lieutenant –, als die Abzweigung nach Short Mountain ihn an den alten McGinnis und seinen Laden in Short Mountain erinnerte.

Leaphorn nahm den Fuß vom Gas und sah zu der Professorin hinüber. »Ich denke gerade an die Flasche Whiskey, die Ashie Pinto bei sich hatte, als er von Chee verhaftet wurde. Wissen Sie noch, was Mary Keeyani von diesem Historiker aus New Mexico erzählt hat, der ihm Whiskey gegeben hatte?«

»Daran habe ich auch schon gedacht«, bestätigte sie. »Möglicherweise hat Ashie seine Post selbst abgeholt und einen Brief von Dr. Tagert bekommen, den er Mary gar nicht gezeigt hat. Möglicherweise hat er ihn von jemand anders vorlesen und beantworten lassen.«

»Genau!« sagte Leaphorn zufrieden. »Aber vielleicht auch nicht. Andererseits kaufen die Pintos in Short Mountain ein, nicht wahr?«

»Das war auf jeden Fall seine Postanschrift.«

»Okay, dann fragen wir mal nach.«

Die Straße von der U.S. 89 zum Handelsposten Short Mountain war etwas besser, als Leaphorn sie aus seiner Zeit als Streifenpolizist in Tuba City in Erinnerung hatte. Kiesaufschüttungen und Planierarbeiten hatten ihren Zustand von schrecklich zu ziemlich schlecht verbessert. Leaphorn steuerte seinen Streifenwagen vorsichtig über die waschbrettartige Fahrbahn und wich den tiefen Schlaglöchern aus. Die Abenddämmerung brach bereits herein, als sie zum Short Mountain Wash hinunter und auf den ungeteerten Hof des Handelspostens rollten.

Der Hof war leer. Leaphorn parkte vor der Veranda, stellte den Motor ab und blieb noch sitzen. Er dachte daran, wie er vor vielen Jahren einmal mit Emma hergekommen war, weil sie den alten John McGinnis kennenlernen sollte. Er hatte ihr McGinnis geschildert, wie er ihn kannte: auf seine Art ehrenwert, aber unausstehlich launisch, boshaft, griesgrämig, pessimistisch, klatschsüchtig und oft beleidigend. Über dem Eingang verkündete ein an den Firstbalken des Verandadachs genageltes, fast unleserliches Schild:

GESCHÄFT ZU VERKAUFEN
ANFRAGEN HIER

Das Schild hing seit mindestens einem halben Jahrhundert dort oben. McGinnis hatte es angeblich schon wenige Wochen nach dem Tag angebracht, an dem er den Handelsposten dem Mormonen abgekauft hatte, der ihn eröffnet hatte. Der Legende nach war der junge McGinnis bei diesem Handel aufs Kreuz gelegt worden. Wer ihn kannte, hielt das für sehr unwahrscheinlich.

»Er ist ein Grobian«, hatte Leaphorn Emma gewarnt. »Ein

Kerl ohne Manieren, der dich vielleicht anschnauzt. Aber ich möchte, daß du ihn dir ansiehst. Mich interessiert, was du von ihm hältst.«

Damals war John McGinnis boshafterweise charmant und höflich gewesen. Er hatte Emma lächelnd Komplimente gemacht, ihr die schönsten bei ihm verpfändeten Sachen gezeigt und seine Sammlung mit Lanzenspitzen, Töpfen und verschiedenen Artefakten vorgeführt. Emma war entzückt gewesen.

»Ich weiß gar nicht, warum du immer über ihn schimpfst«, hatte sie gesagt. »Er ist ein guter Mann.«

Sie hatte recht wie immer, wenn es um die Beurteilung von Menschen ging. Auf seine knorrige, exzentrische Art war John McGinnis ein guter Mann.

Leaphorn hatte gemerkt, daß Professor Bourebonette zu ihm herübergesehen und sich dann wieder abgewandt hatte. Vermutlich fragte sie sich, weshalb er einfach nur dasaß. Aber sie schwieg und machte keine Anstalten, ihre Tür zu öffnen. Sie war bereit, auf ihn zu warten, weil sie spürte, wie wertvoll dieser Augenblick für ihn war.

Er mußte sich eingestehen, daß diese Frau ihn beeindruckte. Aber ihr Einfühlungsvermögen war bestimmt etwas, das man in ihrem Beruf bewußt pflegte – um gut mit denen zu harmonieren, die man ausfragen wollte. Wie lange würde diese angelernte Geduld vorhalten?

Die vom Short Mountain Wash kommende kühle Abendbrise trieb Tumbleweeds vor sich her in Richtung Veranda. Erst das Wasserfaß hielt sie auf. Die Gebäude hatten schon baufällig und einsturzgefährdet gewirkt, als er sie zum ersten Mal gesehen hatte. Im roten Widerschein des Sonnenuntergangs sahen sie noch schlimmer aus. Ein Anbau des Hauptgebäudes war teilweise niedergebrannt und nicht wieder aufgebaut worden; die Scheune war sichtlich nach links geneigt. Selbst die Veranda schien unter der Last des Alters und der Einsamkeit zusammengesackt zu sein.

Über der Ladentür flackerte eine in der Abenddämmerung nur schwach leuchtende nackte Glühbirne auf.

»Aha!« sagte Leaphorn. »Er macht eigens für uns auf. Kommen Sie, wir wollen mit ihm reden.«

»Ich bin ihm nur einmal begegnet«, sagte die Professorin. »Er hat mir geholfen, einige Leute zu finden. Soweit ich mich erinnere, kam er mir ziemlich alt vor.«

»Er kannte sogar noch meinen Großvater«, stellte Leaphorn fest. »Das behauptet er jedenfalls.«

Bourebonette zog die Augenbrauen hoch. »Das klingt skeptisch.«

Leaphorn lachte. »Oh, ich glaube, daß er ihn tatsächlich gekannt hat. Aber bei McGinnis…« Er lachte wieder.

Die Ladentür öffnete sich. John McGinnis erschien auf der Schwelle und starrte in den Hof hinaus.

»Ich hab' schon zu!« rief er. »Was wollen Sie?«

Er war kleiner, als Leaphorn ihn in Erinnerung hatte – ein weißhaariger, fast buckliger alter Mann in einem verblichenen blauen Overall. Aber er erkannte Leaphorn, als der Lieutenant aus dem Wagen stieg.

»Teufel auch!« sagte McGinnis. »Da kommt der Sherlock Holmes der Navajo Tribal Police. Und ich möchte wetten, daß ich weiß, was ihn hierher in den armen Teil des Reservats führt.«

»Yaa'eh t'eeh«, begrüßte Leaphorn ihn. »Dr. Bourebonette kennst du schon, glaube ich.«

»Ganz recht! In der Tat!« beteuerte McGinnis. Zu Leaphorns großer Überraschung machte er eine Art Verbeugung.

»Und ich freue mich sehr, Sie wiederzusehen, Ma'am. Wollen Sie auf einen Drink reinkommen? Oder vielleicht mitessen? Es gibt nur Eintopf, aber davon ist reichlich da.«

Professor Bourebonette lächelte freundlich. »Guten Abend, Mr. McGinnis«, sagte sie. »Ich hoffe, Sie haben meinen Brief bekommen, in dem ich mich für Ihre Hilfe bedankt habe.« Sie streckte ihm die Hand hin.

McGinnis schüttelte sie unbeholfen, wobei seine Miene etwas ausdrückte, das Leaphorn noch nie bei ihm gesehen hatte. Verlegenheit? »Hab' ihn gekriegt«, bestätigte er. »Wär' nicht notwendig gewesen. Hat mich trotzdem sehr gefreut.«

Der Alte führte sie durch den halbdunklen Laden in seine Wohnung. Leaphorn fiel auf, daß das Warenlager nicht sonderlich gefüllt war; einige Regale waren sogar leer. Der Glasschrank, in dem McGinnis bei ihm versetzte Wertsachen aufbewahrte, enthielt nur einige wenige Conchagürtel, Webarbeiten und mit Türkisen besetzten Silberschmuck, mit dem Navajos in guten Zeiten bescheidenen Wohlstand demonstrierten. Irgendwie sah es so aus, als würde der Laden tatsächlich demnächst geschlossen. Ein ähnliches Gefühl hatte Leaphorn, als sie durch eine Verbindungstür in den großen Raum traten, in dem McGinnis lebte.

»Du willst über Hosteen Pinto reden«, sagte McGinnis. »Was ich über ihn weiß.« Er nahm einen Stapel *National Geographics* von einem ausgebleichten roten Plüschsessel, um Platz für die Professorin zu machen, bot Leaphorn mit einer Handbewegung das Kunstledersofa an und ließ sich in den Schaukelstuhl sinken. »Warum er euren Polizisten umgebracht hat, weiß ich nicht. Merkwürdig, daß er's getan hat.«

Der alte McGinnis schüttelte den Kopf, während er darüber nachdachte.

»Wie man hört, soll er betrunken gewesen sein, und ich habe ihn ein paarmal betrunken erlebt. Alkohol hat ihn bösartig gemacht. Streitsüchtig. Aber nicht bösartiger als die meisten. Und er hat mir erzählt, er hätte das Trinken aufgegeben. Mich würde interessieren, was er gegen den Polizisten hatte. Was hat er dazu gesagt?«

Leaphorn merkte, wie erstaunt und beeindruckt Professor Bourebonette war. Er nicht. McGinnis war clever. Sonst hätte sich Leaphorn auch gar nicht die Mühe gemacht, herzukommen und mit ihm zu reden. Jetzt goß der Alte Wasser in die Kaffeekanne. Er zündete seinen Propangaskocher an und setzte die Blechkanne auf.

»Soweit ich gehört habe, will er nicht darüber sprechen«, sagte der Lieutenant.

McGinnis wandte sich um und starrte Leaphorn überrascht an. »Er sagt nicht, warum er's getan hat?«

»Nicht mal, ob er es überhaupt war. Er redet einfach nicht darüber.«

»Hmmm«, meinte der Alte, »das macht die Sache richtig interessant.« Er kramte im Regal über dem Herd, brachte zwei Kaffeebecher zum Vorschein und staubte sie ab. »Will nicht darüber reden«, murmelte McGinnis. »Und dabei war der alte Ashie immer so redselig ...«

»So steht's im FBI-Bericht. Pinto gibt nichts zu, leugnet nichts, spricht nicht darüber«, sagte Leaphorn. Die Professorin rutschte unruhig in ihrem Sessel hin und her.

»Was hatte er eigentlich so weit von daheim entfernt zu suchen?« fragte McGinnis. »Wußte seine Familie davon? Mary Keeyani paßt im allgemeinen ziemlich gut auf ihn auf. Der alte Knabe kann nicht viel anstellen, ohne daß sie davon erfährt.«

»Mary weiß es nicht«, warf Bourebonette ein. »Anscheinend ist er von irgend jemand abgeholt worden. So muß es gewesen sein.«

»Aber Mary weiß nicht, von wem?« McGinnis kicherte. »*Ich* weiß, wer ihn abgeholt hat. Oder ich könnte wetten, daß ich's weiß.«

»Wer?« fragte der Lieutenant. Er versuchte, beiläufig zu klingen, und widerstand dem Impuls, sich nach vorn zu beugen. Er wußte recht gut, daß es McGinnis Spaß machte, einen ein bißchen auf die Folter zu spannen: Je dringender man etwas wollte, desto länger mußte man darauf warten.

»Falls es jemand war, für den er gearbeitet hat, mein' ich«, fuhr der Alte fort. »Er hat ja für Professor Bourebonette hier gearbeitet...«, McGinnis nickte zu ihr hinüber, »...und für jemand von der University of New Mexico. Wenn ich mich recht erinnere, hieß er Tagert. Und gelegentlich für ein paar andere. Für Leute, die auf Sagen und Mythen scharf waren oder seine Erinnerungen auf Band aufnehmen wollten.«

McGinnis machte eine Pause, legte prüfend einen Finger an die Kaffeekanne und sah abwartend zu Leaphorn hinüber.

»Wer war es?«

Der Alte ignorierte Leaphorns Frage. »Sind Sie sich sicher, daß Mary nichts davon wußte?« fragte er Bourebonette.

»Ganz bestimmt!«

»Dann muß es Tagert gewesen sein.« Wieder eine Pause.

»Weshalb Tagert?« wollte Leaphorn wissen.

»Tagert gab ihm oft Whiskey. Das hat Mary rausgekriegt und ihn seitdem nicht mehr für Tagert arbeiten lassen.«

Der Lieutenant dachte darüber nach. Das paßte zu dem, was Mrs. Keeyani ausgesagt hatte. Und es klang halbwegs vernünftig, obwohl der Alte so tat, als vermute er das alles nur. Aber McGinnis wußte mehr, als er bisher verraten hatte. Davon war Leaphorn überzeugt. Außerdem war er müde und hatte eine mehrstündige Fahrt vor sich. Er hatte keine Lust, hier herumzuhocken, während McGinnis sich amüsierte.

»Hast du einen Brief für ihn geschrieben? Für Hosteen Pinto?«

McGinnis prüfte erneut die Temperatur der Kaffeekanne, fand sie ausreichend, goß einen Becher voll und reichte ihn Professor Bourebonette.

»Falls Sie Zucker nehmen, kann ich Ihnen welchen holen. Milch ist leider keine mehr da – außer Büchsenmilch aus dem Laden.«

»Ich trinke meinen Kaffee schwarz«, antwortete sie. »Vielen Dank.«

»Kennen Sie Lieutenant Leaphorn schon lange? Wenn man fragen darf.«

»Man darf. Wir haben uns erst heute morgen kennengelernt.«

»Fällt Ihnen auf, wie direkt er zur Sache kommt? Bei einem Navajo ist das ungewöhnlich. Normalerweise sind sie höflicher.« McGinnis sah zu Leaphorn hinüber. »Was soll die Eile? Wir haben reichlich Zeit.«

»Hier ist ein Brief von Tagert für Pinto angekommen«, stellte Leaphorn fest. »Er hat ihn zufällig selbst abgeholt, nicht wahr? Du hast ihm den Brief vorgelesen und auch für ihn beantwortet. Stimmt das soweit?«

McGinnis goß Leaphorns Kaffee in einen Becher mit der Aufschrift JUSTIN BOOTS. Das erinnerte ihn daran, daß die Stiefel, die Emma ihm zum ersten Geburtstag nach ihrer Hochzeit geschenkt hatte, Justins gewesen waren. Sie hatten sie sich damals nicht leisten können. Aber er hatte sie fast zwanzig Jahre lang getragen. Emma. Die Gewißheit, daß er sie nie wiedersehen würde, lastete plötzlich schwer auf ihm. Er schloß die Augen.

Als er sie wieder öffnete, hielt McGinnis ihm mit fragender Miene den Becher hin.

Leaphorn griff danach und nickte dankend.

»Deine Theorie stimmt so ziemlich«, bestätigte der Alte. »Soweit ich mich erinnere, war er zufällig im Laden, als die Post kam. Tagert wollte ihn zu irgendeinem Thema befragen und schlug vor, ihn zu einem bestimmten Termin abzuholen. Ashie sollte ihm mitteilen, ob er damit einverstanden sei – oder gleich einen anderen Termin benennen.«

»Noch irgendwas?« fragte der Lieutenant. Er trank einen Schluck Kaffee. Selbst nach den nicht allzu hohen Qualitätsmaßstäben der Polizeidienststelle Window Rock war das Gebräu miserabel. Vermutlich morgens gekocht und tagsüber immer wieder aufgewärmt.

»Bloß ein kurzer Brief«, antwortete McGinnis. »Das war's auch schon.«

»Welches Datum hat Tagert vorgeschlagen?«

»Das weiß ich nicht mehr. Muß wohl Anfang August gewesen sein.«

»Und Pinto war damit einverstanden?«

»Yeah«, sagte der Alte. Er runzelte die Stirn, während er sich zu erinnern versuchte. Sein rosiges, rundliches Gesicht, an das Leaphorn sich von früher erinnerte, hatte sich in eine Wildnis aus Runzeln und Falten verwandelt. Dann zuckte er mit den Schultern. »Jedenfalls hat er mich gebeten, Tagert zu antworten und ihm zu schreiben, er sei nachmittags abfahrtbereit.«

Professor Bourebonette, die entweder höflicher oder koffeinsüchtiger als Leaphorn war, trank ihren Kaffee ohne erkennbaren Widerwillen. Sie stellte ihren Becher ab.

»Jetzt wissen wir, wie Pinto nach Shiprock gekommen ist«, sagte sie. »Tagert hat ihn abgeholt.«

Aber der Lieutenant beobachtete McGinnis. »Pinto hat sich irgendwie dazu geäußert, stimmt's? Er hat dich nicht gleich gebeten, auf Tagerts Brief zu antworten?«

»Ich bin dabei, mich zu erinnern!« sagte McGinnis ungehalten. »Ich versuch' gerade, mir alles ins Gedächtnis zurückzurufen. Wir waren hier in diesem Raum, das weiß ich noch. Ashie ist kein besonders guter Kunde, aber ich kenne ihn seit vielen Jahren, und wenn er kommt, gehen wir zu 'nem Schwatz nach hinten. Mich interessiert, was drüben am Fluß passiert, weißt du.«

Er kippte seinen Schaukelstuhl nach vorn und stand unbeholfen auf. Aus dem Hängeschrank neben dem Herd nahm er eine Flasche Old Crow.

»Der Lieutenant trinkt keinen Alkohol«, sagte McGinnis zu Professor Bourebonette. Er sah zu Leaphorn hinüber. »Es sei denn, er hätte seine Gewohnheiten geändert. Aber Ihnen biete ich einen kleinen Schluck an.«

»Und ich nehme dankend an«, antwortete die Professorin. Sie hielt McGinnis ihren leeren Kaffeebecher hin, und er kippte einen Schuß Whiskey hinein. Für sich selbst nahm er ein Coca-Cola-Glas vom Regal über dem Ausguß und füllte es genau bis zu dem aufgedruckten Warenzeichen. Danach nahm er wieder Platz, stellte die Flasche neben sich auf den Boden und schaukelte gemächlich weiter.

»Hosteen Pinto hab' ich keinen Drink angeboten. Das weiß ich genau. Wäre auch falsch gewesen, weil er doch Trinker ist. Aber ich hab' mir einen eingeschenkt und in meinem Schaukelstuhl getrunken.« Er nahm einen kleinen Schluck und dachte nach.

»Ich hab' ihm den Brief vorgelesen und er hat irgendwas Derbes gesagt.« Der Alte überlegte. »Etwas ziemlich Derbes. Ich glaube, daß er Tagert einen Kojoten genannt hat – und das ist ungefähr das schlimmste Schimpfwort der Navajos. Und er wollte anfangs nicht für ihn arbeiten. Daran erinnere ich mich genau. Aber dann hat er davon gesprochen, daß Tagert gut zahlt. Und darum ist er überhaupt hergekommen – weil er wieder mal Geld brauchte. Ist Ihnen der Gürtel draußen im Glasschrank aufgefallen?«

McGinnis stemmte sich aus dem Schaukelstuhl hoch und verschwand durch die Verbindungstür zum Laden.

Der Lieutenant sah zu Bourebonette hinüber. »Ich informiere das FBI über Tagert«, versprach er ihr.

»Glauben Sie, daß die was unternehmen?«

»Das sollten sie eigentlich«, sagte Leaphorn. Aber vielleicht unternahmen sie auch nichts. Wozu auch? Für das FBI war dieser Fall so gut wie abgeschlossen. Und was war von Tagerts Vernehmung schon zu erwarten?

McGinnis kam mit einem Conchagürtel in den Händen zurück. Das Licht der Deckenlampe spiegelte sich matt in dem angelaufenen Silber.

»Das hier war immer Pintos letzter Ausweg. Das letzte Stück, das er versetzt hat, wenn er knapp bei Kasse war.« Seine verkrümmten Finger strichen über die Silbermünzen. »Wirklich ein Prachtstück!«

Er gab es Professor Bourebonette.

Auch Leaphorn sah, daß der Gürtel ein Prachtstück war. Ein alter Conchagürtel aus silbernen mexikanischen Fünf-Peso-Stücken aus der Zeit um die Jahrhundertwende. Beim Verkauf an einen Sammler wenigstens zweitausend Dollar wert. Als Pfandgegenstand höchstens fünfhundert Dollar.

»Das Dumme war nur, daß er ihn schon versetzt hatte« berichtete der Alte. »In der Zwischenzeit war er sogar noch zweimal da, um mehr geliehen zu bekommen. Er wollte für weitere fünfzig Dollar Lebensmittel, und wir haben darüber diskutiert, als das Postauto vorbeikam.«

McGinnis schaukelte, während er sich an diese Szene erinnerte, hielt dabei das Coca-Cola-Glas in seiner Linken und kippte es vor- und rückwärts, um die Schaukelbewegung auszugleichen. Genau wie damals vor zwanzig Jahren, als Leaphorn gelegentlich vorbeigekommen war, um Auskünfte über umgezogene Familien einzuholen, sich Gerüchte anzuhören oder einfach nur mit McGinnis zu schwatzen.

Der Lieutenant fühlte sich in vergangene Zeiten zurückversetzt. Alles war genauso wie früher, als ob diese zwanzig Jahre nicht vergangen wären. Der vollgestellte alte Raum, der Modergeruch, das gelbliche Licht und dieser alte Mann, der sekundenschnell noch mehr gealtert zu sein schien. Plötzlich wußte Leaphorn genau, was McGinnis als nächstes tun würde – und der Alte enttäuschte ihn nicht.

Er beugte sich zur Seite, packte die Flasche Old Crow am Hals und schenkte sich sorgfältig nach, bis der Whiskeyspiegel wieder genau das Warenzeichen erreichte.

»Ich habe Pinto schon oft abgebrannt erlebt. Aber an diesem Tag war er wirklich völlig blank. Er hat mir erzählt, er habe keinen Kaffee, kein Maismehl, kein Schmalz und kein gar nichts mehr – und Mary könne ihm nicht helfen, weil sie ihre eigene Brut durchzufüttern habe.«

McGinnis machte eine Pause und nippte nachdenklich an seinem Whiskey.

»Deshalb hat er den Job angenommen«, sagte Professor Bourebonette.

»Ja, das hat er«, bestätigte der Alte. »Ich mußte Tagert sofort zurückschreiben.« Er nahm noch einen Schluck und genoß ihn schweigend, so daß sein Schaukelstuhl um so lauter zu knarren schien.

Leaphorn merkte, daß ihn vor allem eine Frage beschäftigte: *Weshalb hatte Pinto diesen Tagert einen Kojoten genannt?* Im Sprachgebrauch der Navajos war das eine ernste Beleidigung, die nicht nur einen Schurken, sondern einen ausgesprochenen niederträchtigen Menschen bezeichnete. Mary Keeyani hatte gesagt, Tagert habe ihm oft Whiskey gegeben. Konnte das der Grund gewesen sein? Leaphorn fiel auf, daß sein Interesse an diesem Fall wuchs.

»Aber ich hab' gemerkt, daß er eigentlich nicht wollte«, fügte McGinnis hinzu. »Ich hab' ihn gefragt: Was hast du gegen diesen Kerl? Er scheint doch in Ordnung zu sein. Und er zahlt gut, stimmt's? Er ist auch bloß ein Professor wie die anderen. Und der alte Ashie hat gesagt: Tagert verlangt, daß ich etwas tue, was ich nicht will. Und als ich ihn gefragt habe, was er tun soll, hat er geantwortet, er solle etwas finden. Und ich hab' gesagt: Mann, das tust du doch dauernd! Danach hat er eine Zeitlang geschwiegen. Zuerst hat er gesagt: Du hast's gut, du brauchst nicht loszuziehen und Kojote zu suchen. Er liegt da draußen ständig auf der Lauer.«

☆

Professor Bourebonette hatte angeboten, auf dem Rückweg ein Stück zu fahren, und Leaphorn hatte ihr erklärt, das sei gegen die Dienstvorschriften der Navajo Tribal Police. Jetzt – etwa fünfzig Meilen östlich von Tuba City – begann der Lieutenant, seine Standhaftigkeit zu bereuen. Er war erschöpft und todmüde.

In der ersten Stunde hatte ihre Unterhaltung verhindert, daß er einschlief. Sie hatten über McGinnis gesprochen, weiter darüber gerätselt, welchen Suchauftrag Tagert für Hosteen Pinto gehabt haben mochte, und über Pintos Widerstreben diskutiert. Sie hatten sich über die Beziehung der Mythologie der Navajos zur Urfassung des Alten Testaments, das Spannungsverhältnis zwischen kriminalpolizeilichen Ermittlungen und Bürgerrechten sowie über kulturpolitische Fragen unterhalten. Sie hatte ihm von ihren mythologischen Studien in Kambodscha, Thailand und Vietnam erzählt, bevor der Krieg ihre Arbeit unterbrochen hatte. Und Leaphorn hatte ihr von einem Professor aus seiner Graduiertenzeit an der Arizona State University erzählt, der entweder unglaublich geistesabwesend oder längst senil gewesen war.

»Das Dumme ist nur, daß ich langsam merke, daß ich selbst vergeßlich werde«, hatte er lachend hinzugefügt.

Der Mittelstreifen verwandelte sich plötzlich in Doppelstriche, die auseinanderzudriften schienen. Leaphorn zuckte zusammen und war schlagartig wieder hellwach. Er sah schuldbewußt zu Louisa Bourebonette hinüber, um festzustellen, ob sie etwas gemerkt hatte.

Professor Bourebonette hatte den Kopf mit leicht gesenktem Kinn an den Türrahmen gelehnt. Ihr Gesicht war im Schlaf entspannt.

Leaphorn betrachtete sie nachdenklich. Genauso hatte Emma manchmal geschlafen, wenn sie spät nachts unterwegs gewesen waren. Entspannt. Und vertrauensvoll.

6

Der verbeulte weiße Jeepster war bemerkenswert leicht aufzuspüren. Er stand auf Platz siebzehn eines mit Unkraut überwucherten Parkplatzes, an dessen Einfahrt ein großes Schild verkündete:

SHIPROCK HIGH SCHOOL
NUR FÜR LEHRER UND ANGESTELLTE

Janet Pete parkte ihren kleinen zweitürigen Toyota neben dem Jeepster. Sie hatte sich umgezogen und trug jetzt statt des Kleides, mit dem sie ins Krankenhaus gekommen war, Jeans und eine langärmelige blaue Bluse.

»Da steht er«, sagte Janet. »Genau wie du es dir gedacht hast! Willst du hier auf den Besitzer warten?« Sie wies auf die Fahrzeuge, die den Parkplatz für Lehrer und Angestellte verließen – erstaunlich viele, wie Chee fand. »Das dürfte nicht lange dauern.«

»Ich möchte wissen, mit wem ich reden muß«, sagte Chee. Er stieg aus. »Ich frage mal nach.«

Die Sekretärin des Schulleiters warf einen Blick auf Chees Ausweismarke, sah nach draußen in die Richtung, in die er deutete, und fragte: »Welcher?« Dann sagte sie: »Oh.«

»Der gehört Mr. Ji«, erklärte sie Chee. »Wollen Sie ihn verhaften?« Ihre Stimme klang hoffnungsvoll.

»Gee?« fragte er. »Wie schreibt er sich?«

»H-U-A-N J-I« antwortete sie. »Würde man seinen Namen so aussprechen, wie wir ›Na-va-*ho*‹ sagen, wäre ›Mr. Hee‹ richtiger.«

»Soviel ich gehört habe, ist er Vietnamese«, sagte Chee. »Oder Kambodschaner.«

»Vietnamese«, stellte die Sekretärin fest. »Er war Oberst in der südvietnamesischen Armee, glaube ich. Er hat ein Rangerbataillon kommandiert.«

»Wo kann ich ihn finden?«

»Er gibt Mathematikunterricht in Zimmer neunzehn«, sagte sie und deutete den Flur entlang. »Eigentlich ist Schluß für heute, aber seine Schüler müssen meistens noch etwas nachsitzen.« Sie lachte. »Mr. Ji und die Kids sind sich nie darüber einig, wieviel Mathe sie lernen sollten.«

Chee blieb an der offenen Tür von Zimmer neunzehn stehen. Vier Jungen und ein Mädchen saßen mit gesenkten Köpfen an Einzeltischen und rechneten angestrengt. Das Mädchen war hübsch und trug sein Haar für eine junge Navajo auffällig kurz. Die Jungen waren zwei Navajos, ein stämmiger, mürrisch dreinblickender Weißer und ein schlanker Hispano. Aber Chees Interesse galt ihrem Lehrer.

Mr. Huan Ji stand neben dem Lehrerpult, kehrte der Klasse den Rücken und Chee sein Profil zu und starrte aus dem Fenster. Er war ein drahtiger kleiner Mann mit straff aufrechter Haltung, kurzgeschnittenem schwarzen Haar und leicht ergrautem kurzen Schnurrbart. Zu grauer Hose und blauer Jacke trug er ein weißes Hemd mit Krawatte, die sorgfältig gebunden war und deshalb in der Shiprock High School völlig fehl am Platz wirkte.

Sein starrer Blick schien etwas zu mustern, das sich etwa in Horizonthöhe befand. Chee fragte sich, was er dort sah. Sein Blick ging über die Pappeln am San Juan River hinweg nach Südwesten zu den mit Salbei bewachsenen Vorbergen der Chuska Mountains hinüber. Vielleicht sah er den als schwarzen Klotz aufragenden Ship Rock am Horizont; möglicherweise auch Rol-Hai Rock und Mitten Rock. Nein, diese markanten Punkte lagen nicht in Mr. Jis Blickfeld. Chee hatte sie nur vor seinem inneren Auge gesehen.

Mr. Jis Miene wirkte traurig. Was erblickte sein inneres Auge? Vielleicht sah er statt der graublauen Wüstenberge des Dinetah die üppiggrünen Dschungelberge seiner Tropenheimat.

Chee räusperte sich.

»Mr. Ji«, sagte er.

Die fünf Schüler sahen von ihrer Arbeit auf und starrten Chee an. Mr. Ji blickte weiter gedankenverloren aus dem Fenster.

Chee trat ins Klassenzimmer. »Mr. Ji«, wiederholte er.

Mr. Ji drehte sich überrascht nach ihm um.

»Oh«, sagte er. »Tut mir leid. Ich bin in Gedanken woanders gewesen.«

»Könnte ich Sie kurz sprechen?« fragte Chee. »Bloß einen Augenblick.«

»Das war es sowieso für heute«, antwortete Ji. Er betrachtete die fünf Schüler, die seinen Blick erwiderten, und sah auf seine Uhr. »Ihr könnt jetzt gehen«, sagte er. »Wer fertig ist, gibt sein Blatt ab. Wer noch nicht fertig ist, bringt es morgen mit – fertig und korrigiert.« Er wandte sich an den Besucher. »Kommen Sie zur Elternberatung?«

»Nein, Sir«, antwortete Chee. »Ich bin Officer Chee – von der Navajo Tribal Police.« Während er das sagte, merkte er, daß Mr. Ji seine dick verbundene Hand, seine Jeans und sein kurzärmeliges Sporthemd musterte. »Zur Zeit nicht im Dienst«, fügte er hinzu.

»Ah«, sagte Mr. Ji. »Was kann ich für Sie tun?«

Chee hörte rasche Schritte: Janet Pete, die den Korridor entlang auf sie zukam. Hosteen Pintos Anwältin nimmt also an diesem Gespräch teil, dachte Chee. Warum auch nicht? Aber es störte ihn trotzdem. Wo lag die Grenze zwischen Freundin und Strafverteidigerin?

»Mr. Ji?« fragte Janet etwas außer Atem.

»Das ist Janet Pete«, stellte Chee sie vor. »Sie ist Anwältin.«

Mr. Ji verbeugte sich leicht. »Geht es um einen meiner Schüler?« fragte er.

Der letzte von Mr. Jis Schülern hastete an ihnen vorbei, als sei sein Drang, dem Klassenzimmer zu entkommen, stärker als seine Neugier.

»Miss Pete vertritt Ashie Pinto«, erklärte Chee ihm.

Jim Chee kam es so vor, als ob Mr. Jis Atem für einen Moment aussetzen würde. Aber seine Miene blieb ausdruckslos, während er Janet Petes Blick erwiderte.

»Können wir irgendwo ungestört reden?« fragte Chee.

Im Lehrerzimmer war noch jemand. Sie gingen auf den Parkplatz hinaus.

»Ist das Ihr Wagen?« fragte Chee.

»Ja«, antwortete Ji.

»Er ist in der Nacht, in der Officer Delbert Nez erschossen wurde, draußen auf der Navajo Route 33 gesehen worden.«

Ji äußerte sich nicht dazu. Chee wartete.

Jis Miene blieb ausdruckslos. (Der unergründliche Orientale, dachte Chee. Wo hatte er das gehört? Mary Landon hatte ihn einmal so bezeichnet. »Du bist nämlich einer, weißt du. Deine Vorfahren sind aus den Steppen der Mongolei oder aus Tibet oder so ähnlich übers Polareis gekommen. *Wir* stammen aus den dunklen Wäldern Norwegens.«)

»An welchem Tag soll das gewesen sein?« fragte Ji schließlich.

Chee sagte es ihm. »In der Nacht, in der es geregnet hat.

Ziemlich sogar. Es muß zwischen neunzehn Uhr dreißig und zwanzig Uhr gewesen sein. Es war schon recht dunkel, eben wegen dem Gewitter.«

»Ja, das weiß ich noch«, sagte Ji. »Ich bin an dem Abend unterwegs gewesen.«

»Haben Sie irgend jemand gesehen?« fragte Janet Pete. »Irgend etwas?«

»Wo?« lautete Jis Gegenfrage.

Chee unterdrückte ein Stirnrunzeln. Das war eine ziemlich dumme Frage.

»Da, wo Sie langgefahren sind«, antwortete er. »Außerhalb von Shiprock. Östlich von Red Rock auf der Route 33.«

»Ich kann mich nicht erinnern, irgend etwas gesehen zu haben«, sagte Ji.

»Und als Sie auf der Route 63 nach Norden abgebogen sind?«

»Route 63?« Ji wirkte ehrlich verwirrt. Aber das war kein Wunder. Selbst von den Leuten, die regelmäßig diese staubige, von Schlaglöchern übersäte Straße benutzten, hätten nur wenige ihre genaue Bezeichnung gekannt.

»Die Schotterstraße, die kurz vor Red Rock nach Norden in Richtung Biklabito und Shiprock abzweigt.«

»Oh«, sagte Ji und nickte. »Nein, mir ist dort nichts aufgefallen.«

»Sie haben kein Feuer an der Stelle gesehen, wo Nez' Streifenwagen ausgebrannt ist?«

»Ich habe einen Lichtschein gesehen, glaube ich. Aber ich dachte, er stamme von Autoscheinwerfern. An viel mehr kann ich mich nicht erinnern.«

»Wissen Sie wenigstens noch, weshalb Sie dort draußen unterwegs waren?«

Ji nickte lächelnd. »Das weiß ich gut«, sagte er. »Es sah nach Regen aus. Schwarze Regenwolken über den Bergen. In meiner Heimat regnet es viel, und das fehlt mir hier. Ich bin losgefahren, um den Regen zu genießen.«

»Und wie sind Sie gefahren?« fragte Chee.

Ji überlegte kurz. »Auf der U.S. 666 nach Gallup, dann auf der Asphaltstraße nach Westen bis kurz vor Red Rock und von dort aus in weitem Bogen auf der Schotterstraße zurück.«

»Haben Sie einen Streifenwagen gesehen?«

»Gewiß«, sagte Ji. »Einer hat mich überholt.«

»Wo?«

»Auf der Straße nach Red Rock.«

Das mußte Delberts Wagen gewesen sein. »Haben Sie ihn dann noch einmal gesehen?«

»Nein.«

»Aber Sie müssen ein zweites Mal an ihm vorbeigekommen sein«, sagte Chee. »Der Wagen stand auf einem Weg links von der Straße.«

»Er ist mir nicht aufgefallen«, antwortete Ji. »Daran würde ich mich erinnern, glaube ich.«

»Sind Sie noch jemand begegnet? Auf Ihrer Heimfahrt, meine ich.«

Mr. Ji dachte darüber nach. »Vermutlich«, sagte er. »Aber ich kann mich nicht daran erinnern.«

Und das war alles, was aus ihm herauszubekommen war.

Vom Parkplatz aus fuhren sie über die San-Juan-Brücke und auf der U.S. 666 nach Süden weiter.

»Willst du sehen, wo es passiert ist?« fragte er Janet.

Sie warf ihm einen überraschten Blick zu. »Du etwa?«

»Eigentlich nicht«, sagte er. »Oder vielleicht doch, wenn ich's mir genau überlege.«

»Du bist seitdem nicht wieder dort gewesen?«

»Ich war wochenlang im Krankenhaus in Albuquerque«, antwortete Chee. »Und danach... nun, es gab irgendwie keinen zwingenden Grund.«

»Okay«, stimmte Janet zu. »Ich sollte mir den Tatort ansehen, glaube ich.«

»Du hast einen besseren Grund dafür als ich«, sagte Chee. »Ich habe damit nichts mehr zu tun. Dieser Fall wird vom FBI bearbeitet. Ich sage bloß als der Beamte aus, der den Täter festgenommen hat.«

Janet nickte wortlos. Sie sah keinen Grund, sich dazu zu äußern. Chee war klar, daß sie das alles ohnehin schon wußte.

»Und mit den Ermittlungen an sich hatte ich ja nichts zu tun«, fügte er hinzu, obwohl sie das wahrscheinlich auch schon längst wußte.

»Glaubst du, daß das FBI Mr. Ji vernommen hat?«

Chee schüttelte den Kopf. »Das hätte er erwähnt.«

»Überrascht es dich, daß die FBI-Leute ihn nicht vernommen haben?«

»Jetzt nicht mehr«, sagte Chee. »Sie haben ja alles, was sie für eine Verurteilung brauchen. Wozu sollen sie ihre Zeit mit weiteren Ermittlungen vergeuden?«

Janet runzelte die Stirn. »Ich weiß, daß ich das gesagt habe. Aber sie müssen deine Aussage gelesen haben. Folglich wissen sie auch, daß du einem Wagen begegnet bist, der aus der Richtung des Tatorts kam. Du hast ihn als weißen Jeepster identifiziert und angegeben, wem er vermutlich gehört. Da sollte man glauben, daß jemand schon aus Neugier...« Sie brachte den Satz nicht zu Ende.

»Sie haben ihren Mann und ihre Beweise«, stellte er fest. »Wozu alles unnötig komplizieren?«

Janet Pete dachte darüber nach. »Gerechtigkeit«, sagte sie knapp.

Chee äußerte sich nicht dazu. Gerechtigkeit war kein Begriff, der besonders gut zu diesem Fall paßte. Außerdem ging eben die Sonne hinter den Chuska Mountains unter. Auf der weiten, sich in sanften Wellen erstreckenden Prärie bis zum schwarzen Ship Rock warf jeder Salbeibusch, jeder Wacholder, jedes Schlangenkraut und jedes Grasbüschel einen langen blauen Schatten – eine unendliche Vielzahl dunkler Linien, die sich über die im letzten Sonnenglanz liegende Landschaft zogen. Chee genoß diesen wundervollen Anblick. Keine Zeit, an Gerechtigkeit zu denken. Oder an seine Pflicht, die er hätte tun müssen.

Janets Toyota überwand die lange Steigung bis zum Rand des San Juan Basins, von dem aus das Gelände nach Süden abfiel: leeres, leicht hügeliges, graubeiges Grasland, durch das sich das Asphaltband der Straße wie ein schnurgerader Bleistiftstrich zog. Viele Meilen südlich von ihnen blitzte für Sekundenbruchteile die Windschutzscheibe eines nach Norden fahrenden Autos auf. Rechts der Straße ragte der Ship Rock wie eine übergroße, frei gestaltete Kathedrale in den Himmel: meilenweit entfernt und trotzdem scheinbar nahe. In zehn Meilen Entfernung segelte die Table Mesa durch ihr Meer aus Büffelgras und erinnerte Chee wieder einmal an einen wahrhaft gigantischen Flugzeugträger. Ihr gegenüber und jenseits der Straße beleuchtete schräg einfallendes Sonnenlicht den zerklüfteten Barber Peak – für die Geologen ein Vulkankegel, für die Einheimischen ein Hexentanzplatz.

Sie bogen von der U.S. 666 auf die Navajo Route 33 ab und fuhren in den Sonnenuntergang hinein weiter.

»Delbert muß ungefähr hier gewesen sein, als wir zum ersten Mal Funkverbindung hatten«, sagte Chee. »Ziemlich genau hier.« Er hörte selbst, wie bedrückt er klang.

Janet nickte wortlos.

Sie fuhr langsamer, während er aus dem Fenster deutete. »Ich bin ganz dort drüben gefahren – fünfundzwanzig, dreißig Meilen weit hinter dem Ship Rock auf der Straße von Biklabito nach Süden. Dort befand ich mich im Funkschatten des Felsens, was die Verbindung gestört hat. Unser Kontakt war miserabel.«

Chee räusperte sich. Er klappte seine Sonnenblende herunter. Auch Janet klappte ihre herunter, stellte fest, daß sie zu klein war, um von der Blende zu profitieren, und angelte sich ihre Sonnenbrille aus dem Handschuhfach. Sie kam zu dem Schluß, daß Chee die damaligen Ereignisse längst noch nicht verarbeitet hatte.

»Das wird ein prachtvoller Sonnenuntergang«, sagte Janet. »Sieh mal nach Norden!«

Über dem Sleeping Ute Mountain in Colorado und den Abajo Mountains in Utah erreichten gigantische Kumulustürme ihre abendlichen Höchsthöhen. Im direkt von der Sonne beschienenen oberen Teil waren sie schneeweiß, und die von ihnen ausgehenden Eiskristallstreifen schienen zu glitzern. In mittleren Höhen wurde das Licht, von dem sie getroffen wurden, von den Wolken über den Chuska Mountains abgeschwächt und in Orange-, Rosa- und Rottöne verwandelt. Noch tiefer herrschten Blautöne aller Schattierungen von hellem Blaugrau bis zu tiefem Dunkelblau vor. Über den Wolkentürmen wurden die Zirrusstreifen von der untergehenden Sonne in einen glutroten Schimmer getaucht. Sie fuhren durch ein feuriges Zwielicht.

»Dort drüben ist es passiert«, sagte Chee und nickte nach

links. »Er ist hier von der Straße runtergefahren, und dort hinten bei den Wacholderbüschen bin ich auf seinen brennenden Wagen gestoßen.«

Janet nickte schweigend. Chee fiel auf, daß ihr Gesicht vom Licht der untergehenden Sonne rosig angehaucht war. Seidenweiche Haut. Wache Augen, die jetzt auf irgend etwas gerichtet waren. Ein intelligentes Gesicht. Ein apartes Gesicht. Sie runzelte die Stirn.

»Was ist das auf dem Felsen dort drüben? Ich meine die weißen Markierungen auf diesem Basaltkegel.«

»Die haben auch Delbert schon Rätsel aufgegeben«, antwortete Chee. Er mußte unwillkürlich lächeln. »Das ist das Werk unseres geheimnisvollen Felsenmalers. Vor etwa sechs Wochen ist Delbert aufgefallen, daß jemand diese Felsen angemalt hat. Er wollte den Kerl auf frischer Tat schnappen.«

»Das hat ihn gestört? Ich glaube nicht, daß so etwas strafbar ist. Zumindest nicht ausdrücklich«, meinte Janet. »Aber eigentlich stört es mich auch. Wozu etwas Natürliches entstellen?«

»Soviel ich weiß, haben diese Schmierereien ihn nicht nur gestört, sondern auch etwas beunruhigt. Wer würde schon dort raufklettern und soviel Zeit und Farbe vergeuden, um schwarzen Basalt weiß anzumalen? Delbert hat jedenfalls häufig davon gesprochen. Und an diesem Abend kam es mir so vor, als habe er den Felsenmaler gesehen. Und er hat darüber gelacht.«

»Vielleicht hat er ihn tatsächlich gesehen«, sagte Janet. Sie starrte die Felsformation an. »Wodurch sind sie alle entstanden? Ich weiß, daß sie vulkanisch sein müssen, aber sie sehen nicht wie die normalen aus. Geologie gehört leider nicht zu den Fachgebieten, in denen Jurastudenten unterrichtet werden.«

»Zukünftige Anthropologen auch nicht«, meinte Chee bedauernd. »Aber soviel ich gehört habe, hat die Vulkantätigkeit, durch die der Ship Rock entstanden ist, Zehntausende von Jahren angedauert. Durch den Ruck von unten sind immer wieder neue Risse entstanden, aus denen flüssiges Gestein in die Höhe gequollen und erstarrt ist. So sind neue Formationen entstanden – manchmal gleich neben älteren.«

»Oh«, sagte Janet.

»Diese hier erstrecken sich kilometerweit«, erklärte Chee ihr. »Gewissermaßen parallel zu den Chuska Mountains.«

»Haben sie auch einen Namen?«

Chee nannte ihn ihr.

Janet verzog das Gesicht. »Meine Eltern wollten, daß ich einwandfreies Englisch lerne. Sie haben in meiner Gegenwart nicht viel Navajo gesprochen.«

»Er bedeutet ›Lange schwarze Grate‹ oder so ähnlich.« Chee sah zu Janet hinüber, weil er nicht wußte, wie sie zum Zauberglauben der Navajos stand. »Viele traditionell eingestellte Navajos würden sich nicht dorthin wagen – vor allem nicht nachts. Einer Sage nach, die zumindest im Osten des Reservats verbreitet ist, sind diese erstarrten Lavaströme das getrocknete Blut der von den Heldenzwillingen getöteten Ungeheuer. Ich glaube, daß das einer der Punkte ist, die Delbert neugierig gemacht haben. Ihn interessierte wohl vor allem, wer dieses Tabu gebrochen hat.«

»Vielleicht hat er den Schmierer auf frischer Tat ertappt und ist von ihm erschossen worden«, meinte Janet.

»Und der Täter hat den Revolver danach Hosteen Pinto zugesteckt?« fragte Chee. »Diese Theorie dürfte schwer zu verkaufen sein.«

Janet zuckte mit den Schultern. »Sie ist so gut wie jede andere, die mir sonst einfällt«, meinte sie. »Komm, wir sehen uns die Schmierereien mal an.« Dann warf sie Chee einen zweifelnden Blick zu. »Oder gibt's dort um diese Jahreszeit Schlangen?«

»Ein paar Schlangen gibt es überall«, antwortete er. »Aber sie sind kein Problem, wenn man nicht unvernünftig ist.«

»Allein der Gedanke an Schlangen ist ein Problem«, sagte Janet. Aber sie bog mit dem Toyota von der Asphaltstraße ab.

Um zu den Felsen zu kommen, an denen der Maler gearbeitet hatte, mußte sie ihren kleinen Toyota ungefähr eine Meile weit über unwegsames Gelände mit Felsbrocken, Kakteen, Silberdisteln, Büffelgras, Salbeibüschen und Schlangenkraut lenken. Nachdem das rechte Vorderrad mit dumpfem Schlag in ein überwachsenes Loch gefahren war, hielt sie und stellte den Motor ab.

»Wahrscheinlich ist es besser, zu Fuß zu gehen«, sagte Janet. »Vor allem besser für mein armes Auto.«

Ihr Fußmarsch dauerte länger als erwartet. Wie alle durch die dünne, trockene Wüstenluft gesehenen Gegenstände war der Basaltkegel größer und weiter entfernt, als sie vermutet hatten. Die Sonne stand schon weit hinter dem Horizont, als die beiden den letzten Steilhang überwanden und den Fuß der Felsformation erreichten. Über ihnen hatten sich die hohen Wolken von Rosa zu Dunkelrot verfärbt. Weit im Westen waren bläulichschwarze Wolken mit flammendgelben Rändern über dem Kaibito Plateau in Arizona zu sehen.

Janet blieb stehen und sah sich um.

»Unsere Sonnenuntergänge haben dir in Washington gefehlt, was?« fragte Chee.

»Mich interessiert dieser Wagen«, antwortete sie und deutete auf ein Fahrzeug, das er noch gar nicht gesehen hatte.

Hinter ein paar Wacholderbüschen stand ein dunkelgrüner Ford Bronco II. Das mehrere Jahre alte Fahrzeug war schmutzig und verbeult. Die beiden machten einen Umweg, um hinter dem Auto vorbeizugehen. Der Wagen trug ein auf speziellen Antrag zugeteiltes Kennzeichen aus New Mexico.

»REDDNEK«, las Janet vor. »Glaubst du, daß die Ironie beabsichtigt ist?«

Chee zuckte mit den Schultern. Ihm war keine Ironie aufgefallen. Der Wagen war leer. Weshalb stand er hier? Wo war der Fahrer?

»Ein Redneck, der nicht rechtschreiben kann«, erklärte sie ihm.

»Oh.«

Am Fuß des Basaltkegels blieb Janet nochmals stehen. Sie legte den Kopf in den Nacken und starrte die über ihnen aufragende glatte, nur wenig gegliederte Felswand an.

»Ich sehe nirgendwo Farbe«, stellte Janet fest. Das rötliche Abendlicht veränderte die Farbe ihrer Bluse, ihrer ausgebleichten Jeans und ihres Teints. Ihr Haar war leicht zerzaust, ihr Gesichtsausdruck verriet Neugier, und Jim Chee fand sie ausgesprochen schön. Vermutlich wäre es besser, überlegte er sich, wenn alte Freundinnen nicht so umwerfend aussehen würden.

»Vielleicht finden wir den Weg, den er hinaufgeklettert ist«, schlug er vor.

Das war nicht einfach. Die erste mögliche Route endete auf einem schmalen Felsband unter einer nahezu senkrechten Wand. Die zweite, die als breiter Spalt am Fuß des Basaltkegels begann, führte etwa siebzig Meter höher, bis der Spalt sich zu einem kaum handbreiten Riß verengte. Die dritte Route begann über einer Geröllhalde und war nur zu erreichen, wenn man sich kriechend zwischen Felsblöcken hindurchzwängte.

»Ich habe das Thema Schlangen bisher nicht angesprochen«, sagte Janet. Sie klopfte sich mit beiden Händen Schmutz von ihrer Jeans. »Sollte ich's doch tun, versuchst du hoffentlich, etwas Positives zu sagen.«

»Okay.« Chee überlegte kurz, während er sich bemühte, wieder zu Atem zu kommen. »Für Schlangenliebhaber wäre dies ein nahezu idealer Ort, um welche zu finden.«

»Ich mag keine Schlangen«, stellte Janet fest. »Ich kenne den ganzen Scheiß, daß Navajos und Schlangen Freunde sein sollen – aber ich mag sie trotzdem nicht. Ich hab' Angst vor ihnen.«

»Freunde ist nicht das richtige Wort«, widersprach er. »Der Sage nach haben First Man und Big Snake gelernt, einander zu achten. Das setzt voraus, daß man in unübersichtlichem Gelände Vorsicht walten läßt, darauf achtet, was man mit Händen, Füßen und anderen Körperteilen tut. So vermeidet man, auf seinen kleinen Bruder zu treten oder ihm sonstwie zu schaden. Und er läßt seine Klappern ertönen, um einen zu warnen, wenn man ihm zu nahe kommt. Sehr wirkungsvoll.«

»Ich mag sie trotzdem nicht«, sagte Janet. Sie starrte dabei zu den Felsen über ihnen auf. »He, ist das dort oben nicht Farbe?«

Sie hatte recht. Chee folgte ihrem Blick und sah den Basalt links über ihnen weiß leuchten. Diese Stelle war zu erreichen, indem man einen tief eingeschnittenen Spalt hinaufkletterte, der sich im oberen Teil zu einem v-förmigen Einschnitt erweiterte. Geröll und Gesteinsstaub hatten ihn so weit aufgefüllt, daß eine fast ebene Fläche entstanden war. Als Chee sich dort schweratmend an die Felswand lehnte, befand sich der untere Rand der weißen Fläche unmittelbar über seinem Kopf.

»Sieh dir das an!« forderte Janet ihn auf. Sie war in die Hocke gegangen. »Unglaublich! Stell dir vor, jemand muß mit einer Leiter hier oben gewesen sein!«

Janet war keine Anstrengung anzumerken; ihr Atem ging kein bißchen heftiger. Aber Chee holte keuchend Luft – und genierte sich, weil er so völlig außer Form war. Er hatte zu lange im Krankenhaus gelegen. Er war seit zu vielen Wochen nicht mehr im Training. Auch das Klettern mit nur einer Hand war nicht gerade einfach gewesen. Er würde in nächster Zeit wieder mit dem Lauftraining beginnen müssen.

Er holte tief Luft und kauerte neben ihr nieder. Sie deutete auf zwei kleine rechteckige Abdrücke, deren Abstand zueinander tatsächlich auf Leiterfüße schließen ließ.

»Ein zielbewußter Maler«, sagte Janet. »Offenbar mit einem bestimmten Plan. Wozu hätte er sonst eine Leiter heraufschleppen sollen? Er muß gewußt haben, daß er sie für seine Malerei brauchen würde.«

Chee untersuchte die Abdrücke der Leiterfüße. Er wünschte sich, sie wären früher hergekommen, als das Licht noch besser gewesen war.

»Das finde ich interessant«, fügte Janet hinzu.

Er stand auf, klopfte seine Jeans mit der gesunden Hand ab und fragte sich, ob Nez den Schmierer tatsächlich gefaßt hatte. Hatte Nez ihn verfolgt? Hatte der Kerl überhaupt geahnt, daß Nez hinter ihm her war?

»Ob es sein könnte, daß dieser verrückte Felsenmaler Nez erschossen hat?« fragte Janet.

»Nez ist von Ashie Pinto erschossen worden«, stellte Chee fest. »Aber hat dieser Spinner vielleicht etwas damit zu tun gehabt? Hat er die Tat vielleicht beobachtet?«

»Ein Spinner scheint er wirklich zu sein«, räumte Janet ein. Sie war weitergeklettert und blickte zu den wild gezackten Felsformationen über ihnen auf. »Sieh mal, dort oben sind mehrere weißbemalte Flächen. Ein größeres weißes Rechteck, ein schmaler senkrechter Streifen und einzelne kleine Stellen.«

Chee kletterte zu ihr hinauf.

»Falls er die Tat beobachtet hat – und falls ich ihn aufspüren kann –, könntest du einfach erklären, daß Pinto sich schuldig bekennt«, sagte Chee. »Dann wäre das ganze Verfahren überflüssig. Du bräuchtest nur noch wegen des Strafmaßes zu verhandeln.«

Janet äußerte sich nicht dazu. Sie sah weiter zu den Felsen auf. »Merkwürdig«, sagte sie.

»Ein Muster ist nicht zu erkennen«, bestätigte er. »Auch keine Botschaft oder irgendein Sinngehalt – es sei denn in verschlüsselter Form.« Mit seinem Taschenmesser kratzte Chee etwas Farbe vom unteren Rand der über ihnen beginnenden bemalten Felsfläche. Dann beugte er sich nach vorn, um sie im nachlassenden roten Widerschein des Abendhimmels genauer zu betrachten.

»Wahrscheinlich will er damit fliegenden Untertassen etwas mitteilen«, vermutete Janet. »Oder wenn die Maschine der Mesa Airlines auf dem Flug nach Gallup vorbeikommt, kann der Pilot hier lesen: DU HAST DICH VERFLOGEN. Oder der Kerl, der diese Sachen malt, ist sauer auf die Fluggesellschaft, weil sie sein Gepäck verschlampt hat, und wenn man aus der Maschine sieht, liest man irgendeinen obszönen Fluch.«

»Sieh dir das an«, forderte Chee sie auf.

Janet beugte sich vor. »Was?«

»Hier ist ein bißchen Farbe heruntergelaufen«, sagte er, indem er auf eine Stelle deutete.

»Und?«

»Deshalb glaube ich, daß sie noch frisch war, als es zu regnen begonnen hat. Unser Mann hat noch gearbeitet, als es zu regnen anfing.«

»Aha!« sagte Janet Pete. »Vielleicht hat es also doch einen Zeugen gegeben. Vielleicht...« Ihre Stimme, die piepsig geworden war, brach ab. Janet löste sich von dem Felsblock, an dem sie gelehnt hatte, und wich vor einem leisen Rasseln zurück.

»Jim«, flüsterte sie. »Sag mir bitte, daß es nicht das ist, woran ich jetzt denke.«

»Nur wenn du's nicht für 'ne Klapperschlange hältst«, erwiderte er gelassen. »Komm langsam hierher zu mir. Sie liegt dort unter dem Felsblock. Siehst du sie?«

Janet sah bewußt nicht hin. »Komm, laß uns abhauen!« schlug sie vor. Als sie den Fuß des Basaltkegels erreichten, war es noch so hell, daß sie sahen, daß der verbeulte grüne Bronco nicht mehr hinter den Wacholderbüschen stand.

☆

Janet hielt mit ihrem Toyota unter einer der Pappeln, in deren Schatten Jim Chees Behausung stand: ein alter, verbeulter Wohnwagen auf dem niedrigen Nordufer des San Juan River. Chee wartete darauf, daß sie den Zündschlüssel nach links drehen würde. Aber sie ließ den Motor laufen und die Scheinwerfer eingeschaltet.

»Bei meinem einzigen früheren Besuch hattest du gerade eine trächtige Katze«, sagte sie. »Weißt du noch? Es kommt mir vor, als wäre das schon wahnsinnig lange her.«

»Das war nicht meine Katze«, widersprach er. »Sie hat sich nur hier rumgetrieben.«

»Aber du hast dich um sie gekümmert.« Janet lächelte bei der Erinnerung daran. »Weißt du noch? Du hattest Angst, sie könnte von einem Kojoten gefressen werden. Und ich habe dir vorgeschlagen, so eine Flugtransportkiste als Katzenhütte zu verwenden. Kojotensicher. Und du hast in Farmington eine gekauft. Was ist danach passiert?«

»Du bist weggezogen«, antwortete Chee. »Du bist mit deinem Freund nach Washington gezogen und in seine Kanzlei eingetreten, reich geworden und wieder heimgekommen.«

»Was mit der Katze passiert ist, meine ich«, sagte Janet.

»Mit der bin ich nicht zurechtgekommen«, gestand Chee. »Es war eine *biligaana*-Katze. Wahrscheinlich irgendwelchen Touristen weggelaufen. Trotzdem habe ich gehofft, sie würde eine richtige Navajo-Katze werden und sich selbst versorgen. Aber das hat nicht geklappt.«

»Was ist aus ihr geworden?«

»Ich habe sie in die Frachtkiste gesteckt und Mary Landon geschickt«, antwortete Chee.

»Deiner weißen Lehrerin«, sagte Janet.

»Einer weißen Lehrerin, aber nicht meiner«, stellte Chee fest. »Sie ist nach Wisconsin zurückgegangen. Sie wollte weiterstudieren.«

»Nicht mehr deine?«

»Eigentlich nie meine gewesen, vermute ich.«

Sie blieben im Auto sitzen, während sie darüber nachdachten, und hörten zu, wie der Motor lief.

Janet warf ihm einen prüfenden Blick zu. »Und? Ist bei dir wieder alles in Ordnung?«

»Mehr oder weniger«, sagte Chee. »So ziemlich.«

Sie dachten auch darüber nach.

»Und wie steht's mir dir?« fragte Chee. »Was ist mit deinem ehrgeizigen Rechtsanwalt? Seinen Namen hab' ich vergessen. Und was ist aus deinem eigenen Ehrgeiz geworden?«

»Er ist in Washington geblieben und wahrscheinlich dabei, reich zu werden. Und ich bemühe mich, hier einen mittellosen Säufer zu verteidigen, der nicht mal mir sagen will, daß er's nicht gewesen ist.«

Chee, der sehr sorgfältig zugehört hatte, hörte keinen Unterton aus ihrer Stimme heraus. Nur diese nüchterne Feststellung.

»Bei dir ist also auch wieder alles in Ordnung. Soll ich deine Antwort so verstehen?«

»Keine Briefe, keine Telefongespräche«, antwortete Janet ausdruckslos. »An sich geht's mir wieder ganz gut. Aber nach so etwas kommt man sich dämlich vor. Ausgenutzt. Und ziemlich verwirrt.«

»Ich mache uns einen Kaffee«, erbot Chee sich.

Keine Antwort. Janet Pete starrte schweigend aus dem Fenster, als sehe sie irgend etwas im Dunkeln unter den Pappeln.

»Vielleicht hat dich jemand vor meinem Kaffee gewarnt«, fuhr Chee fort, »aber ich koche ihn nicht mehr. Ich benutze jetzt kleine Filter, die direkt auf die Tassen gestellt werden. Seitdem schmeckt er viel besser.«

Janet Pete lachte und stellte den Motor ab.

Tatsächlich war sein Kaffee ausgezeichnet. Frisch, heiß und stark. Sie war müde und schlürfte ihn dankbar, während sie Jim Chees beengtes Zuhause betrachtete. Sehr ordentlich, stellte sie fest. Das war eine Überraschung. Alles hatte seinen festen Platz.

Janet sah zu seinem Bett hinüber: ein schmales Klappbett mit dünner Wolldecke. Geradezu asketisch. Und über dem Bett ein Regal, aus dem Bücher quollen. Sie erkannte Joseph Campbells *The Power of Myth,* Buchanans *A Shining Season,* Momadays *The Way to Rainy Mountain* und Zolbrods *Dine Ba-*

hane, das sie für die beste Übersetzung der Entstehungsgeschichte der Navajos hielt. Eigentlich merkwürdig, daß Chee die ›Navajobibel‹ in der Version eines Weißen las.

»Hast du noch immer vor, Medizinmann zu werden?« fragte sie.

»Irgendwann«, antwortete Chee. »Falls ich lange genug lebe.«

Janet stellte ihre Tasse ab. »Ich habe einen langen Tag hinter mir«, sagte sie. »Aber ich glaube nicht, daß ich viel Nützliches erfahren habe. Ich weiß nicht mal eine Antwort auf die meisten Ashie Pinto betreffenden Fragen. Beispielsweise, wie er dort hingekommen ist. Oder was er dort zu suchen hatte. Oder wer Officer Nez erschossen hat.«

»Das ist die einzige, die ich beantworten kann«, stellte Chee fest. »Dein Mandant hat ihn erschossen. Ich weiß nicht, weshalb. Er weiß es auch nicht genau. Aber Whiskey hat dabei eine Rolle gespielt. Wasser der Dunkelheit. So heißt das Navajowort für Whiskey ins Englische übersetzt.«

Janet äußerte sich nicht dazu. »Wie steht's mit dir?« erkundigte sie sich. »Glaubst du, daß wir irgendwelche Rätsel gelöst haben?«

Chee lehnte am Herd und hielt seinen Becher unbeholfen in der linken Hand. Er trank einen Schluck. »Wir haben ein weiteres hinzugefügt, glaube ich. Weshalb hat Mr. Ji gelogen?«

»In welcher Beziehung?«

»Er hat behauptet, er sei auf der Heimfahrt niemandem begegnet. Aber er muß mich gesehen haben. Ich bin ihm entgegengekommen, als er von der Route 33 auf die Schotterstraße abgebogen ist.«

»Vielleicht hat er's vergessen«, meinte Janet. »Das liegt schließlich schon Wochen zurück.«

»Ich hatte meine Sirene und das Blaulicht eingeschaltet.«

Janet dachte darüber nach. »Oh«, sagte sie dann. »Daran müßte er sich eigentlich erinnern.«

»Unmittelbar zuvor muß er an einem brennenden Auto vorbeigekommen sein. Ganz in der Nähe der Straße steht ein Fahrzeug in Flammen. Dann kommt ein Streifenwagen mit heulender Sirene herangerast. Wir sind hier schließlich nicht in Chicago. Hier draußen passiert nicht viel. Daran hätte er sich erinnern müssen.«

Janet runzelte die Stirn. »Was bedeutet das also – daß er vorgegeben hat, dort gewesen zu sein, obwohl er gar nicht dort war? Oder daß er vorgegeben hat, deinen Streifenwagen nicht gesehen zu haben? Aber das wäre unvernünftig! Vielleicht hat jemand anderer seinen Wagen gefahren, und er hat ihn zu dekken versucht? Oder... was?« Sie fuhr sich mit dem Handrükken über die Stirn, griff wieder nach ihrer Tasse und trank aus. »Ich bin wirklich zu verdammt müde, um noch darüber nachzudenken«, stellte sie fest. »Und ich muß jetzt fahren. Ich muß heute abend unbedingt nach Window Rock zurück.«

»Das ist zu weit«, protestierte Chee. »Zwei anstrengende Stunden. Warum bleibst du nicht einfach hier?« Er machte eine Pause. »Ich rolle meinen Schlafsack auf dem Fußboden aus«, schlug er dann vor.

Sie sahen sich an, bis Janet seufzte.

»Danke«, sagte sie, »aber Emily erwartet mich.«

Emily. Chee erinnerte sich vage an diesen Namen. Irgendeine Kollegin, mit der Janet früher in Window Rock zusammengewohnt hatte.

Chee stand noch an der Tür und beobachtete, wie der Toyota zur Straße hinauffuhr. Danach setzte er sich auf das Klappbett, um seine Schuhe auszuziehen. Er war müde, aber der Kaffee würde ihn noch eine Weile wach halten. Er knöpfte gähnend sein Hemd auf und streifte es über den Verband.

Heute sind drei neue Fragen dazugekommen, dachte er. Nicht nur, weshalb Mr. Ji gelogen hatte. Auch die methodische Verrücktheit des Felsenmalers stellte ihn vor neue Fragen. Und vor allem mußte er über Janet Pete nachdenken.

7

Über Kopfhörer hörte Jim Chee den seltsamen Singsang von Ashie Pintos Stimme. Ihre Tonhöhe veränderte sich rhythmisch, während der Alte von der längst vergangenen Zeit erzählte, als Wechselnde Frau ihre zweite Monatsblutung hatte.

»Bis dahin soll viel Zeit vergangen sein, aber ich weiß nicht, wie viele Tage es nach unserer heutigen Rechnung waren. Die alten Männer haben diese Geschichte stets sehr sorgfältig erzählt. Sie haben sie sehr sorgfältig erzählt, um keine Fehler zu machen, aber wenn sie die Zahl der Tage genannt haben, kann ich mich nicht mehr daran erinnern.

Sie haben erzählt, wie Changing Woman von First Man unterwiesen und von First Woman behütet worden ist, und ich glaube, daß die beiden Changing Woman angewiesen haben müssen, ihnen den Beginn ihrer zweiten Monatsblutung mitzuteilen. Und als sie einsetzte, ist Talking God zu einem Ort bei Huerfano Mesa gekommen, an dem sich das Heilige Volk aufhielt. Er hat den Hogan besucht, den First Man östlich der Mesa gebaut hatte. Wie es heißt, wurde er von Calling God begleitet, aber Talking God war der Wortführer.«

Pintos Stimme verfiel in krächzenden Gesang. Chee erkannte eines der Lieder, mit denen Talking God im Lied, das den Segen bringt, beschworen wurde. Er beherrschte diese Zeremonie selbst und hatte sie zweimal angewandt, als sein Ehrgeiz, eines Tages selbst Medizinmann zu werden, noch frisch und unverbraucht gewesen war.

»*'e ne ya!* Nun bin ich das Kind von Changing Woman. Meine Mokassins sind aus weißen Muscheln...«

Der Kopfhörer des Kassettenrecorders tat Chee am Ohrläppchen weh. Er hörte sich die Aufzeichnung noch einige Minuten an und stellte fest, daß Pintos Version sich in Kleinigkeiten von den Gesängen unterschied, die er von Frank Sam Nakai gelernt hatte. Hosteen Nakai, sein Onkel mütterlicherseits, genoß einen guten Ruf als Medizinmann. Chee neigte dazu, Nakais Version für richtig zu halten und jegliche Veränderungen abzulehnen. Er drückte auf die Taste für schnellen Vorlauf und sah sich um.

Der Lesesaal der Zimmerman-Bibliothek der University of New Mexico war nur schwach besucht. Die vielen Tische waren leer bis auf Chees und einen weiteren, an dem ein hagerer Mann mittleren Alters methodisch den Inhalt einiger Kästchen durcharbeitete, in denen sich anscheinend Fotos und alte Briefe befanden. In der Stille klang das Surren des Kassettenrecorders störend laut. Chee stoppte den schnellen Vorlauf früher als beabsichtigt und hörte sich die Fortsetzung der Aufnahme an.

»... weit draußen nördlich von Ladron Butte. Das weiß ich von meinem Großvater. Er hat erzählt, daß die Utes den San Juan River stromaufwärts vom jetzigen Montezuma Creek überschritten haben und den Tsitah Wash hinaufgeritten sind. Das war damals ihre bevorzugte Route. Sie sind dort rausgekommen, wo jetzt die Schule in Red Mesa steht, und östlich der Tohatin Mesa weitergeritten, um die bei Sweetwater angesiedelten Navajos zu überfallen.

Mein Großvater hat gesagt, daß früher viele Leute aus dem Mud Clan dort Mais und Bohnen und Pfirsiche angebaut haben, und die Utes haben versucht, die Männer umzubringen und ihre Pferde und die Frauen und Kinder zu stehlen. Er hat erzählt, daß die Mexikaner damals, als sein Vater noch ein Junge war, in Santa Fé bis zu hundert Dollar für ein Navajokind gezahlt haben. Und als die *biligaana* gekommen sind, ist der Preis weiter gestiegen, so daß...«

Chee nahm den Kopfhörer ab und spulte die Kassette zurück. Das hier war reine Zeitverschwendung. Bisher hatte er lediglich die Bestätigung für etwas erhalten, was Janet Pete ihm erzählt hatte. Die Wissenschaft hatte Ashie Pinto schon seit langem als wertvolle Quelle entdeckt. Er kannte die alten Sagen, aus denen sich die Geschichte der Dinee rekonstruieren ließ. Und er kannte die Geschichte, wie das Heilige Volk die Menschen erschaffen hatte, aus denen später die Navajo-Clans entstanden waren. Wunderbar. Aber was hatte das mit der Ermordung von Delbert Nez zu tun?

Chee rutschte auf dem harten Holzstuhl nach vorn, streckte die Beine aus und dachte darüber nach – und über die Grübeleien, die ihn hierhergeführt hatten.

Die Frage, die ihn am meisten beschäftigte, war nicht die nach dem Tatmotiv. Chee kannte das Motiv: Whiskey. *Todilhil,* wie die Navajos ihn nannten. In die *biligaana*-Sprache übersetzt »Wasser der Dunkelheit«. Aber die Navajos sprachen das Wort manchmal absichtlich falsch aus. *Todilhaal,* sagten sie – »Dunkelheit einsaugen« – und genossen die trockene Ironie dieses Wortspiels. Wie jeder Polizist wußte, wurde die Frage nach dem Tatmotiv überflüssig, wenn Whiskey im Spiel war. Der Tod schlummerte in der Flasche und wartete nur darauf, freigesetzt zu werden – das wußte jeder Polizeibeamte aus Erfahrung.

Nein. Chee beschäftigte eine andere Frage. Was hatte den Alten durch halb Arizona nach New Mexico in diese einsame Gegend geführt? Es mußte einen Grund dafür geben. Und wie, zum Teufel, war er dorthin gekommen? Pinto sprach Erinnerungen auf Band. Vielleicht hatte er an diesem Tag für einen Wissenschaftler gearbeitet. Vielleicht ergab sich aus der Überprüfung jener Leute, die Ashie Pintos Erinnerungen aufgezeichnet hatten, eine Liste mit Namen. Sogar mit Hinweisen. Vielleicht ging aus ihren Tonbandaufnahmen hervor, was Pinto ins Gebiet am Ship Rock geführt hatte. Vielleicht auch nicht. Jedenfalls hatte Chee jetzt seine Liste der Wissenschaftler, die solche Aufnahmen gemacht hatten.

Er sah in sein Notizbuch.

Professor Christopher Tagert, University of New Mexico, Fachbereich Geschichte.

Professor Roger Davenport, University of Utah, Fachbereich Anthropologie.

Professor Louisa Bourebonette, Northern Arizona University, Fachbereich Amerikanistik.

Professor Alfonso P. Villareal, University of New Mexico, Fachbereich Linguistik.

Vermutlich gab es weitere. Die vier Namen bezeichneten lediglich Kassetten mit Pintos Erinnerungen, die in dieser Bibliothek zur Verfügung standen. Falls in anderen Bibliotheken weitere Kassetten existierten, konnten sie aufgespürt, überspielt und hierhergeschickt werden. Das hatte ihm die – übrigens sehr freundliche – Dame am Schalter für Spezialsammlungen versichert. Aber Chee beschloß, ihr diese Mühe zu ersparen.

Die einzige Aufnahme, die auch nur vage interessant klang, war ein Interview, das Tagert mit Hosteen Pinto geführt hatte. Dabei hatte der Alte sich daran erinnert, was sein Großvater ihm von zwei Weißen erzählt hatte, die irgendwo südlich des San Juan River und nördlich der Chuska Mountains umgekommen waren.

Der Professor hatte sich insbesondere dafür interessiert, woher die beiden gekommen seien, und Ashie Pinto darüber hinaus nach dem Wann und Wo ihres Todes befragt. Pintos Antworten klangen vage, aber Tagert hatte wider Erwarten nicht nachgefaßt.

Vielleicht gab es zu diesem Thema eine spätere Aufzeichnung. Er würde Tagerts Nummer im Telefonverzeichnis der Universität nachschlagen, ihn anrufen und danach fragen.

Chee brachte den Recorder und die Kassetten zum Schalter zurück.

»Sie haben vergessen, sich ins Ausleihbuch einzutragen«, erklärte ihm die freundliche Dame. »Würden Sie's bitte nachholen?« Sie deutete auf ein großformatiges Buch, das aufgeschlagen auf einem Tisch neben der Tür lag.

Chee trug sich mit Namen und Adresse ein, ließ die Spalte *Akademischer Fachbereich* frei, schrieb »Aufnahmen von Ashie Pinto« in die Spalte *Angefordertes Material* und gab zuletzt Datum und Uhrzeit an. In der Zeile über ihm hatte sich ein gewisser John Todman eingetragen. Chee stellte fest, daß die alten Bilder, für die sich Todman interessierte, als »Photos aus der Bergarbeitersiedlung Golightly« bezeichnet waren.

Wer könnte sich noch für Ashie Pintos alte Aufnahmen interessiert haben? fragte er sich. Wahrscheinlich kein Mensch.

Er blätterte eine Seite zurück und überflog die Eintragungen. Noch eine Seite. Und noch eine. Und wieder eine. Auf der sechsten Seite, deren erste Eintragungen Mitte Juli gemacht worden waren, fand er eine, die »Navajo-Sprachbänder – Pinto« lautete.

Der Entleiher war ein gewisser William Redd gewesen.

Chee schob nachdenklich die Unterlippe vor. Er blätterte weiter. William Redd hatte diese Aufnahme auch an den drei Tagen zuvor angefordert. Er notierte sich die Anschrift und sah auf seine Uhr.

Es war noch früh. Er würde bei dieser Adresse vorbeifahren und nachsehen, ob dort ein alter grüner Bronco II mit dem Kennzeichen REDDNEK geparkt war.

8

Jim Chee in Albuquerque war ein Jim Chee ohne Fahrzeug – eine Ente außerhalb des Wassers. Gestern hatte er seinen Pickup am Flugplatz Farmington abgestellt, war mit Mesa Airlines nach Albuquerque geflogen und hatte sich ein Taxi genommen, um ins Hotel zu fahren. Auch an diesem Morgen war er mit einem Taxi ins Verbrennungs- und Traumazentrum des Krankenhauses der University of New Mexico gekommen. Die Ausgaben dafür würde er von seiner Krankenkasse ersetzt bekommen. Aber Taxis waren teuer, und Albuquerque hatte sich wie alle Großstädte des amerikanischen Westens jenseits des Mississippis unter der Annahme ausgedehnt, daß alle über Vierzehnjährigen sich mit eigenen Fahrzeugen fortbewegten. Es gab auch einige Buslinien, wenn man sie zu benutzen verstand. Aber Chee kam mit dem System nicht zurecht und fühlte sich in Taxis unwohl.

Als er jetzt vor dem Problem stand, wie er von der Universitätsbibliothek wegkommen sollte, tat er etwas für den Westen Typisches: Er rief eine Freundin an, um sich abholen zu lassen.

»Ich müßte eigentlich arbeiten«, sagte Janet Pete.

»Ich rede von Arbeit. Hol mich vom Parkplatz hinter der Zimmerman Library ab, dann können wir weitere Ermittlungen im Fall Pinto anstellen.«

»In welcher Richtung?« Janets Stimme klang mißtrauisch.

»Erinnerst du dich an das Kennzeichen REDDNEK, das dir bei unserem Ausflug an dem alten Bronco aufgefallen ist? Ich komme gerade aus dem Lesesaal, wo ich mir Aufnahmen mit Ashie Pinto angehört habe – und dabei habe ich festgestellt, daß sie auch von einem Kerl namens Redd entliehen worden sind. R-E-D-D – genau wie auf dem Kennzeichen. Er hat sie sich ungefähr eine Woche vor dem Mord an vier Tagen hintereinander ausgeliehen.«

Sogar in Chees Ohren klang das alles schrecklich trivial. Er war darauf gefaßt, daß Janet »Na, und?« sagen würde. Aber sie äußerte sich überhaupt nicht dazu.

»Na?« fragte er schließlich. »Genügt das nicht als Ausrede?«

»Ich kann nicht sofort, Jim. Kann ich dich in einer Stunde abholen? In anderthalb Stunden?«

»Ja, natürlich«, antwortete Chee, dem es schwerfiel, sich seine Enttäuschung nicht anmerken zu lassen. Ihm war klar, daß Janet Wichtigeres zu tun hatte, während er sich nur die Zeit vertreiben wollte, und er fragte sich, was sie von ihm denken mochte. »Ich gehe zum Studentenbüro rüber und trinke einen Kaffee.«

Als Chee den mit Klinkersteinen gepflasterten Platz überquerte, fiel ihm etwas anderes ein. Da er Redd jetzt nicht überprüfen konnte, würde er die Wartezeit nutzen, um Professor Tagert aufzusuchen. Vielleicht konnte Tagert ihm irgendwie weiterhelfen.

Der Fachbereich Geschichte war nach Chees Studienzeit umgezogen. Er fand ihn in einem hübschen alten Gebäude, das er als Studentenwohnheim in Erinnerung hatte.

Die Sekretärin am Empfang des Fachbereichs betrachtete ihn neugierig, wobei sie sich erst für seine verbundene Hand und danach für die Tatsache interessierte, daß er ein Navajo war. »Dr. Tagert?« fragte sie verhalten kichernd. Unter den Akten, die sich auf ihrem Schreibtisch stapelten, suchte sie rasch eine Liste heraus. »Er hat heute nachmittag Sprechstunde. Eigentlich gerade jetzt. Sie finden ihn in Zimmer zweihundertsiebzehn.« Sie zeigte den Flur entlang und kicherte nochmals. »Viel Erfolg!«

Die Tür von Zimmer 217 stand offen.

Chee blickte in einen überfüllten Raum, der von zwei hohen staubigen Fenstern erhellt und durch zwei zusammengerückte lange Schreibtische geteilt wurde. Überall lagen und standen Bücher, füllten die wandhohen Regale, stapelten sich auf Stühlen und quollen aus unordentlichen Stapeln auf den Schreibtischen. Am vorderen Schreibtisch bearbeitete ein weibliches Wesen, das Chee den Rücken zukehrte, mit zwei Fingern eine Schreibmaschine.

Chee klopfte an.

»Er ist immer noch nicht da«, sagte die Frau, ohne sich nach ihm umzusehen. »Wir haben noch nichts von ihm gehört.«

»Ich suche Professor Tagert«, erklärte Chee ihr. »Können Sie mir sagen, wo ich ihn finde?«

»Keine Ahnung«, antwortete sie. Dabei drehte sie sich um und musterte Chee über ihre Lesebrille hinweg. »In welchem Semester sind Sie?«

»Ich bin ein Cop«, sagte er, fischte seinen Dienstausweis aus der Tasche und gab ihn ihr. Diesmal hatte er nichts zu befürchten, falls sich das Bureau darüber beschwerte, daß er sich in einen FBI-Fall eingemischt hatte. Schließlich würde er ohnehin kündigen.

Sie begutachtete den Dienstausweis, dann Chee und zuletzt seine dick verbundene Hand. Sie war eine mollige Endzwanzigerin mit rundem, gutmütigem Gesicht, die ihr braunes Haar ziemlich kurz trug.

»Im Dienst?«

Clever, dachte Chee. »Mehr oder weniger«, behauptete er. »Ich bearbeite einen Fall, der einen Mann betrifft, mit dem Dr. Tagert beruflich zu tun hatte. Ich wollte mal hören, was Dr. Tagert mir über ihn erzählen kann.«

»Um wen handelt es sich denn?« Sie lächelte zu ihm auf und zuckte mit den Schultern. »Vermutlich geht mich das nichts an. Aber ich bin Tagerts Assistentin. Vielleicht kann ich Ihnen helfen.«

»Wo dürfte Tagert um diese Tageszeit zu finden sein?«

Sie lachte. »*Das* weiß ich leider auch nicht. An sich müßte er dort drüben sitzen...« Sie deutete auf den zweiten Schreibtisch. »...und seine Sprechstunde abhalten. Und er hätte schon letzte Woche hier sein müssen, um seine Vorlesungen zu halten. Und vorletzte Woche, um an der Fachbereichskonferenz vor Semesterbeginn teilzunehmen. Kein Mensch weiß, wo zum Teufel er geblieben ist.« Sie zeigte auf den bis obenhin mit Briefen gefüllten Drahtkorb auf seinem Schreibtisch. »Unerledigte Post«, sagte sie dabei.

Chee betrachtete den Stapel. Verdammt viel Post.

»Seit wann? Wie lange ist er schon fort?«

»Ich hab' ihn zuletzt Ende des Sommersemesters zu Gesicht bekommen.« Sie lachte wieder, aber diesmal klang ihr Lachen humorlos. »Oder fast am Semesterende. Meistens schafft er's, ein paar Tage früher zu verschwinden. Ich hab' die Prüfungsarbeiten benoten und die Noten für ihn abgeben müssen. Er hat behauptet, er müsse wegen irgendeines Forschungsprojekts verreisen.«

Das klang schon viel interessanter. »Ich heiße Jim Chee«, sagte er.

»Oh... Ich bin Jean Jacobs.« Sie streckte ihm die Hand hin.

Chee schüttelte sie. »Darf ich mich setzen?«

Sie deutete auf einen Stuhl. »Stapeln Sie die Bücher einfach irgendwo auf.«

Chee nahm Platz. »Weiß denn niemand, wo er ist? Auch Mrs. Tagert nicht?«

»Die beiden leben getrennt«, antwortete Jean Jacobs. »Ich hab' sie angerufen, als der Fachbereichsleiter ihn unbedingt ausfindig machen wollte. Sie hat gesagt, sie habe keine Ahnung, wo er sich aufhalte, wolle es auch gar nicht wissen und lege nicht den geringsten Wert darauf, angerufen zu werden, falls er wieder auftauchen würde.«

»Merkwürdig«, sagte Chee.

»Nicht wirklich«, antwortete die Jacobs. »Dr. Tagert ist bestimmt kein idealer Ehemann. Im Gegenteil, er ist...« Sie brachte den Satz nicht zu Ende.

»Merkwürdig, daß niemand weiß, wo er steckt, wollte ich damit sagen«, erklärte Chee ihr. »Man möchte doch meinen, er würde den Fachbereich über seine Aktivitäten auf dem laufenden halten.«

»Nein, keineswegs«, widersprach die Jacobs. »Bestimmt nicht, wenn man ihn kennt.«

Chee dachte an seine eigene Studienzeit an dieser Universität. Im Prinzip war alles recht gut organisiert gewesen – aber es hatte auch Ausnahmen gegeben. Und Chee hatte sich schon damals der Eindruck aufgedrängt, die Freiheit von Lehre und Forschung mache die Professoren weitgehend unabhängig.

»Was unternimmt der Fachbereichsleiter in dieser Sache?«

»Der ist stinksauer. Er hat mich angewiesen, Tagerts Vorlesungen über den Westen jenseits des Mississippi zu übernehmen. Und ich habe mich mit seinen Seminarsteilnehmern getroffen, um den armen Leuten zu sagen, was er von ihnen erwartet, welche Bücher sie lesen sollen und so weiter. Und dann rief der Dekan an und hat mich gefragt, wann er zurückkomme und wo er überhaupt stecke – als ob das alles meine Schuld sei!« Bei der Erinnerung daran verfinsterte sich ihre Miene. »Hoffentlich haben die Navajos ihn erwischt«, fügte sie hinzu.

»Wollte er dorthin? Ins Navajo-Reservat?«

»Wer weiß?« sagte Jean Jacobs. »Oder schert sich den Teufel darum? Aber zuletzt hat er dort gearbeitet.«

»Wissen Sie, woran er gearbeitet hat?«

»Vage. An irgend etwas mit Räubern und Gendarmen. Das ist sein Spezialgebiet: ›Recht und Gesetz im Alten Westen‹. Auf diesem Gebiet ist er der große Fachmann.« Sie machte eine Pause. »Zumindest erzählt er das allen.«

»Wissen Sie, ob er mit einem Navajo namens Ashie Pinto zusammengearbeitet hat?«

»Klar«, antwortete sie. »Mr. Pinto war in diesem Sommer einer seiner Informanten. Tagert hat sich von ihm alte Geschichten erzählen lassen.« Ihr Blick wanderte von Chees

Hand zu seinem Gesicht. »Chee«, murmelte sie, als würde ihr plötzlich klar, wen sie vor sich hatte. »Sie sind der Beamte, der Mr. Pinto festgenommen hat. Sie haben sich verbrannt, als Sie versucht haben, Ihren Kollegen aus dem Auto zu bergen.«

Jean Jacobs war sichtlich beeindruckt.

»Momentan bin ich beurlaubt«, erklärte Chee, wobei er verlegen auf seine Hand zeigte. »Aber ich versuche rauszukriegen, was Pinto da draußen zu suchen gehabt hat. Draußen am Tatort, meine ich. Wie er dorthin gekommen ist. Und so weiter. Aber Pinto will nicht darüber reden.«

Sie hatte eine weitere Frage. »Weshalb hat er den Polizisten erschossen?«

»Pinto war betrunken«, sagte Chee. Ihn irritierte, wie wenig das nach einem überzeugenden Tatmotiv klang. »Sehr betrunken.«

Jean Jacobs betrachtete Chee. Lächelnd. Und klar von ihm angetan.

»Ich hatte gehofft, Professor Tagert würde mir etwas Nützliches erzählen können. Vielleicht hat Pinto mit ihm zusammengearbeitet. Vielleicht war er Tagert bei irgend etwas behilflich.«

»Darüber könnte etwas in seinem Terminkalender stehen«, sagte sie. »Kommen Sie, wir sehen mal nach.«

Der Kalender auf Tagerts Schreibtisch war bei der zweiten Augustwoche aufgeschlagen. Die Spalten Montag bis Donnerstag waren größtenteils voll mit Eintragungen; Freitag, Samstag und Sonntag waren leer – bis auf einen Schrägstrich mit dem Zusatz *Jagdzeit*. Unmittelbar über der Spalte für Dienstag stand in Tagerts sauberer, gut lesbarer Handschrift: *Den alten Furz abholen*.

Chee deutete mit dem Zeigefinger darauf.

»Keine Ahnung, wer damit gemeint ist«, sagte die Jacobs. »Ich bin nicht seine Assistentin, weil ich ihn mag«, ergänzte sie. »Tagert ist der Vorsitzende meines Dissertationsausschusses. Ich versuche, in Geschichte zu promovieren. Mit einer Arbeit über die Auswirkungen des Systems der Handelsposten auf die westlichen Stämme. Das fällt in Tagerts Fachgebiet, deshalb leitet er den für mich zuständigen Ausschuß – ob's mir gefällt oder nicht.«

»Er war schon Dozent hier, als ich noch studiert habe«, sagte Chee. »Dabei fällt mir ein, daß mir einer meiner Freunde damals geraten hat, Professor Tagert zu meiden.«

»Sehr vernünftig«, stimmte die Jacobs zu. »Ein guter Ratschlag.«

»Bloß jetzt nicht mehr. Anscheinend hatte er sich vorgenommen, einen Tag vor den tödlichen Schüssen Mr. Pintos auf einen Polizisten irgend jemand abzuholen – möglicherweise sogar Mr. Pinto selbst. Ich habe das Gefühl, daß Tagert mir eine Menge erzählen könnte.«

»Nun«, meinte Jean Jacobs, »ich wollte, ich könnte Ihnen weiterhelfen.« Sie wühlte ziellos in den Unterlagen auf dem Schreibtisch, als könnten sie irgendeinen Hinweis auf Tagerts Aufenthaltsort enthalten. Chee blätterte im Terminkalender weiter. Die nächste Woche war leer. Auf dem übernächsten Blatt waren zahlreiche Ausschußsitzungen, gemeinsame Mittagessen und dringliche Telefonate vermerkt. »Anscheinend wollte ihr Boss aber vor Semesterbeginn zurückkommen«, stellte er fest.

»Das ist mir auch schon aufgefallen.«

Chee blätterte in den August zurück, zurück zu dem Tag, an dem Nez wegen Chees Pflichtvergessenheit zu Tode gekommen war. Diese Seite war leer.

Jean Jacobs schien seinen Gesichtsausdruck bemerkt zu haben.

»Was ist los?«

»Nichts«, antwortete Chee. »Mir ist nur gerade etwas eingefallen.«

Er schlug wieder die letzte Seite mit Tagerts Eintragungen auf und blätterte eine Woche weit in die Zeit zurück, als Nez noch nicht tot und er noch ein glücklicher Mann gewesen war. Auch diese Woche war voller Eintragungen des vielbeschäftigten Professors.

Ziemlich weit unten hatte Tagert in die für Freitag vorgesehene Spalte geschrieben: *Feststellen, was Redd will.* Darunter war eine Telefonnummer angegeben.

9

Redd meldete sich am Telefon. »Chee?« wiederholte er. »Jim Chee. Sind Sie der Cop, der den alten Pinto verhaftet hat?«

»Richtig«, bestätigte Chee. Er war etwas überrascht. Andererseits hatte der Fall wirklich Schlagzeilen gemacht. Und Redd schien irgendwie in diese merkwürdige Sache verwickelt zu sein. »Darüber möchte ich mit Ihnen reden. Mich interessiert, was Sie über Pinto wissen.«

»Verdammt wenig«, antwortete Redd. »Aber fragen Sie meinetwegen. Was wollen Sie wissen?«

»Wie wär's, wenn ich mal bei Ihnen vorbeikomme? Ich rede nicht gern am Telefon.«

»Klar«, sagte Redd und nannte seine Adresse.

Janet Pete wartete auf dem Parkplatz hinter der Bibliothek. Sie hatte denselben nervösen, unglücklichen Gesichtsausdruck wie eine Autofahrerin, die in einer Ladezone steht.

»Du kommst verdammt spät«, fauchte sie. »Du hast von einer Stunde gesprochen. Die Cops haben mich schon zweimal zum Weiterfahren aufgefordert.«

»Die Zeit hast du genannt, und du hast von ungefähr eineinhalb Stunden gesprochen«, sagte Chee. »Nach Navajobegriffen bin ich also fast pünktlich.«

Janet schnaubte. »Los, steig ein!« forderte sie ihn auf. »Du nützt deine wunde Pfote wirklich raffiniert aus.«

Die von Redd angegebene Adresse lag in Albuquerques Studentengetto – einem heruntergekommenen Wohnviertel mit kleinen Bungalows aus den vierziger Jahren inmitten verunkrauteter Gärten und hinter windschiefen Zäunen. Redd hauste hinter einem dieser Bungalows in einer ehemaligen Doppelgarage, vor der der verrostete Bronco II mit dem Kennzeichen REDDNEK geparkt war. Redd selbst stand am Eingang und sah ihnen entgegen, als Janet Pete vorfuhr.

Er war ein großer, breitschultriger Mann, aber Chee fiel als erstes auf, daß er rote Haare, einen roten Schnurrbart und ein hageres, sommersprossiges Gesicht hatte.

»Yaa' eh t'eeh«, begrüßte er Janet, wobei er die kehligen Laute der Navajos perfekt aussprach. »William Odell Redd«, fuhr er fort, indem er ihr die Hand entgegenstreckte, »aber die meisten Leute nennen mich Odell. Und wer sind Sie?«

»Janet Pete«, sagte sie, »und das hier ist Jim Chee.«

Odell Redd nickte Chee breit grinsend zu. »Das ist also die Hand, die Sie sich versengt haben«, stellte er fest. »Stand ja alles in der Zeitung. Aber kommen Sie doch rein. Möchten Sie einen Drink?«

Redds Apartment war überfüllt, aber halbwegs aufgeräumt – bis auf die Bücher. Hauptsächlich linguistische Fachbücher. Überall lagen und standen Wörterbücher in allen möglichen Sprachen von Französisch bis Quechua. Neben einem Wörterbuch der Cherokeesprache stand die *Navajo Tonal Syntax*. Auch auf dem verkratzten Tisch mitten in Redds Wohn-Schlafzimmer lag ein dicker Wälzer – merkwürdigerweise ein Briefmarkenkatalog. Die anderen Bücher, die sich auf dem Tisch stapelten, betrafen Münzen. *Macmillans Enzyklopädie für Münzsammler* lag aufgeschlagen da und war von Ein-Cent-Münzen in ordentlichen kleinen Stapeln umgeben. Weitere Centmünzen füllten drei Zigarrenkisten.

»Nehmen Sie den da«, forderte Redd Janet auf und bot ihr mit einer Handbewegung einen Sessel an. Die Bücherlast, die er zuvor getragen hatte, bildete jetzt einen ordentlichen Stapel auf dem Linoleumboden. Chee konnte sich denken, daß der Sessel in Erwartung seines Besuchs abgeräumt worden war. »Mr. Chee bekommt auch gleich einen Platz.«

Nachdem Redd einen alten Lehnstuhl für Chee freigemacht hatte, nahm er ein riesiges spanisch-englisches Wörterbuch und zwei kleinere Wörterbücher von einem Küchenstuhl und schob die Münzstapel so weit beiseite, daß er die Bücher auf den Tisch legen konnte. Danach drehte er den Küchenstuhl mit der Lehne nach vorn, nahm rittlings darauf Platz und sah erst zu Janet Pete und dann zu Chee hinüber.

»Habe ich Sie beide nicht neulich abend am Ship Rock gesehen? Südlich der Route 33?«

»Ja, das stimmt«, bestätigte Chee.

»Interessante Gegend«, sagte Redd. »Sie wissen vermutlich mehr darüber als ich – schließlich sind Sie Navajos. All diese Grate und Lavakegel. Irgendwo dort draußen soll's auch einen

Hexentanzplatz geben, an dem Neulinge in die Gemeinschaft der Skinwalker aufgenommen werden. Lauter interessante Dinge.«

»Haben Sie eine Idee, was Hosteen Pinto dort draußen zu suchen hatte?« fragte Janet.

Redd lächelte Sie an. »Ich möchte wetten, daß Sie mit ihm verwandt sind. Pinto gehört zum Mud Clan. Sind Sie eine Verwandte?«

»Ich bin seine Anwältin«, sagte sie.

»Er will's Ihnen also nicht erzählen, was? Ich meine, was er in dieser Nacht dort draußen gemacht hat. Als er den Polizisten erschossen hat.«

Janet zögerte. Sie sah unsicher zu Chee hinüber. Chee bestätigte: »Pinto will nicht darüber reden.«

»So ungefähr hat es auch in den Zeitungen gestanden«, sagte Redd. »Er soll ja auch ziemlich betrunken gewesen sein, wie ich gelesen habe. Vielleicht erinnert er sich einfach an nichts mehr.«

»Schon möglich«, meinte Chee. »Haben Sie eine Idee, wie er dort hingekommen sein könnte?«

Redd schüttelte den Kopf. »Trotzdem muß der Alte irgendwie hingekommen sein. Zweihundert Meilen sind ein bißchen lang für einen Fußmarsch – selbst für einen Navajo. Andererseits kann ich mir schlecht vorstellen, daß ihn jemand hingefahren und einfach abgesetzt hat. Außerdem hätten die Cops dann ja jemand wegfahren sehen müssen, nicht wahr?«

»Soviel wir wissen, hat kein Mensch irgendwas beobachtet«, warf Janet ein. »Jim ist unmittelbar nach der Tat eingetroffen, aber er hat niemanden gesehen. Und Mr. Ji, der kurz zuvor vorbeigefahren ist, hat auch niemanden bemerkt.«

Redd zog die Augenbrauen hoch. »Mr. Dschi?«

»Mr. Ji«, stellte sie richtig. »J-I geschrieben, aber wie ›Dschi‹ ausgesprochen. Ein vietnamesischer Name. Er ist Lehrer an der Shiprock High School.«

»Oh«, sagte Redd. »Jedenfalls kann ich bloß Vermutungen darüber anstellen, was Pinto dort draußen getan haben könnte. Ich glaube, daß er für Professor Tagert gearbeitet hat.«

Chee wartete auf weitere Erklärungen, die jedoch ausblieben.

»In welcher Funktion?« fragte er dann. Im nächsten Augenblick hob er seine nicht verbundene Hand. »Aber beantworten Sie mir zuerst eine andere Frage. Weswegen waren Sie dort draußen unterwegs, als Sie Janet und mich gesehen haben?«

Redd lachte. »Meine Neugier war schuld. Ich hatte erwartet, daß in den Zeitungen mehr stehen würde. Sie wissen schon: eine Pressemitteilung, in der die Polizei nach Abschluß ihrer Ermittlungen bekanntgibt, was eigentlich passiert ist. Als das ausblieb, habe ich nachgedacht und schließlich eine Theorie entwickelt. Dann bin ich rausgefahren, um sie zu verifizieren – was mir dann aber doch nicht gelungen ist.«

»Wie lautet Ihre Theorie?«

»Ich hatte die Idee, Pinto könnte Butch Cassidy für Tagert gefunden haben«, antwortete Redd.

»Butch Cassidy?« fragte Janet.

Redd nickte. »Was wissen Sie über die Geschichte des amerikanischen Westens?« fragte er. »Vor allem über ihre wissenschaftliche Aufarbeitung?«

»Die Geschichte kenne ich einigermaßen«, sagte Chee. »Die wissenschaftlichen Aspekte überhaupt nicht.«

»Frederick Jackson Turner war jahrzehntelang der Guru dieses Fachgebiets. Er ist irgendwann in den dreißiger Jahren gestorben, glaub' ich. Er hat in Harvard gelehrt und schon um die Jahrhundertwende seine Theorie aufgestellt, die offene Grenze des amerikanischen Westens habe jedem Land, Gold, Silber, Weidegründe geboten, soviel er sich nehmen konnte...« Redd machte eine leicht verlegene Pause. »Soviel er den Indianern wegnehmen konnte, meine ich. Jedenfalls glaubte der olle Turner, dies habe die europäischen Einwanderer zu neuen Menschen gemacht und unsere Demokratie überhaupt erst ermöglicht.

Turner und seine Anhänger haben die Geschichtsschreibung des amerikanischen Westens bis weit über die Jahrhundertmitte maßgeblich beeinflußt. Der angelsächsische Weiße war ihr Held, und Spanier, Franzosen oder Indianer wurden nur am Rande erwähnt. Aber jetzt gibt's eine neue Welle. Donald Worster an der University of Kansas, Patricia Limerick an der Colorado University, Tagert hier, ein gewisser Henderson an der UC Berkeley und einige andere sind die Führer dieser Gegenbewegung. Zumindest möchte Tagert einer von ihnen sein.«

Redd machte eine Pause. »Um das alles zu erklären, brauche ich ein bißchen Zeit.«

»Wir haben's nicht eilig«, versicherte Janet ihm.

»Nun, soviel ich weiß, hat die Fehde damit begonnen, daß dieser Dr. Henderson ein Lehrbuch geschrieben hat, das Tagert in einem Artikel teilweise kritisiert hat, worauf Henderson sich im *Western History Quarterly* ziemlich abfällig über eine Arbeit Tagerts über die ›Hole-in-the-Wall Gang‹ ausgelassen hat.« Redd hielt erneut inne. »Ich hätte erwähnen sollen, daß Tagert und Henderson auf Recht und Gesetz – oder das Fehlen von Recht und Gesetz – im Wilden Westen spezialisiert sind. Wahrscheinlich können sie einander deshalb nicht ausstehen. Und Tagert glaubt, einer großen Sache auf der Spur zu sein, die Henderson den Rest geben wird. Dabei geht's um etwas, das er von Pinto erfahren hat.«

»Sind Sie einer von Tagerts Studenten?« fragte Janet.

Chee merkte, daß er unwillkürlich die Zähne zusammenbiß. Diese Frage unterbrach den ganzen Fluß von Redds Ausführungen. Und nach Navajobegriffen war eine Unterbrechung dieser Art ausgesprochen unhöflich. Man ließ den anderen ausreden und wartete dann, um sicherzugehen, daß er wirklich ausgeredet hatte, bevor man selbst sprach. Andererseits war Janet Pete eigentlich nur ihrer Abstammung nach eine Navajo. Sie war nicht als echte Navajo im Reservat aufgewachsen, hatte keine *kinaalda* zur Feier ihrer Pubertät erlebt, war niemals darin unterwiesen worden, sich...

»Zum Glück nicht!« sagte Redd. »Ich habe unten an der UTEP Amerikanistik studiert. Aber davon kann kein Mensch leben. Jetzt bin ich dabei, in Linguistik zu promovieren. Damit hat man bessere Aussichten auf einen Job als Lehrer oder Dozent – und wenn man nicht den kriegt, kann man als Übersetzer arbeiten. Viele Firmen brauchen welche. Ölgesellschaften. Export-Import. Anwaltsfirmen. Massenhaft Jobs.«

»Aber Sie wissen viel über Geschichte – und über Tagert«, stellte Janet fest.

»Ich weiß viel über Tagert«, antwortete Redd. »Eine junge Dame, die bei ihm arbeitet, ist gut mit mir befreundet.«

»Jean Jacobs?« fragte Janet. »Jim hat mir erzählt, daß er sie heute in Tagerts Büro kennengelernt hat. Und daß sie sehr hilfsbereit war.«

»Nettes Mädchen«, sagte Redd mit einer Miene, die erkennen ließ, daß das Kompliment ernst gemeint war. »Wir sind schon seit Ewigkeiten Freunde.«

Chee merkte, daß er langsam ungeduldig wurde – was bei

ihm selten genug vorkam. Er wünschte sich, er hätte Janet Pete nicht mitgebracht. Er wünschte sich, mit dieser Sache ginge es endlich vorwärts.

»Wissen Sie genug über Tagert, um sich vorstellen zu können, wo er jetzt steckt?« Chee spürte, daß er nicht den rechten Ton getroffen hatte. Das merkte auch Redd. Und natürlich Janet.

»Nein«, erwiderte Redd. »Ich habe wirklich keinen blassen Schimmer.« Er stand auf, drehte seinen Stuhl um und nahm wieder Platz.

Das Gespräch war mit einem Mal förmlich geworden. Schön, sagte sich Chee, das hast du also versiebt. Er fühlte Janets Blick auf sich. Jetzt wurde es Zeit, das Kaninchen aus dem Zylinder zu zaubern. Aber er hatte kein Kaninchen. Er ärgerte sich über sich selbst. »Sie haben erzählt, Sie hätten uns in der Nähe der Stelle gesehen, an der Nez von Pinto erschossen wurde. Sie haben gesagt, Sie hätten dort eine Theorie überprüfen wollen.«

»Ich war bloß neugierig«, erklärte Redd ihm. »Ich kenne Mr. Pinto ein bißchen. Deshalb habe ich mich gefragt, was er dort draußen wohl zu suchen hatte.«

»Sie haben angefangen, uns zu erzählen, daß Pinto für Dr. Tagert gearbeitet hat – und womit er beschäftigt war. Irgendwas von der Geschichte des Westens und einem Professor Henderson und ...«

»Ah, ganz recht. Sieht so aus, als wäre ich vom Thema abgekommen. Nun, von Henderson ist ein neues Buch erschienen: über Straßenräuber, organisierte Banden und so weiter, aber hauptsächlich über die Firma Pinkerton.« Redd machte eine Pause und sah von einem zum anderen. »Von den Pinkertons haben Sie schon gehört?«

Jim Chee nickte.

»Sie sollen Butch Cassidy außer Landes getrieben haben. Ungefähr im Jahre 1901. Erst nach Argentinien, dann nach Bolivien. Henderson ist dorthin gereist, hat in La Paz in Militärarchiven gewühlt und einen Bericht entdeckt, der detailliert schildert, wie eine berittene bolivianische Infanteriepatrouille die beiden in einem kleinen Dorf überrascht und erschießt. Abgesehen von den Einzelheiten war das nicht weiter neu. Aber Tagert glaubt nicht, daß sich das Ganze so abgespielt hat.«

Redd machte wieder eine Pause und schien auf irgendeine Reaktion zu warten. Nach ein, zwei Sekunden kam eine.

»Genau so war's doch im Film!« sagte Janet.

»Film?« fragte Redd überrascht.

»Butch Cassidy and the Sundance Kid«, wenn ich mich recht erinnere. Mit Robert Redford und Wie-heißt-er-gleich-wieder. Und die bolivianische Armee erschießt die beiden.« Janet verzog das Gesicht. »Knallt sie regelrecht ab. Gruselig.«

Das war nicht die Reaktion, die Redd erwartet hatte, aber er sprach trotzdem weiter. Er genießt es, Zuhörer zu haben, dachte Chee mürrisch – und ärgerte sich dann über seine Reaktion. Redd hätte wirklich kaum hilfsbereiter sein können. Er schien zu den ewigen Studenten zu gehören, die es am Rande jeder Universität gab, aber er machte einen durchaus anständigen Eindruck.

Redd erzählte ihnen, daß Tagert nicht glaubte, daß Cassidy in Bolivien erschossen worden sei. Statt dessen hielt er sich teilweise an die Geschichte, die bei Cassidys Verwandten kursierte. Die Familie behauptete, Cassidy sei 1909 unerkannt in die Vereinigten Staaten zurückgekehrt, habe unter falschem Namen eine Farm gekauft und dort als ehrbarer Bürger gelebt, bis er um 1932 als uralter Mann gestorben sei. Tagert glaubte einen Teil davon – nur nicht, daß Cassidy ein Ehrenmann geworden sein sollte.

»Vor ungefähr zehn Jahren hat er in *Western Archives* einen Artikel veröffentlicht, in dem er Butch Cassidy mit einem Bankraub in Utah in Verbindung gebracht hat«, berichtete Redd weiter. »In Fachkreisen ist daraus eine Kontroverse entstanden, und Henderson hat ihn abgeschossen. Er hat nachgewiesen, daß Tagert sich auf widerlegte Zeugenaussagen bei einer Gerichtsverhandlung gestützt hat. Das hat Tagert natürlich aufgebracht. Und dieses neue Buch...«

Redd grinste breit. »Jean hat mir erzählt, daß Tagert vor Wut gekocht hat. Er ist wütend durchs Büro gestapft und hat einen regelrechten Anfall gekriegt.« Er lachte und schüttelte den Kopf, als genieße er die Erinnerung daran.

»Jean Jacobs hat anscheinend nicht viel für den Professor übrig«, stellte Janet fest.

Redds Schadenfreude verflüchtigte sich abrupt. »Liebt eine Sklavin ihren Herrn?« fragte er. »Genau das sind wir nämlich! Lincoln hat vergessen, Doktoranden zu erwähnen, als er alle Amerikaner für gleichberechtigt erklärt hat. Wir sind die letzten Zwangsarbeiter der Grand Old Republic. Wir machen die Forschungsarbeit unseres Herrn, sonst wird unsere Dissertation nicht angenommen. Und die ist die Eintrittskarte zur akademischen Welt.«

Chee schluckte trocken. Was hatte all dieser Cassidy-Unsinn mit Ashie Pinto zu tun? Was konnte er mit ihm zu tun haben? Aber Chee war entschlossen, sich keine Ungeduld mehr anmerken zu lassen. Er würde sich wie ein Navajo benehmen. Er würde stumm leiden.

»Ich weiß noch, wie's beim Jurastudium war«, bestätigte Janet. »Wie man sich da durchboxen mußte.«

»Jedenfalls«, fuhr Redd fort, »hat der olle Tagert einen alten Zeitungsbericht über einen Zugraub in Utah ausgegraben. Eine Zeitungsmeldung aus Blanding, wenn ich mich recht erinnere. Von den drei Räubern ist einer erschossen worden; die beiden anderen sind entkommen, und einige Reisende haben behauptet, einer von ihnen sei Cassidy gewesen.

Außerdem hat Tagert einen späteren Zeitungsbericht gefunden, in dem gemeldet wurde, die beiden Bandidos seien in Cortez aufgekreuzt und wieder entkommen. Eine Posse habe die beiden nach Süden verfolgt, aber ihre Fährte südwestlich des Sleeping Ute Mountains verloren. Auch diesmal hat einer der Cops ausgesagt, der blonde Bandit sei Butch Cassidy gewesen. Er hat behauptet, er kenne ihn noch aus der Zeit, als Cassidy zur ›Hole-in-the-Wall Gang‹ gehört habe.«

Redd machte eine Pause. Er schüttelte den Kopf. »Ziemlich kümmerliche Beweise, aber mehr hatte Tagert nicht in der Hinterhand, und er hat sie mit den Aussagen der Verwandten Cassidys für seinen Artikel verwendet. Und den hat Henderson dann wie schon gesagt mit der Bolivien-Geschichte auseinandergenommen.« Er schüttelte erneut den Kopf, als bedauere er Tagerts aussichtslose Lage.

Als Navajo verstand Jim Chee, wie die menschliche Natur Geschichtenerzähler beeinflußte – und wie sie ihre Zuhörer auf Höhepunkte vorbereiteten. Jetzt würde Redd ihnen endlich etwas Wichtiges erzählen.

»Das war alles, was er hatte.« Redd sah zu Chee hinüber. Die dramatische Pause. »Dann ist Ashie Pinto im großen Reservat auf Butch Cassidys Fährte gestoßen.«

10

Als praktisch veranlagter Mensch erledigte Joe Leaphorn die Sache am Telefon. Von der Auskunft ließ er sich Professor Tagerts Privatnummer in Albuquerque geben. Als sich dort niemand meldete, rief er die Telefonzentrale der Universität an und ließ sich mit Tagerts Büro verbinden. Dort meldete sich Tagerts Assistentin, eine gewisse Jean Jacobs. Von ihr erfuhr Leaphorn zwei interessante Tatsachen.

Erstens: Tagert hätte schon vor zwei Wochen seine Lehrtätigkeit wieder aufnehmen sollen, aber – falls die Auskunft der Jacobs zuverlässig war – kein Mensch schien zu wissen, wo er steckte.

Zweitens: Jim Chee, der Pinto festgenommen hatte und offiziell krank geschrieben war, agierte wieder einmal, wie er's nur allzu oft tat – meilenweit abseits jeglicher Vorschriften. Er war in Tagerts Büro aufgekreuzt und hatte die Assistentin ausgefragt. Wie konnte Chee auf Tagert gekommen sein?

Während der Lieutenant darüber nachdachte, merkte er, daß er damit gegen eine seiner eigenen Regeln verstieß. Er ließ zu, daß sein Verstand sich abwechselnd mit zwei Problemkreisen beschäftigte – Tagert und Chee – und so bei keinem weiterkam. Chee konnte warten. Als erstes mußte er versuchen, Tagerts unentschuldigte Abwesenheit von den Hörsälen in dieses Puzzlespiel einzupassen.

Leaphorn drehte sich mit seinem Sessel nach der riesigen Wandkarte hinter seinem Schreibtisch um. Dabei handelte es sich um eine vergrößerte Ausgabe der Indian-Country-Karte, die der Automobilclub von Südkalifornien herausgab. Im Originalmaßstab wurde sie wegen ihrer Genauigkeit und Detailtreue von allen Polizeidienststellen im Four Corners Territory verwendet. Leaphorn hatte sie sich fotografisch vergrößern lassen, und Emma hatte die neue Karte auf eine Korkplatte gezogen.

Seit Jahren markierte Leaphorn diese Landkarte mit farbigen Stecknadeln – als Gedächtnisstütze, wie er behauptete. In Wirklichkeit hatte er ein ausgezeichnetes Gedächtnis, das keine Stütze brauchte. Er benutzte die Karte für seine endlose Suche nach Rastern, Zusammenhängen oder Verhaltensmustern... nach irgend etwas, was Ordnung und Überblick in das Chaos aus Gewalt und Verbrechen bringen konnte, *hohzho,* wie die Navajos sagten.

Aus seinem Schreibtisch nahm Leaphorn eine kleine Schachtel Markiernadeln, wie sie Architekten benutzen. Er suchte drei mit gelben Köpfen heraus: Gelb war Leaphorns Code für Vorgänge, die nicht direkt dringend waren, aber doch irgendwie durch Ungereimtheiten auffielen. Eine Nadel steckte er zwischen Bekahatso Wash und Yon Dot Mountain in die Karte – ungefähr dort, wo Ashie Pintos Hogan stand. Die nächste Stecknadel plazierte er zwischen Jadito Wash und der Handelsniederlassung von Birdsprings. Dort hatte Delbert Nez gelebt. Die dritte markierte den Punkt an der Navajo Route 33 zwischen Shiprock und Beautiful Mountain, wo Nez von Pinto erschossen worden war. Dann lehnte er sich zurück und begutachtete sein Werk.

Das von den gelben Stecknadeln gebildete Dreieck war riesig. Nach Leaphorns Auffassung unterstrich es zwei Tatsachen. Nez hatte mindestens hundertfünfzig Meilen südlich von Pinto in einem Teil des Reservats gelebt, in dem Kontakte zu den Hopis und der geschäftigen Welt der *biligaana* häufig, wenn nicht sogar unvermeidlich waren. Pinto hatte in der ganz und gar anderen Welt der reinen, unverfälschten Navajokultur gelebt. Sie waren durch alles voneinander getrennt gewesen. Entfernung. Alter. Kulturkreis. Und trotzdem waren sie an der Spitze des Dreiecks gewaltsam aufeinandergestoßen – über zweihundert Meilen von ihren jeweiligen Wohnorten entfernt. Nez war dort dienstlich unterwegs gewesen. Aber was hatte Pinto dorthin geführt?

Das war der zweite Punkt. Die gelben Stecknadeln zeigten deutlich, daß das kein bloßer Zufall gewesen sein konnte. Es war unmöglich, von Nadel A bei Pintos Hogan zu Nadel C neben der Navajo Route 33 zu kommen, ohne ein halbes Dutzend Mal die Straße zu wechseln. Pinto konnte dort nicht auf dem Weg zu einem anderen Ziel zufällig vorbeigekommen sein. Nein, er mußte diesen Ort absichtlich aufgesucht haben. Und der Lieutenant zog daraus den Schluß, daß der Zweck von Pintos Aufenthalt mit dem Grund zusammenhängen mußte, aus dem der Alte Delbert Nez erschossen hatte.

Aber drei Stecknadeln reichten nicht aus, ihm wirklich etwas zu verraten. Deshalb studierte Leaphorn in für ihn typischer Manier die Landkarte, um zu sehen, ob die Nadeln weitere Aufschlüsse liefern konnten. Ihm fiel nur eine Tatsache auf, die ihn interessierte. Obwohl Leaphorn den überlieferten Zauberkult der Navajos verabscheute, gehörte er mit zu seinem Job. Der Glaube an Hexen – und die Angst vor ihnen – war der Auslöser für viele Straftaten, für zahlreiche Tragödien, die ihn als Polizeibeamten beschäftigten.

Die Nadel C, die den Tatort bezeichnete, steckte ganz in der Nähe eines zerklüfteten Vulkankegels, der auf der Karte nicht näher benannt war, aber bei den in der Nähe wohnenden Familien Tse A'Digash – Hexenfels – hieß. Auf seinem langgestreckten Grat bildeten mit dem Buchstaben *A* markierte rote Stecknadeln eine dichte Kette. Das *A* bedeutete *A'Digash* – Hexerei. Jede Nadel dieser fast ein Vierteljahrhundert zurückreichenden Chronik bezeichnete einen Fall von Gewaltanwendung, Körperverletzung oder tätlicher Bedrohung, der durch Angst vor dem Treiben der sogenannten Skinwalker ausgelöst worden war.

Leaphorn starrte die Karte an, aber vor seinem inneren Auge stand der Tse A'Digash: ein häßlicher schwarzer Felsgrat aus alter, mit Flechten bedeckter Lava, der sich südlich der Navajo Route 33 drei bis vier Meilen weit hinzog. Aus den vielen roten Nadeln leuchtete jetzt eine gelbe heraus. Ein Zufall? Möglicherweise. Aber Leaphorn hatte gelernt, Zufälle skeptisch zu beurteilen. Vielleicht hätte auch diese Stecknadel rot und mit einem *A* gekennzeichnet sein sollen.

Tatsächlich hatte Leaphorn gelernt, allgemein skeptisch zu sein. Er griff nach einer weiteren gelben Nadel und steckte sie knapp südlich von Flagstaff in die Karte. Professor Bourebonette hatte gesagt, sie lebe in einem der südlichen Vororte. Ihre Motivation, hatte sie gesagt, sei ausschließlich Freundschaft. Dem Lieutenant war trotzdem alles andere als klar, welche Rolle sie in dieser Geschichte wirklich spielte.

Danach nahm Leaphorn den Telefonhörer ab, wählte die Nummer der Registratur und forderte die Akte Delbert Nez an.

Während er darauf wartete, blätterte er in den Prospekten über Chinareisen, die Bolack Travel ihm geschickt hatte. Einer betraf eine gemeinsam mit der Audubon Society veranstaltete Rundreise, auf der vor allem Vogelschutzgebiete besucht werden würden. Teile dieses Prospekts las er nochmals durch. Emma hatte Vögel geliebt und ihnen drei Futterstellen in ihrem Garten eingerichtet. Die anderen Reiseteilnehmer mochten vielleicht ganz interessante Leute sein. Aber er würde sich kaum mit ihnen unterhalten können, weil er ihre Liebe zur Vogelwelt nicht teilte.

Die nächste Rundreise war eine reine Städtetour. Das ließ ihn kalt. Am besten reiste er wohl doch allein. Zuerst würde er bei der Arizona State University nachfragen, ob dort noch einer seiner alten Professoren für Anthropologie lehrte. Das war unwahrscheinlich, aber immerhin möglich. Sollte keiner von ihnen mehr dort beschäftigt sein, würde ihm vielleicht jemand anderer weiterhelfen. Er würde demjenigen dann auseinandersetzen, daß er ein Absolvent dieser Universität sei, die er vor vielen Jahren mit einem Magister in Anthropologie verlassen habe, und nach Asien reisen wolle, um dort nach Spuren seiner athapaskanischen Herkunft zu suchen.

Davon träumte Leaphorn, seit ihm vor vielen Jahren als Student der Anthropologie klargeworden war, daß seine Vorfahren vermutlich aus der Mongolei nach Amerika gekommen waren. Sein Traum war jedoch in Vergessenheit geraten, nachdem er Emma kennengelernt und geheiratet hatte. Emma reiste nicht gern. Drei Tage Albuquerque erzeugten schon vages Unbehagen, so daß sie sich nach daheim sehnte. Drei Tage New York machten Emma krank. Sie hätte ihn begleitet, ohne im geringsten zu protestieren. Aber es wäre grausam gewesen, sie auf eine so weite Reise mitzuschleppen.

Als die Akte Nez heraufgebracht wurde, betrachtete Leaphorn gerade eine Straßenszene in Schanghai und sah sich dort zwischen Tausenden von Radfahrern umherirren. Die Vorstellung deprimierte ihn.

Der Lieutenant verbrachte fast eine Stunde damit, die Akte nochmals durchzulesen und sich in dem schmalen Notizbuch, das er stets in seiner Hemdtasche bei sich trug, einige Fragen zu notieren.

Chee ist ein Wagen entgegengekommen. Das Fahrzeug des Lehrers?

Was hat er gesehen?

Teurer Whiskey. Wieso? Wo gekauft?

Der Revolver. Wie ist er zu dieser Waffe gekommen?

Zwei 50-Dollar-Scheine? Laut McGinnis war Pinto völlig abgebrannt.

Hatte Pinto seinen *jish* bei sich?

Und wo befindet er sich jetzt?

Danach wählte er die Nummer der FBI-Dienststelle Gallup, ließ sich mit Jay Kennedy verbinden und lud ihn zum Mittagessen ein.

»Was willst du diesmal?« fragte Kennedy mißtrauisch.

»Augenblick!« protestierte Leaphorn. »Letztes Mal hast du etwas von mir gewollt, stimmt's? Ich sollte einen Tatort nach Reifenspuren absuchen.«

»Die du nicht gefunden hast.«

»Weil keine da waren«, stellte der Lieutenant fest. »Außerdem lade ich dich ein.«

»Dazu müßte ich einen Termin absagen«, erklärte Kennedy. »Ist die Sache wirklich so wichtig?«

Leaphorn überlegte. Und überlegte noch mal.

»Also?«

»Nein«, sagte Leaphorn. Er überlegte erneut. »Wahrscheinlich nicht.«

Er hörte Kennedy seufzen. »Okay, worum geht's diesmal? Nur für den Fall, daß ich irgend etwas nachschlagen muß. Oder etwas so Vertrauliches ausgraben muß, daß es mich meinen Job kosten könnte.«

»Delbert Nez«, antwortete Leaphorn.

»Ach, Scheiße!« sagte Kennedy. »Natürlich.«

»Warum?«

»Weil bei den Ermittlungen geschlampt worden ist«, sagte der FBI-Agent. »Noch mehr als üblich.«

☆

Sie trafen sich im International Pancake House an der alten U.S. 66 bei Kaffee und Waffeln. Die Herbstsonne wärmte Leaphorns Schultern unter seiner Uniformjacke, während hinter ihm von der Interstate 40 kommender Verkehr vorbeirauschte. Ihm fiel auf, wie grau Kennedy geworden war und daß er – uncharakteristisch sowohl für FBI-Agenten als auch für einen Mann wie Jay Kennedy – einen Haarschnitt brauchte.

Alte Cops, dachte Leaphorn. Zwei alte Hunde, die es müde sind, die Schafe zu bewachen. Zwei alte Freunde – heutzutage fast schon eine Seltenheit.

Das FBI wartete wahrscheinlich nur darauf, Kennedy loszuwerden, der vor Jahren wegen eines Verstoßes gegen das noch von J. Edgar Hoover erlassene Verbot, ein schlechtes Medienecho zu provozieren, eine liberale Einstellung zu haben oder durch eine originelle Denkweise aufzufallen, hierher verbannt worden war. Wie es gerüchteweise hieß, sollte Kennedys Ehemalige in der Bürgerrechtsbewegung aktiv gewesen sein. Sie hatte ihn verlassen, um einen Immobilienmakler zu heiraten, aber Kennedy blieb trotzdem gebrandmarkt.

Was das betraf, hatte Leaphorn den Verdacht, daß es auch in der Hierarchie der Navajo Tribal Police einige Leute gab, die sich auf den Tag freuten, an dem er endlich in den Ruhestand ging. Er würde sie nicht mehr lange warten lassen.

Kennedy hatte gerade von einer der endlosen Streitereien zwischen staatlichen Behörden erzählt. Im vorliegenden Fall ging es darum, daß das FBI, das Amt für Flurbereinigung, die Forstverwaltung und das Amt für Indianerfragen versucht hatten, sich gegenseitig für den im Gesetz zur Sicherung von Altertümern vorgeschriebenen Schutz von Anasazi-Ruinen verantwortlich zu machen. Den größten Teil dieser Querelen kannte Leaphorn bereits von anderer Seite.

Kennedy verstummte plötzlich. »Du hörst mir nicht richtig zu«, stellte er fest.

»Warst du zufällig schon mal in China?« fragte Leaphorn.

Der FBI-Agent lachte. »Noch nicht«, sagte er. »Aber sollte das Bureau dort eine Dienststelle einrichten – sagen wir in der Nördlichen Mandschurei –, würde ich bestimmt dorthin versetzt.«

»Würdest du hinwollen?«

Kennedy lachte erneut. »China steht auf meiner Wunschliste«, sagte er. »Gleich nach Angola, der Antarktis, Bangladesch, Lubbock, Texas, und dem australischen Outback. Warum? Willst du etwa hin?«

»Nicht wirklich«, antwortete der Lieutenant. »Früher habe ich mir öfter gewünscht, mal die mongolische Steppe zu sehen. Den Teil der Welt, aus dem die Athapaska-Indianer nach Amerika gekommen sein sollen.«

»Ich hab' früher davon geträumt, mal nach Irland zu reisen«, sagte Kennedy. »In die Heimat meines Urgroßvaters. Aber das hat sich mit der Zeit gegeben.«

»Yeah.« Leaphorn wechselte das Thema. »Weißt du, ob jemand den von Pinto benutzten Revolver überprüft hat?«

»Irgend jemand hat's getan«, bestätigte Kennedy. »Ein gebräuchlicher Typ, aber ich habe die Marke vergessen. Ein amerikanischer Revolver, das weiß ich noch, und ein teures Modell. Mit der Waffe war vor kurzem geschossen worden.

Die Kugel, die sie Nez rausoperiert haben, stammt auf jeden Fall aus diesem Revolver. Und an Pintos Hand sind Schmauchspuren festgestellt worden.«

»Woher hatte er die Waffe?«

»Keine Ahnung«, sagte Kennedy. »Der Alte hat sich bisher nicht dazu geäußert. Soviel ich gehört habe, schweigt er eisern. Vermutlich hat er den Revolver bei irgendeinem Pfandleiher gekauft.«

»Das glaube ich nicht«, widersprach Leaphorn.

Kennedy sah ihn stirnrunzelnd an. »Wie man hört, hast du ein bißchen rumgefragt«, sagte er. »Gibt's irgendeinen Grund dafür?«

Der Lieutenant verzog das Gesicht. »Ashie Pinto ist über Emmas Clan entfernt mit mir verwandt«, antwortete er.

»Du kennst ihn?«

»Nie von ihm gehört.«

»Aber du bist zwangsverpflichtet worden.«

»Richtig«, bestätigte Leaphorn. »Ich glaube nicht, daß er den Revolver gekauft hat, weil er nämlich völlig abgebrannt war. Er hatte nicht mal mehr Geld für Lebensmittel. Was weißt du über die beiden Fünfziger, die man bei ihm gefunden hat?«

»Nichts.«

»Wie ist Pinto zu denen gekommen?«

»Keine Ahnung.« Kennedy wirkte irritiert. »Woher sollten wir das wissen?«

»Hat jemand den Fahrer des Wagens überprüft, dem Chee auf dem Weg zum Tatort begegnet ist?«

Kennedy schüttelte den Kopf. »In dieser Angelegenheit ist ziemlich geschlampt worden, das weißt du selbst. Aber wozu hätten die Kollegen sich mit solchen Überprüfungen aufhalten sollen? Aus ihrer Sicht war der Fall doch klar: Ein Betrunkener erschießt bei seiner Festnahme einen Polizeibeamten. Er leugnet die Tat nicht einmal. Was gibt's da groß zu ermitteln? Ich weiß, daß wir deiner Meinung nach oft faulenzen, aber wir haben trotzdem jede Menge zu tun.«

»Hat Pinto seinen *jish* bei sich gehabt? Kannst du mir sagen, wo er jetzt ist?«

»Jish?« fragte der FBI-Agent. »Sein Medizinbündel? Keine Ahnung.«

»Pinto ist ein Schamane. Ein Hellseher. Wäre er beruflich unterwegs gewesen, hätte er seine Kristalle bei sich gehabt – und seinen *jish*.«

»Das läßt sich feststellen«, sagte Kennedy. »Wahrscheinlich hat er nicht gearbeitet und den Kram daheimgelassen.«

»Dort haben wir nichts gefunden.«

Kennedy starrte ihn an. »Du bist also bei ihm draußen gewesen«, sagte er.

Die Bedienung servierte ihre köstlich duftenden Waffeln. Joe Leaphorn bestrich seine mit Butter und goß Sirup darüber. Er hatte Hunger, was in letzter Zeit nicht allzu häufig vorgekommen war. Anscheinend tat ihm diese Sache mit Pinto gut.

Kennedy hatte seine Waffel bisher kaum beachtet. Er hielt seinen Blick noch immer auf Leaphorn gerichtet.

»Wir?« wiederholte er. »Du hast Pintos Hogan durchsucht? Und wer ist ›wir‹?«

»Pintos Nichte«, antwortete der Lieutenant. »Und eine gewisse Louisa Bourebonette. Sie ist Professorin an der Northern Arizona University. Habt ihr irgend etwas über sie in Erfahrung gebracht?«

»Bourebonette? Nein. Wozu auch? Was hat sie mit dem Fall Pinto zu tun?«

»Das macht mir eben Kopfzerbrechen«, antwortete Leaphorn. »Pinto war einer ihrer Informanten, was Mythen, Sagen, Legenden und so weiter angeht. Die Mythologie ist ihr Fachgebiet. Sie behauptet, sich für seinen Fall zu interessieren, weil sie mit Pinto befreundet sei. Weiter nichts.«

Kennedy warf ihm einen prüfenden Blick zu. »Das nimmst du ihr nicht recht ab, was?«

Leaphorn zuckte mit den Schultern. »Elegante, intelligente Professorin. Schmuddeliger, ungebildeter Navajo. Und sie legt sich wirklich für ihn ins Zeug.«

»Mit zunehmendem Alter wirst du immer schlimmer«, stellte Kennedy fest. »Früher hat Emma dich ein bißchen menschlicher gemacht.« Er bestrich seine Waffel mit Butter. »Okay, welches Motiv vermutest bei ihr?«

Leaphorn zuckte erneut die Schultern. »Vielleicht arbeitet sie an einem Buch und braucht ihn als Informanten, um es abschließen zu können.«

»Sie könnte ihn genausogut im Gefängnis besuchen. Ein Mann wie er kommt nicht in Einzelhaft. Nicht mal wegen Mordes an einem Polizisten.«

»Dann weiß ich's nicht. Was hältst du davon?«

»Kann deine Professorin nicht einfach eine Spinnerin sein? Vielleicht mag sie den alten Knaben. Vielleicht tut sie's aus humanitären Gründen... Bist du tatsächlich dort rausgefahren und hast den Hogan des Alten durchsucht?«

»Nicht richtig durchsucht. Ich hatte keinen Durchsuchungsbefehl.«

»Du nimmst deine Sache ernst, was?« fragte der FBI-Agent. »Glaubst du, daß mehr dahintersteckt als die Ermordung eines eurer Leute durch einen Betrunkenen?«

»Nein«, sagte Leaphorn. »Ich bin bloß neugierig.« Die Waffel schmeckte köstlich. Er kaute den zweiten Bissen, schluckte ihn hinunter und trank etwas Kaffee nach. »Habt ihr den Wagen gefunden, den Chee gesehen hat? Den alten weißen Jeepster?«

»Ist dieser Punkt nicht schon abgehakt? Du hast mich nach dem Fahrer gefragt.«

»Und mir ist aufgefallen, daß du meine Frage nicht präzise beantwortet hast. Du hast nur genickt und von schlampiger Arbeit gesprochen und mir dann auseinandergesetzt, warum es sich nicht lohnt, in einem so gut wie aufgeklärten Fall weitere Ermittlungen anzustellen.« Der Lieutenant grinste Kennedy an. »Hoffentlich wirst du kein berufsmäßiger Pokerspieler, wenn das Bureau dich eines Tages rausschmeißt.«

Kennedy verzog das Gesicht. Er kaute eine Zeitlang schweigend.

»Du hast etwas länger gebraucht als erwartet«, stellte er dann fest. »Aber es ist ganz wie sonst. Du findest immer den wunden Punkt!«

»Den wunden Punkt?«

»Was weißt du über den Wagen?«

»So gut wie nichts«, antwortete Leaphorn. »Nur was in dem Bericht stand. Der alte weiße Jeepster ist Chee vom Tatort aus entgegengekommen und auf die Schotterstraße nach Shiprock abgebogen. Chee glaubt, daß er einem Orientalen gehört, der an der dortigen High School unterrichtet. In dem Bericht war eine Überprüfung dieses Fahrzeugs nicht erwähnt.«

»Der Wagen ist gefunden worden«, bestätigte der FBI-Agent. Er warf Leaphorn einen warnenden Blick zu. »Sollte davon mal die Rede sein, weißt du am besten nicht mehr, wo du's aufgeschnappt hast.«

»Klar«, sagte Leaphorn.

»Der Wagen gehört einem Mann namens Huan Ji. Er ist Mathematiklehrer an der Shiprock High School. Arbeitet seit vier Jahren dort. Mit dieser Straftat kann er nichts zu tun gehabt haben. Daß er Nez oder Pinto kannte, ist höchst unwahrscheinlich.«

Leaphorn wartete auf mehr. Aber Kennedy trank seinen Kaffee aus und winkte die hübsche Zuni heran, die sie bediente.

»Schenken Sie mir bitte nach?« fragte er und deutete auf seine Tasse.

Mehr über Juan Dschi und seinen Wagen wollte Kennedy offenbar nicht erzählen. Warum nicht?

»Was hat dieser Dschi dort draußen im Regen zu suchen gehabt?« fragte Leaphorn. »Was hat er gesehen? Was hat er euch erzählt?«

Kennedy verzog das Gesicht und starrte Leaphorn über seine Kaffeetasse hinweg an.

»Erinnerst du dich an den Fall Howard in Santa Fé? Die Sache mit dem ehemaligen CIA-Agenten, von dem die CIA glaubte, daß er zu den Russen übergelaufen sei. Wir hätten ihn damals überwachen sollen, bis die Ermittlungen gegen ihn abgeschlossen waren, so daß Anklage erhoben werden konnte. Erinnerst du dich daran?«

»Klar doch«, antwortete Leaphorn grinsend. »Ich weiß vor allem noch, mit welchem raffinierten Trick er euch entwischt ist. Er hat seine Frau das Fluchtauto fahren lassen.«

Auch Kennedy grinste – sogar noch breiter. »Peinlich hoch zwei. Peinlich hoch drei!« Er lachte in sich hinein. »Kannst du dir vorstellen, was bei uns in Albuquerque los war, als die Zuständigen gemerkt haben, daß Howard sich hinter den Eisernen Vorhang geflüchtet hatte? Dieses Gebrüll, diese Wutanfälle! Danach sind sorgfältig abgefaßte Berichte hinausgegangen, in denen erklärt wurde, weshalb das Bureau nicht auf die Idee gekommen war, daß Howard sich auf der Flucht von seiner Frau chauffieren lassen könnte.«

»Ich kann mir denken, daß die CIA-Leute noch kräftig in der Wunde herumgestochert haben.«

»Und wie!« bestätigte der FBI-Agent.

»Vermute ich richtig, daß das alles irgendwie damit zusammenhängt, daß keiner von euch mit diesem Juan Dschi gesprochen hat?«

»Allerdings«, sagte Kennedy. »Das Bureau war offenbar darüber informiert, daß Huan Ji ein Freund der Agency ist. Als Oberst im Nachrichtendienst der südvietnamesischen Armee hat er nicht nur für Saigon, sondern auch für Washington gearbeitet. Wir haben den vagen Eindruck, daß er zu den ganz harten Leuten gehörte, über deren Methoden damals Horrorstories verbreitet worden sind.«

»Zum Beispiel Vietcong aus einem Hubschrauber werfen, um den einzigen, den man nicht hinausgestoßen hat, zum Reden zu bringen?«

»Keine Ahnung«, wehrte Kennedy ab. »Das sind alles nur Gerüchte, verstehst du? Jedenfalls war er sozusagen ein Schützling der CIA, und als Südvietnam 1975 zusammengebrochen ist, haben sie ihn aus Saigon rausgeholt und ihm zu einem Neuanfang in den Staaten verholfen.«

»Ein Vietnamese namens Juan?« fragte Leaphorn.

»Er schreibt sich H-U-A-N J-I. Klingt wie ›Dschi‹.«

»Okay, warum hat das FBI ihn nicht vernommen?« wollte der Lieutenant wissen, obwohl er die Antwort zu kennen glaubte.

Jay Kennedy wirkte leicht in die Defensive gedrängt. »Wozu

hätten wir mit ihm reden sollen? Der Fall war so gut wie abgeschlossen. Der Täter verhaftet. Wir hatten die noch rauchende Tatwaffe. Keine Rätsel. Kein Aufklärungsbedürfnis. Wir brauchten einfach keinen weiteren Zeugen mehr.« Er schwieg, als Leaphorn abwehrend eine Hand hob.

»Und ihr wolltet den Kerl nicht belästigen, weil das bei der CIA keinen guten Eindruck gemacht hätte. Es hätte sie zusätzlich irritieren können, wo sie doch sowieso schon sauer auf euch sind, weil euch Howard durch die Lappen gegangen ist.«

»Das kommt ungefähr hin«, bestätigte der FBI-Agent. »Ich weiß nicht, was die Chefetage darüber denkt, aber ich vermute, daß das ziemlich genau zutrifft.«

Leaphorn aß ein weiteres Stück Waffel.

»Und was ist dagegen einzuwenden, verdammt noch mal? Wozu eine Menge Zeit vergeuden? Wozu die Agency verärgern? Wozu Mr. Ji belästigen?«

»Ich frage mich nur, was er dort draußen zu suchen hatte«, sagte Leaphorn. »Sonst nichts.«

Kennedy aß seine Waffel auf. »Ich muß jetzt nach Farmington«, sagte er. »Über hundert holprige Meilen auf der Route 666. Und dann eine Nacht im dortigen Holiday Inn.«

»Weißt du bestimmt, daß du nicht nach China willst?«

»Da möchte ich ungefähr so gern hin wie nach Farmington«, wehrte Kennedy ab. »Und vergiß nicht, ein großzügiges Trinkgeld zu geben.«

Leaphorn beobachtete, wie der FBI-Agent das International Pancake House verließ. Er sah, wie sein Wagen vom Parkplatz auf die alte U.S. 66 rollte und die lange Fahrt nach Norden in Richtung Farmington begann. Er fragte sich noch immer, was Oberst Ji draußen im Regen in der Nähe eines Hexentanzplatzes zu suchen gehabt hatte.

11

Der Handmann, ein auf Hände spezialisierter Chirurg, genoß einen hervorragend guten Ruf. Er hatte sich lächelnd als »indischer Indianer« vorgestellt und seinen Namen genannt, den Chee sofort wieder vergessen hatte. Er sprach in singendem Tonfall mit leicht britischem Akzent, stellte seine Fragen mit leiser, sanfter Stimme, ohne Chee dabei anzusehen, und konzentrierte sich ganz auf die häßliche, an den Rändern gezackte tiefe Brandwunde in Chees linker Handfläche. Mit Dr. Johns, seiner auf Verbrennungen spezialisierten Kollegin, diskutierte er über Sehnenschäden, Bänderschäden, Nervenschäden, Geweberegeneration, »Gebrauchsfähigkeitsprognosen« und »Anwendbarkeit chirurgischer Techniken«.

»Sie haben den Griff einer Autotür umklammert, Mr. Chee? Und der Wagen hat gebrannt?« Er betrachtete Chees rechte Hand. »Aber Sie sind Rechtshänder, nicht wahr? Warum haben Sie diesmal mit der Linken zugepackt?«

»Weil die Fahrertür sich so am besten öffnen läßt, nehme ich an«, sagte Chee. »Sollte ich einen anderen Grund gehabt haben, weiß ich ihn nicht mehr.«

»Man könnte fast glauben, Ihr Unterbewußtsein habe diese Verletzung vorausgeahnt und die für Sie wertvollere Hand davor bewahrt.« Der Handmann sprach deutlich und präzise, ohne von dem feuerroten Narbengewebe in Chees Handfläche aufzusehen. »Finden Sie nicht auch?«

»Das bezweifle ich«, antwortete Chee. »Ich vermute, daß ich links zugepackt habe, weil ich Nez mit der rechten Hand rausziehen wollte. Aber wenn ich ehrlich bin, kann ich mich an das alles nur undeutlich erinnern.«

»Gewiß, gewiß«, sagte der Chirurg ohne weiteres Interesse.

Und das war's dann. Die Ärztin verband Chee die Hand neu – diesmal nach einer anderen Methode. Sie schrieb ihm ein Rezept aus, gab ihm ein paar Verhaltensmaßregeln mit auf den Weg und forderte ihn auf, in einer Woche wiederzukommen.

»Nun, was denken Sie?« fragte er.

»Denken?«

»Ob die Hand operiert werden muß? Wie gut meine Finger wieder funktionieren werden. Solche Dinge.«

»Das müssen wir erst entscheiden«, wehrte die Ärztin kühl ab. »Sie werden dann informiert.«

»Sehr nett von Ihnen«, sagte er, aber sie bekam die Ironie nicht mit.

Chee benutzte wieder die Telefonzelle. Diesmal war Janet Pete nicht da. Sie war in Santa Fé, wie ihm die freundliche Telefonistin ihrer Dienststelle mitteilte, um die Geschworenen für einen bevorstehenden Prozeß auszuwählen. Ob sie heute abend wieder zu Hause sein würde? Die Telefonistin war leider überfragt.

Als nächstes wählte Chee die Nummer von Professor Tagerts Büro. Jean Jacobs meldete sich. Nein, Tagert hatte noch immer nichts von sich hören lassen.

»Kann ich mal vorbeikommen? Hätten Sie Zeit für ein Gespräch?«

»Klar«, antwortete die Jacobs. »Worüber denn?«

»Mr. Redd hat uns von Tagerts Interesse für Butch Cassidy erzählt. Er meinte, Ashie Pinto habe Tagert möglicherweise geholfen, Cassidys Spur zu finden. Draußen im Reservat.«

»Okay«, sagte Jean Jocobs. »Ich weiß, daß er von Cassidy besessen ist, aber das ist schon beinahe alles, was ich darüber weiß.«

Chee stiefelte mürrisch übers Universitätsgelände. Janet

Pete hatte gewußt, daß er heute wieder in Albuquerque sein würde. Er hatte ihr ein paar Zeilen geschrieben, um ihr das mitzuteilen. Vielleicht hatte sie ihre Dienstreise nach Santa Fé wirklich nicht aufschieben können. Andererseits wußte Chee aus eigener Erfahrung, was passieren konnte, wenn es zu einem Konflikt zwischen Pflicht und Gefühl kam.

Auf dem Weg über den Platz raschelte Platanenlaub unter seinen Füßen. Seine linke Hand schmerzte. Die Finger ließen sich nicht richtig bewegen. Chee fühlte sich entmutigt. Niedergeschlagen. Gelangweilt. Unschlüssig. Die Tür vor Dr. Tagerts Büro stand offen. Jean Jacobs saß an ihrem Schreibtisch, hatte das Kinn in die Hände gestützt und starrte aus dem Fenster. Sie wirkte niedergeschlagen, gelangweilt und unschlüssig.

»Freut mich, Sie zu sehen«, sagte Jean Jacobs. »Ich hätte eine Million Dinge zu erledigen.« Sie schlug mit der flachen Hand wütend auf einen Papierstapel. »Tagerts gottverdammte Arbeit und meine ganze Arbeit und... ach, zum Teufel damit!«

»Yeah«, sagte Chee. »So geht's mir auch manchmal.«

»Zum Teufel mit der Scheißarbeit!« bekräftigte sie. »Ich hoffe, daß Sie eben mit etwas hereingekommen sind, das nicht nur zeitraubend, sondern auch ein bißchen spannend ist. Vielleicht überlegen wir gemeinsam, wie wir dem verschwundenen Geschichtsprofessor auf die Spur kommen.« Sie machte eine Pause. »Oder noch besser: Wie überlegen, wo die Leiche des Schweinehundes versteckt sein könnte.«

»Das bedeutet wohl, daß er noch nicht zurück ist«, meinte Chee. Er ahnte, daß sie ihm keinen Platz anbieten würde, obwohl sie offensichtlich von einem längeren Besuch ausging. Deshalb räumte er einen Stapel Schnellhefter von einem Stuhl und setzte sich.

»Ich glaube, daß er tot ist«, sagte die Jacobs. »Ich wette, daß Ihr Mr. Pinto ihn zusammen mit dem Polizisten erschossen hat.«

»Schon möglich«, antwortete Chee. »Aber was ist dann aus seiner Leiche geworden?«

Jean Jacobs zuckte mit den Schultern. »Hat Odell Ihnen etwas Interessantes erzählt? Oder etwas Nützliches?«

»Ich weiß noch nicht, was uns seine Informationen bringen. Er hat uns Tagerts Meinungsverschiedenheiten mit dem anderen Professor wegen Butch Cassidy eingehend geschildert. Und er hat uns erzählt, daß Pinto eine Geschichte über Cassidy oder irgendeinen anderen Banditen kennt, der nach einem Raubüberfall in Utah in das Reservat gekommen und von ein paar Navajos umgebracht worden ist. Tagert hoffte, irgendwelche Beweise dafür finden zu können. Auf jeden Fall hat er sich nicht mehr auf die These konzentriert, daß Butch Cassidy an Altersschwäche im Bett gestorben ist.«

»Davon hab' ich andeutungsweise gehört«, bestätigte Jean Jacobs. »Nicht viel. Aber ich glaube, Tagert war wegen dieser Sache ziemlich aufgeregt. Das war letzten Sommer.« Sie machte eine Pause und warf Chee einen schüchternen Blick zu. »Was halten Sie von ihm?«

»Von Odell Redd? Ein netter Kerl, glaube ich. Er hat Sie als Freundin bezeichnet.«

»Hmmm«, sagte sie. »Als Freundin.«

Ihre traurige Miene entsprach so sehr seiner eigenen Gemütslage, daß Chee fragte: »Schwierigkeiten?«

Sie hörte das Mitgefühl in seiner Stimme.

»Ich bin heute nur ein bißchen down«, antwortete sie und lachte unsicher. »Sie auch, möchte ich wetten. Jedenfalls wirkten Sie nicht gerade fröhlich, als Sie hereingekommen sind.«

»Stimmt«, bestätigte Chee. »Heute ist kein sonderlich guter Tag für mich.«

»Tut Ihnen die Hand weh?«

»Ein bißchen.«

»Sie sehen deprimiert aus«, sagte die Jacobs. »Schwierigkeiten?«

»Nicht wirklich.« Chee zuckte mit den Schultern. »Ich hatte gehofft, mich mit einer Freundin treffen zu können. Aber sie mußte nach Santa Fé.« Er dachte darüber nach. »Zumindest hat sie das behauptet.«

Jean Jacobs runzelte die Stirn. »Sie ist nicht wirklich hingefahren?«

»Doch, ich glaube schon. Ich wollte damit sagen, daß sie vielleicht nicht *unbedingt* nach Santa Fé mußte.«

»Oh.« Die Jacobs verzog das Gesicht. »Ich weiß *genau,* was Sie meinen.«

»Da bin ich mir nicht so ganz sicher«, widersprach Chee.

»Ich kann's mir jedenfalls vorstellen. Was mich angeht, ist es mir wichtiger, mit Odell zusammen zu sein, als ihm mit mir.«

»Okay«, sagte Chee lachend. »Wir haben die gleiche Wellenlänge.«

»Sie haben eine verletzte Hand. Sie kommen aus Farmington oder sonst woher nach Albuquerque geflogen, und Ihr Mädchen findet diesen Trip nach Santa Fé wichtiger.«

»Vielleicht konnte sie die Reise nicht mehr verschieben. Und sie ist eigentlich nicht mein Mädchen. Wir sind eher bloß Freunde.«

»Mhh-hmm«, bestätigte Jean Jacobs. »Das sagt Odell auch.«

Chee wollte das Thema wechseln.

»Sie arbeiten für Tagert. Zumindest auf Teilzeitbasis. Haben Sie in seinen Unterlagen jemals etwas gesehen, das einen Hinweis darauf liefern könnte, was Pinto und er dort draußen wollten?«

»Dafür hab' ich mich nie interessiert, um ganz ehrlich zu sein«, antwortete die Jacobs. »Wissen Sie, ich find's echt beschissen, daß Sie arbeiten müssen, obwohl Sie diese Handverletzung haben. Eigentlich sollten Sie krank geschrieben sein.«

»Bin ich auch«, sagte Chee. »Diese Nachforschungen stelle ich privat an.«

Jean Jacobs senkte ihr Kinn, musterte ihn über ihre Lesebrille hinweg und runzelte dabei ihre glatte Stirn. »Warum? Warum tun Sie das?«

»Ich bin neugierig«, antwortete Chee. »Mich interessiert einfach, wie Hosteen Pinto dort hingekommen ist – und was er dort zu suchen hatte. Obwohl diese Dinge im Grunde genommen überflüssig sind. Jedenfalls für das Gerichtsverfahren. Pinto leugnet nicht mal, Nez erschossen zu haben. Ich mache das alles nur, weil ich nichts anderes zu tun habe. Außer mir kümmert sich kein Mensch darum.«

»Ich weiß von noch einem«, sagte Jean Jacobs.

»Was? Wie kommen Sie darauf?«

»Vor ein paar Tagen hat jemand hier angerufen. Ein Beamter der Navajo Tribal Police in Window Rock. Er wollte Tagert sprechen. Er hat sich erkundigt, wo er zu finden sei.«

»Wer soll das gewesen sein? Wissen Sie bestimmt, daß er von der Navajo Tribal Police war? Nicht vom FBI? Oder vielleicht einer der Pflichtverteidiger aus dem Büro des Federal Public Defenders?«

»Der Anruf kam aus Window Rock. Und der Mann hat gesagt, er sei von der Navajo Tribal Police.«

»Erinnern Sie sich noch daran, wie er hieß?«

»Er hatte einen komischen Namen. Leider hab' ich ihn vergessen. Aber er hat sich als Lieutenant vorgestellt.«

»Leaphorn!«

»Genau«, bestätigte sie. »Lieutenant Leaphorn. Kennen Sie ihn?«

Chee überlegte und kam zu der einzig möglichen Schlußfolgerung. »Dieser Scheißkerl!« sagte er.

Seine erbitterte Reaktion verblüffte die Jacobs. Sie sah weg, griff nach einem Bleistift, spielte damit und legte ihn wieder hin.

»Entschuldigung«, murmelte Chee.

»Sie kennen ihn wohl näher? Ist er Ihr Boß?«

»Und ob ich ihn kenne. Nein, er ist nicht mein Boß.«

»Er hat nur gefragt, ob Tagert hier sei. Ob ich wüßte, wo er zu finden sei.« Sie musterte Chee. »Ist das schlimm?«

»Nein«, antwortete Chee. »Oder vielleicht doch. Möglicherweise...« Er seufzte. »Das alles interessiert Sie bestimmt nicht.«

»Doch«, sagte sie. »Erzählen Sie mir davon.«

»Eigentlich tue ich alles nur aus persönlicher Neugier«, begann Chee und erzählte ihr von seinem Funkgespräch mit Delbert Nez, der schlechten Verständigung, dem verrückten Felsenmaler und dem Lachen, das ihn dazu veranlaßt hatte, seinen Freund im Stich zu lassen. Er schilderte ihr, wie er den alten Pinto festgenommen hatte. Zuletzt sprach er von Janet Petes Rückkehr aus Washington, ihrem neuen Job als staatlicher Pflichtverteidigerin und ihrem Verhalten in Sachen Pinto.

»Ich weiß, daß ihr dieser Fall zugeteilt worden ist. Das ist ihr Job. Aber Janet gibt mir immer wieder zu verstehen, daß sie eigentlich an Pintos Täterschaft zweifelt. Sie sieht noch viele unbeantwortete Fragen. Zum Beispiel, welches Motiv er hatte.

Dabei ist es ganz einfach. Er war betrunken – und hat schon früher im Rausch einen Mann umgebracht und dafür eine Haftstrafe verbüßt. Dazu ist er auf frischer Tat ertappt worden, und er bestreitet sie auch nicht. Aber Janet will sich nicht damit zufriedengeben.« Chee schüttelte den Kopf.

»Sie finden, daß das reicht, weil Sie derjenige sind, der ihn geschnappt hat«, stellte die Jacobs fest. »Aber Sie müssen berücksichtigen, daß sie seine Verteidigerin ist. Und sie arbeitet als Frau auf einem Gebiet, das bisher eine Männerdomäne war. Vermutlich glaubt sie deshalb, irgend etwas beweisen zu müssen. So würde es mir jedenfalls gehen. Vielleicht glaubt sie auch, daß sie Ihnen etwas beweisen muß.« Sie verzog das Gesicht. »Als Polizist haben Sie schon einige Erfahrung, stimmt's? Und für sie ist dieses Spiel noch ganz neu.« Sie zuckte mit den Schultern. »Das sind natürlich bloß Vermutungen.«

»Sie verstehen nicht, worum es eigentlich geht«, sagte Chee. Er stand auf. Diese Frau war bereit, ihm zuzuhören; und ihm war danach, seinem angestauten Zorn Luft zu machen. »Ich hab' Scheiße gebaut, verstehen Sie? Sonst wäre ich bei Nez gewesen – und er hätte nicht sterben müssen. Aber ich habe in Red Rock gesessen und Kaffee getrunken und geglaubt, alles sei in bester Ordnung, weil ich Nez lachen gehört hatte.«

Chee stand mit hängenden Armen vor ihr. Davon tat ihm die Hand weh. Er verschränkte die Arme.

»Zuletzt bin ich doch hingekommen. Zu spät, um Nez helfen zu können, aber rechtzeitig genug, um seinen Mörder zu stellen. Dazu haben meine Fähigkeiten als Cop immerhin noch gereicht.«

Jean Jacobs schwieg, während sie darüber nachdachte. Aus

ihrer Miene sprach freundschaftliches Mitgefühl. Sie war eine begabte Zuhörerin. Das war Chee schon früher aufgefallen. Sprach man mit dieser Frau, hörte sie einem wirklich zu. Ihre gesamte Aufmerksamkeit war nur auf den Sprechenden konzentriert. Die restliche Welt war ausgesperrt. Außer den Worten, die sie hörte, war im Augenblick nichts von Wichtigkeit.

Das Zuhören war ein fester Bestandteil der Navajokultur. Man unterbrach einander nicht. Man wartete, bis der andere ausgesprochen hatte und ließ ihm einen Augenblick Zeit, etwas zu ergänzen, hinzuzufügen oder zu verbessern, bevor man antwortete. Aber selbst Navajos waren oft ungeduldige Zuhörer, die nicht wirklich zuhörten, sondern sich bereits ihre Antwort zurechtlegten. Jean Jacobs hörte *wirklich* zu. Obwohl Chee bewußt war, daß sie ihm damit schmeichelte, hatte ihre Aufmerksamkeit die gewünschte Wirkung.

»Ich verstehe, weshalb Sie Tagert aufspüren wollen. Und ich verstehe auch, warum Sie auf Nummer Sicher gehen wollen.«

»Sicher!« sagte Chee lauter als eigentlich beabsichtigt. »Ich *bin* mir meiner Sache sicher! Wieviel sicherer kann man sich eigentlich sein? Der Mörder am Tatort – betrunken, mit dem noch rauchenden Revolver in der Hand. Er leugnet die Tat nicht mal! Wo wäre da noch Platz für Zweifel?«

»Eigentlich nirgends«, bestätigte die Jacobs.

»Und das FBI ist auch zufrieden. Es hat die Ermittlungsergebnisse dem Schwurgericht vorgelegt, und dieses hat der Anklageerhebung zugestimmt. Damit kann das Verfahren gegen Pinto stattfinden.«

»Und dieser Lieutenant Leaphorn? Ist er...«

»Er hat Zweifel am Tathergang angemeldet«, stellte Chee fest.

»Glaubt die Tribal Police, daß Sie den falschen Mann geschnappt haben?«

»Schon möglich. Aber ich vermute, daß Leaphorn auf eigene Faust ermittelt. Das wäre nicht das erste Mal. Er ist gewissermaßen unser Supercop. Seit Urzeiten im Dienst. Kennt jeden. Erinnert sich an alles. Vergißt nichts. Ich habe schon ein paarmal mit ihm zusammengearbeitet. Früher oder später stößt jeder von uns mit ihm zusammen, weil er für alle schwierigeren Fälle zuständig ist.«

»Kamen Sie nicht mit ihm klar?«

»Ich glaube nicht, daß er eine sehr hohe Meinung von mir hat«, antwortete Chee. »Wenn ich ehrlich sein soll, sind wir recht gut miteinander ausgekommen. Er hat mich sogar für einen Gesang engagiert. Für das Lied, das den Segen bringt.«

Er sah ihren fragenden Gesichtsausdruck.

»Das ist eine Heilungszeremonie«, erklärte Chee. »Ich wollte früher Schamane werden – Sänger und Medizinmann. Ein *hataalii,* wie diese Männer in unserer Sprache heißen. Ich wollte ein Heiler sein, um anderen Menschen ihre innere Harmonie zurückzugeben. Ich hab's zumindest versucht. Aber meine Dienste waren nicht sonderlich gefragt.« Er lachte humorlos. »Lieutenant Leaphorn war mein einziger richtiger Patient. Der einzige außerhalb meiner Familie.«

»Dazu gehören Zeichnungen im Sand, stimmt's?« fragte Jean Jacobs. »Das ist so ungefähr das einzige, was ich davon weiß.«

Chee hatte plötzlich das Gefühl, sich selbst zu beobachten und sich zuzuhören, als stehe er neben sich. Er sah und hörte Selbstmitleid. Auch etwas Zorn, aber vor allem einen Mann, der Mitleid mit sich selbst hatte. Noch mehr als bei anderen haßte er das bei sich – so sehr, daß er sich schämte.

Trotz seines Zorns erkannte er jetzt, was hinter Leaphorns Nachforschungen stecken mußte. Sie konnten nicht zufällig gewesen sein. Wie war der Lieutenant auf Tagert gestoßen? Dazu mußte er einiges ausgegraben haben. Chee spürte, wie sein Ärger verflog und dem Gefühl Platz machte, jetzt mit noch mehr Nachdruck ermitteln zu müssen.

»Tut mir leid, daß ich Sie mit meinen Problemen belästigt habe«, sagte er. »Dazu bin ich eigentlich nicht hergekommen. Ich wollte fragen, ob ich einen Blick in Tagerts Unterlagen werfen darf. Vielleicht geht daraus hervor, woran Pinto und er gearbeitet haben. Vielleicht sagen sie uns, ob Tagert an dem bewußten Tag mit ihm zusammen unterwegs war.«

»Okay, wir können mal nachsehen«, sagte die Jacobs. »Aber ich bezweifle, daß sie uns weiterhelfen werden.«

Sie sahen in seinen Papieren nach. Aber erst nachdem Jean Jacobs die Tür geschlossen und abgesperrt hatte. »Das kommt mir irgendwie nicht ganz sauber vor«, sagte sie. »Daß wir in den Sachen des alten Dreckskerls wühlen, meine ich. Auch wenn ich jeden Tag mit dem Schreibkram zu tun habe.«

»Denken Sie einfach daran, daß ich der Beamte bin, der den Tatverdächtigen festgenommen hat«, sagte Chee. Er spürte, wie sich seine Stimmung wieder besserte.

Der Ausgangskorb erwies sich als leer. Daraufhin befaßten sie sich mit dem Inhalt des Eingangskorbs.

Die Briefe, Drucksachen und Aktennotizen waren einen Monat alt und, soweit Chee feststellen konnte, von keinerlei Bedeutung.

»Wie legt er Unterlagen ab?« fragte er.

»Meistens thematisch geordnet. Briefe werden manchmal unter dem Absendernamen abgelegt. Im allgemeinen geht's nach Sachgebieten.«

»Mal sehen, ob er eine Akte Pinto hat.«

Keine Akte Pinto.

»Und wie steht's mit einer Akte Cassidy?«

Die Hängeordner mit Material über Cassidy nahmen ein halbes Schubfach in Tagerts Karteischrank ein. Chee und Jean Jacobs stapelten sie auf seinem Schreibtisch und begannen mit der Durchsicht.

»Wonach suchen wir eigentlich?« wollte sie wissen.

»Gute Frage«, meinte Chee. »Zunächst nach allem, was mit Pinto zusammenhängt. Und nach allem über den damaligen Raubüberfall in Utah und die anschließende Verfolgungsjagd. Außerdem...«

»Hier ist etwas über den Raubüberfall«, unterbrach sie ihn. »Fotokopien von Presseberichten.«

Die Schlagzeile im *Blanding Defender* war – wie um die Jahrhundertwende üblich – mehrzeilig:

ALTE HOLE-IN-THE-WALL-GANG
VERMUTLICH AN POSTRAUB
AUS ZUG BETEILIGT

BANDE BESTIEG EINEN ZUG
DER COLORADO & SOUTHERN
IN FRY CREEK. ZEUGE SAGT
AUS, BUTCH CASSIDY UNTER
DEN ZUGRÄUBERN GESEHEN ZU HABEN

ANGESCHOSSENER BANDIT BESTÄTIGT
ZEUGENAUSSAGE

TOTER BANDIT ALS RUDOLPH »RED« WAGONSTAFF IDENTIFIZIERT.
FREUNDE SAGEN, ER SEI FRÜHER MIT CASSIDY UND DER WYOMING WILD BUNCH ALS VIEHDIEB UNTERWEGS GEWESEN

Der dann folgende Artikel wiederholte alles mit weiteren Einzelheiten und einer nochmaligen Schilderung, wie der Raubüberfall abgelaufen war. Drei Männer hatten den Zug bestiegen, als er in Fry Creek gehalten hatte, um Post mitzunehmen. Sie waren in den Postwagen eingedrungen und hatten die beiden Postbeamten in ein Feuergefecht verwickelt. Dabei war einer der Beamten erschossen und der andere durch einen Brustschuß verletzt worden. Der als Rudolf »Red« Wagonstaff identifizierte Bandit war durch eine Kugel im Hals getroffen worden und einen Tag später im Krankenhaus Blanding gestorben.

Die Banditen hatten den Zug nördlich von Blanding, wo sie von einem Komplizen mit Pferden erwartet wurden, zum Stehen gebracht. Ein Reisender, der Deputy Sheriff in Garfield County war, hatte die wegreitenden Banditen von einem Zugfenster aus beschossen. Er hatte einen der Männer in den Rükken getroffen, so daß er vom Pferd gestürzt war.

Auch darüber berichtete die Zeitung:

> Zu ihrem Pech hatte dieser Kerl die Ledertaschen bei sich, die den größten Teil der Beute enthielten, von der die Banditen angelockt worden waren. Er liegt jetzt hier in Blanding im Krankenhaus, aber der Arzt gibt ihm keine großen Überlebenschancen. Sheriff Lester Ludlow gegenüber gab er seinen Namen mit Davis an. Dar-

über hinaus sagte er, daß Butch Cassidy der Anführer der Gruppe gewesen sei.

Laut Sheriff Ludlow ist der größte Teil der bei dem Überfall gemachten Beute – die Lohngelder für die Parker Mine – in den von Davis mitgeführten Taschen sichergestellt worden. Seinen Erklärungen zufolge sind die Banditen mit einer Beute von nicht mehr als 300 bis 400 Dollar geflüchtet – vor allem mit Banknoten, Briefmarken und weiterem Material für Poststellen entlang der Bahnlinie südlich von Salt Lake City.

Der Rest des Artikels bestand hauptsächlich aus Informationen über den erschossenen Postbeamten, seinen verletzten Kollegen und die zur Verfolgung der Banditen gebildete Posse. Chee überflog ihn nur und nahm die nächste Fotokopie zur Hand. Dieser Bericht war eine Woche später erschienen. Davis war gestorben. Die Posse hatte die nach Süden führende Fährte der beiden Überlebenden aufgenommen. Sie waren von einem Mormonen-Rancher am Montezuma Creek gesehen worden – zwei Männer mit vier Pferden. Sheriff Ludlow hatte sich optimistisch geäußert. »In seinem Telegramm an unsere Zeitung versicherte der Sheriff: ›Wir werden sie fassen.‹«

Eine Woche später war Ludlow nicht mehr so optimistisch. »Sie haben sich unbemerkt ins Navajo-Reservat geflüchtet. Wir haben die Behörden in ganz Arizona und New Mexico telegraphisch zur Fahndung aufgerufen.«

Wieder eine Woche später gab es nur eine einzige Meldung im Zusammenhang mit dem Raubüberfall: Der dabei verletzte Postbeamte war aus dem Krankenhaus entlassen worden.

»Haben Sie schon etwas gefunden?« fragte Jean Jacobs. »Diese alten Zeitungsberichte zu lesen ist wie Erdnüsse essen –

man kann nicht mehr aufhören. Hier wird von einem Überfall auf eine Postkutsche berichtet. Stellen Sie sich das vor!«

»Wozu er den wohl aufgehoben hat?« Chee dachte an Tatmotive.

»Einer der Reisenden hat gesagt, die Postkutsche sei von Butch Cassidy überfallen worden.«

Chee erinnerte sich daran, daß die Banditen mit sehr geringer Beute geflüchtet waren. Dann dachte er an die Münzkataloge bei Redd, an die Centstücke auf seinem Tisch. Damalige Münzen mußten heutzutage gesuchte Sammlerstücke sein, die bestimmt zu Liebhaberpreisen gehandelt wurden.

»Als wir bei Redd waren, hatte er Tausende von Centstükken bei sich aufgestapelt«, sagte Chee. »Wissen Sie, was es damit auf sich hat?«

»So schlägt man sich als Doktorand durch«, antwortete die Jacobs. »So bezahlt man seine Miete. Sobald Odell seinen Monatsscheck bekommt, reicht er ihn bei der Bank ein und kauft so viele Centstücke, wie er sich leisten kann. Diese Münzen sortiert er dann, um Sammlerstücke zu finden. Bestimmte Jahre, bestimmte Prägestätten sind gesuchter und wertvoller als andere. Beispielsweise kann ein 1947 in Baltimore geprägtes Centstück einen Dime wert sein, und eine 1954 in Denver geprägte Centmünze ist etwa ihr Zwanzigfaches wert. Diese Münzen behält er, um sie an Fachgeschäfte zu verkaufen; die restlichen bringt er zur Bank zurück und fängt das Spiel wieder von vorne an.«

»Hey, das ist clever!« meinte Chee anerkennend. »Wieviel verdient er damit?«

Sie lachte. »Reich wird man dabei nicht. Letztens hat er einen Indianerkopf gefunden, der fast vier Dollar wert war. In der Woche hat er etwa fünf Dollar pro Stunde verdient.«

»Was wäre, wenn man Münzen aus diesem Postraub finden würde? Wäre das nicht die reinste Goldgrube?«

»Nicht wirklich«, antwortete die Jacobs. »Davon hat Odell auch schon gesprochen – wie großartig es sein müßte, diese alten Münzen zu finden. Aber als er nachgeschlagen hat, kam heraus, daß das eine schlechte Zeit für Münzen war. Silberdollars und goldene Fünfdollarstücke sind damals tonnenweise geprägt worden. Teuer sind nur wirklich seltene Münzen.«

»Wieviel wäre ein Silberdollar aus der Zeit um die Jahrhundertwende ungefähr wert?«

»Beim Verkauf an einen Münzhändler vielleicht zwanzig Dollar – wenn er perfekt erhalten ist«, antwortete sie. »Aber in der Zeitung stand, daß die Banditen vor allem Banknoten erbeutet haben.«

Soviel zu dieser Idee. Und während Chee das dachte, fand er, was er suchte, ohne zu wissen, daß er es gesucht hatte.

Ein großer brauner Umschlag, auf dem PINTO/CASSIDY stand, enthielt ein zusammengeheftetes, zweizeilig geschriebenes Typoskript.

> Sie sagen, daß es in jenem Sommer war, als mein Bruder auf die Welt kam. Sie sagen, daß es damals passiert ist...

Am Rand daneben stand eine mit Bleistift geschriebene Anmerkung: *1909/10.*

> ...Sie sagen, daß die Überfälle der Utes in diesem Jahr besonders schlimm gewesen sind. Sie sind auf dem Pfad zwischen Thieving Rock und Blue Hill heruntergekommen und haben den Leuten um Teec Nos Pos auf der Ebene am San Juan River und sogar noch drüben auf Ci-

neza Mesa nachts Pferde und Schafe gestohlen. Sie sagen, das soll mehrmals passiert sein, und einmal haben die Utes dort drüben auf einen Navajo geschossen. Er weidete seine Schafe, und als die Utes auf ihn geschossen haben, ist er weggelaufen. Sie sagen, daß er Left-handed hieß und aus dem Piaute Clan war.

Left-handed hatte einen Sohn namens Delbito Willie. Delbito Willie war mit einer Frau aus dem Yucca Fruit Clan verheiratet und lebte mit ihr jenseits der Carrizo Mountains. Aber er war nach Teec Nos Pos gekommen, um dort seine Brüder und Schwestern zu besuchen, und er hörte überall, daß die Utes auf seinen Vater geschossen hatten.

Sie sagen, daß dieser Delbito Willie mit zwei Brüdern seiner Frau und etlichen jungen Männern aus seinem eigenen Piaute Clan gesprochen und ihnen vorgeschlagen hat, nach Norden bis zum Sleeping Ute Mountain zu reiten, den Utes ein paar Pferde zu stehlen und sich all ihre Schafe und Ziegen zurückzuholen.

Der Häuptling der Piaute Clans war damals ein alter Mann namens Kicks His Horse, und als sie ihr Vorhaben mit ihm besprochen haben, gab er ihnen den Rat, damit zu warten. Sie sagen, daß er als Grund dafür die *yaiisjaastsoh* – in der Sprache der *biligaana* die Zweite Pflanzzeit im Juli – angegeben hat. Um diese Zeit gibt's Gewitter, und die Schlangen sind zum Fressen unterwegs, und man kann keine Heilungszeremonie abhalten, wie sie vor solch einem Unternehmen nötig wäre. Und nach ihrer Rückkehr hätte man für sie den Gesang des Sieges über die Feinde singen müssen, um sie zu heilen, aber das war nicht möglich, weil das erst geschehen darf, wenn der Donner wieder schläft, der Boden gefroren ist und die Schlangen sich in ihre Höhlen verkrochen haben.

Aber sie sagen, daß Delbito Willie so zornig darüber war, daß die Utes auf seinen Vater geschossen hatten, daß er trotzdem losziehen wollte. Es war ihm gleich, was die anderen dazu meinten. Sie sagen, daß die Männer des Piaute Clans auf den Häuptling gehört haben und nicht mitkommen wollten; darum ist Delbito Willie zum Yucca Fruit Clan seiner Frau zurückgekehrt und hat dort mit den Männern geredet. Sieben von ihnen haben sich ihm angeschlossen – vor allem junge Leute, wie's heißt, aber einer von ihnen ist Old Man Joseph gewesen. Und so sind sie mit ihren besten Pferden nach Norden in Richtung Sleeping Ute Mountain losgeritten. Sie sollen den San Juan River bei...

»Na, haben Sie etwas Interessantes gefunden?« fragte Jean Jacobs mit einem Blick über seine Schulter.

»Ich glaube, dies ist die Story, von der Redd uns erzählt hat«, antwortete Chee. »Pintos Erinnerungen, nach denen Butch Cassidy sich im Navajo-Reservat aufgehalten haben müßte. Jedenfalls geht's darum, bei den Utes Pferde zu stehlen. Und der Zeitpunkt könnte ungefähr stimmen.«

Chee blätterte weiter und las, wie Old Man Joseph von seinem Pferd abgeworfen worden war. Er blätterte nochmals und las, daß Delbito Willie entschieden hatte, sie sollten von den Weiden westlich des Sleeping Ute Mountains nur Pferde und Maultiere mitnehmen, aber nicht die Ziegen, weil die Utes sie verfolgen würden. Er blätterte wieder und las, daß zwei der Männer sich mit elf Ute-Pferden von der Gruppe getrennt hatten, um direkt nach Teec Nos Pos zurückzureiten. Auf den Seiten, die er überblättert hatte, war ein Mann aus dem Piaute Clan durch einen Schuß ins Bein verletzt worden. Aber eine Schießerei mit den Utes war nicht das, was er suchte. Er blätterte erneut, überflog den Text und las dann langsam weiter.

> Sie sagen, daß Hosteen Joseph, Delbito Willie und die jungen Männer aus dem Yucca Fruit Clan auf dem Rückweg ihr Nachtlager irgendwo zwischen Rol Hai Rock und Littlewater Wash aufgeschlagen hatten. Sie sagen, daß Delbito Willie unterwegs war, um Feuerholz zu holen, weil sie zwei Kaninchen braten wollten, die sie geschossen hatten. Dabei hat er drüben im Nordosten eine Staubwolke gesehen. Sie haben ihr Feuer gelöscht und sich auf die Lauer gelegt. Nach einiger Zeit sind zwei Männer – zwei weiße Männer, wie es heißt – vorbeigeritten, die ein Maultier bei sich hatten.
> Diese beiden Weißen haben die Ute-Pferde gesehen, die Delbito Willie unterhalb ihres Lagerplatzes mit gefesselten Beinen zurückgelassen hatte. Daraufhin suchten sie die ganze Umgebung nach den Besitzern der Tiere ab, ohne Delbito Willie oder seine jungen Männer aus dem Yucca Fruit Clan jedoch zu Gesicht zu bekommen. Dann wollten sie die Pferde stehlen. Aber als sie ihnen die Beinfesseln durchgeschnitten haben, hat Hosteen Josephs Schuß einen der beiden verletzt, worauf die beiden Weißen dann die Flucht ergriffen. Delbito Willie und die anderen nahmen die Verfolgung auf. Sie haben auf sie geschossen, und die beiden Männer haben das Feuer erwidert, und einer von ihnen – der weiße Mann mit dem

gelben Schnurrbart, wie es heißt – hat Hosteen Joseph getroffen. Sie sagen, daß seine Kugel Old Man Joseph ins Herz traf und daß er sofort tot war.
Danach haben die anderen die beiden verfolgt. Einmal wären sie ihnen beinahe entkommen, aber der Mann, den Hosteen Joseph angeschossen hatte, ist vom Pferd gefallen, und der andere mußte anhalten, um ihm wieder in den Sattel zu helfen. Sie sagen, daß Delbito Willie auch den zweiten Mann getroffen, aber nicht getötet hat. Die beiden Weißen sind schließlich in ein Gebiet mit erstarrter Lava geritten, das für Pferde selbst tagsüber gefährlich ist. Die Männer aus dem Yucca Fruit Clan folgten ihnen langsam und hielten sich weit zurück, weil der Mann mit dem gelben Schnurrbart sogar im Sattel ein guter Schütze war. Zuletzt haben sie dann die Stelle gefunden, wo die beiden Weißen ihre Pferde zurückgelassen hatten und in die Felsen hinaufgeklettert waren.

Chee überflog den Rest. Als einer der Weißen am nächsten Morgen herauszukommen versuchte, wurde er wieder getroffen – diesmal vermutlich am Arm – und zog sich in die Felsen zurück. Die Navajos warteten diesen ganzen Tag und auch den darauffolgenden ab. Sie tranken ihr eigenes Wasser und das aus den Feldflaschen der Weißen, die an den Sätteln hängengeblieben waren. Am Morgen des vierten Tages stieg Delbito Willie endlich in die Felsen hinauf und folgte den blutigen Spuren, bis er auf die Leichen der beiden Männer traf. Danach kehrten seine Begleiter und er mit allen Pferden in ihre Heimat jenseits der Carrizo Mountains zurück. Wegen ihrer Verseuchung durch die Utes und die Weißen fand dort für sie alle eine Heilungszeremonie statt.

Chee befaßte sich etwas eingehender mit dem Teil, in dem Ashie Pinto diese Zeremonie beschrieb: einen Gesang des Sieges über die Feinde und einen Teil des Gesangs zur Beschwörung des Bösen, der offenbar allein für Delbito Willie bestimmt gewesen war. Die Erläuterungen des alten Schamanen weckten Erinnerungen an eine Heilungszeremonie, die er als kleiner Junge miterlebt hatte. Geleitet hatte sie ein hagerer, auffällig großer *hataalii*, der ihm unglaublich alt vorgekommen war. Die Patientin war Chees Großmutter väterlicherseits gewesen, die er mit der Intensität eines einsamen Kindes geliebt hatte, und die damalige Zeremonie war eine seiner frühesten Kindheitserinnerungen.

Der kalte Wind, der Sternenschein, der Piñon- und Wacholderduft der großen Feuer, die eine abgesteckte Tanzfläche erhellten... Noch jetzt hatte er diese Szene deutlich vor Augen, und der Duft, den er dabei zu riechen glaubte, war stärker als der leichte Modergeruch von Tagerts Büro. Am nachhaltigsten hatte sich ihm eingeprägt, wie der *hataalii* mit seiner Rassel aus einem Schildkrötenpanzer und einem Gebetswedel aus Adlerfedern groß und grau und hager über seiner Großmutter stand und mit sonorer Stimme die Verse aus dem Lied der Wiedergeburt sang, um Old Lady Many Mules wieder eins werden zu lassen mit White Shell Girl und ihr Harmonie und Schönheit zurückzugeben.

Und das war ihm in der Tat gelungen. Chee wußte noch, wie er bei ihr geblieben war, mit seinen Vettern und ihren Schäferhunden gespielt hatte und glücklich gewesen war, weil seine Großmutter wieder lachen konnte. Natürlich war sie dann gestorben. Sie hatte Lungenkrebs – vielleicht auch Tuberkulose – gehabt und war daran gestorben. Aber die Zeremonie hatte ihn auf die Idee gebracht, er könnte sich die großen heilenden Wege, die Lieder und die Sandbilder aneignen, um ein *hataalii* für sein Volk zu werden. Nur leider ließ sein Volk nicht den Wunsch erkennen, ihn zu einem seiner Schamanen zu machen.

Chee mußte unwillkürlich aufgelacht haben, denn die Jacobs fragte: »Was finden Sie so lustig? Haben Sie etwas Interessantes gefunden?«

»Mir ist bloß gerade etwas eingefallen«, sagte Chee.

»Was denn?« erkundigte sie sich. »Vor Ihrer Komplizin dürfen Sie keine Geheimnisse haben.«

»Ich habe gelesen, was Ashie Pinto dem Professor über einige Navajos erzählt hat, die als Pferdediebe unterwegs waren«, beantwortete Chee ihre Frage. »Nach ihrer Rückkehr fand eine Heilungszeremonie für sie statt – und dabei habe ich an meinen Kindheitstraum gedacht, selbst einmal Medizinmann zu werden.«

Aus dem Blick der Jacobs sprach Neugier. Oder vielleicht Mitgefühl. Oder beides. Chee erwiderte ihren Blick und verzog das Gesicht. Jean Jacobs sah zu Boden.

»Steht dort irgend etwas, das dazu beitragen kann, Tagert zurückzubringen, damit ich nicht mehr für ihn mitschuften muß?« fragte sie.

Chee zuckte mit den Schultern. »Leider nicht«, sagte er. »Vielleicht hab' ich's auch einfach übersehen.«

Aber er dachte dabei an den Gesang zur Beschwörung des Bösen, den er nicht kannte. Auch Frank Sam Nakai, der ein sehr angesehener *hataalii* und sein Onkel mütterlicherseits und sein Mentor in allen metaphysischen Dingen war, kannte ihn nicht. Weshalb war ein Teil davon für Delbito Willie, nicht aber für die übrigen Männer seiner Gruppe zelebriert worden? Und weshalb war Ashie Pinto, der wie alle indianischen Geschichtenerzähler eine Vorliebe dafür hatte, sämtliche Einzelheiten breit und ausführlich zu schildern, so rasch über diesen Punkt hinweggegangen?

Vielleicht verriet Pinto ihm wenigstens das, selbst wenn er sich ansonsten weiter ausschwieg.

12

Wie es Leaphorns Art war (es sie denn, sein Ordnungssinn wurde dadurch verletzt), hielt er sich an den Dienstweg. Der ehemalige südvietnamesische Oberst und jetzige Lehrer Huan Ji wohnte in der Siedlung Shiprock, die im Zuständigkeitsbereich der Dienststelle Shiprock der Navajo Tribal Police lag. Leaphorn wählte die Nummer der dortigen Dienststelle und ließ sich mit Captain Largo verbinden.

»Ich habe schon von ihm gehört«, sagte Largo. »Er unterrichtet an der Shiprock High School. Mathe, soviel ich weiß, oder vielleicht auch Physik. Aber wir hatten noch nie mit ihm zu tun. Was soll er angestellt haben?«

Leaphorn erzählte ihm von seinem Gespräch mit Jay Kennedy vom FBI.

»Ah, jetzt fällt's mir wieder ein!« bestätigte Largo. »Auf der Fahrt zum Tatort ist Chee seinem Wagen begegnet. Das FBI hat den Halter durch uns ermitteln lassen. Was hat er den Kollegen erzählt?«

»Sie haben ihn nicht vernommen«, sagte Leaphorn.

»Tatsächlich nicht?« fragte Largo überrascht. »Hmmm, natürlich...« Der Captain lachte, was bei ihm ein tiefes Rumpeln war. »Soviel ich gehört habe, ist er sozusagen unberührbar. Er soll in Vietnam für die CIA gearbeitet haben.«

»Ich finde, irgend jemand sollte mit diesem Mann reden«, sagte der Lieutenant. »Am besten sehe ich selbst mal vorbei.«

»Soll ich dir die Fahrt ersparen?«

»Nein, sonst sind die FBI-Leute auch auf dich sauer«, wehrte Leaphorn ab. »Ich komme selbst vorbei.«

»Das klingt so, als hättest du noch immer Lust, den Dienst zu quittieren«, meinte der Captain und lachte wieder.

»Lange kann's nicht mehr dauern. Ich bin jedenfalls an einem Punkt angelangt, wo jemand, der mich wegen einer lautstarken Auseinandersetzung mit den Feds rausschmeißen wollte, verdammt schnell reagieren müßte.«

Largo äußerte sich nicht dazu. »Laß mich wissen, wann du kommst – und ob du Unterstützung brauchst«, sagte er. »Vorläufig suche ich dir nur seine Adresse heraus.«

»Wahrscheinlich komme ich heute nachmittag vorbei«, antwortete Leaphorn. »Sobald ich meinen ganzen Papierkram erledigt habe.«

Als er eben das vorletzte Schriftstück aus dem Eingangskorb in den Ausgangskorb legte, klingelte das Telefon.

»Eine Besucherin für Sie«, sagte der Diensthabende. »Professor Bourebonette.«

»Oh?« Leaphorn überlegte kurz. »Lassen Sie sie heraufkommen.«

Er legte den Hörer auf die Gabel, zog den letzten Ordner aus dem Korb, schlug ihn auf und starrte dann aus seinem Bürofenster zu den Sonnenflecken und Wolkenschatten auf der Window Rock Ridge hinüber. Wieder eine Frage des Motivs. Was hatte die Professorin hierhergeführt? Von Flagstaff nach Window Rock fuhr man verdammt lange. Sie mußte vor Tagesanbruch aufgestanden sein oder unterwegs übernachtet haben. Vielleicht im hiesigen Motel oder in Gallup. Ein starkes Motiv. Freundschaft, hatte sie gesagt. Freundschaft konnte dabei eine Rolle spielen. Aber was noch?

Beim Hereinkommen murmelte die Professorin, wie leid es ihr täte. Aber ihre Miene ließ nichts davon erkennen.

»Ich weiß, daß ich Ihre Zeit über Gebühr beanspruche, zumal Sie gar nicht für Hosteen Pinto zuständig sind. Aber ich wäre Ihnen für ein paar Informationen dankbar. Haben Sie irgend etwas herausbekommen?«

Leaphorn war aufgestanden. »Bitte«, sagte er und deutete auf einen Besuchersessel. Er nahm ebenfalls Platz und klappte den Ordner zu. »Tut mir leid, aber ich habe nichts Brauchbares in Erfahrung bringen können.«

»Was hat Professor Tagert gesagt? Ich habe sein Büro angerufen, aber nur die Auskunft erhalten, daß er nicht da sei. Angeblich weiß niemand, wann er zurückkommt. Das klingt äußerst merkwürdig. Das Semester hat doch längst wieder angefangen. Er müßte wenigstens seine Sprechstunden halten.«

»Dr. Tagert scheint sich abgesetzt zu haben«, antwortete Leaphorn. »Ich habe dieselben Auskünfte bekommen.«

»Er ist verschwunden?« fragte Dr. Bourebonette ungläubig. »Sucht die Polizei ihn?«

Das war etwas, das stets erklärt werden mußte. Er setzte es ihr geduldig auseinander.

»Bei Erwachsenen läuft das anders. Jeder von uns hat ein Recht darauf, unterzutauchen, wenn er will. Das geht niemanden außer dem Betreffenden selbst etwas an. Die Polizei schreitet nur dann ein, wenn eine Straftat vorliegt. Oder wenn sie Anhaltsgründe für ein Verbrechen hat.«

Sie betrachtete ihn stirnrunzelnd. »Hier liegt eindeutig eine

Straftat vor. Und ist Tagert nicht ein höchst wichtiger Zeuge?«

»Schon möglich«, antwortete der Lieutenant. »Aber vorläufig sieht es nicht so aus. Die Tat, um die es hier geht, ist der Mord an Delbert Nez. Und nichts deutet darauf hin, daß Tagert etwas damit zu tun gehabt haben könnte. Absolut nichts!«

Während sie aufmerksam zuhörte, blieb ihr Blick auf Leaphorn gerichtet, aber sie war in Gedanken offensichtlich woanders. Dann nickte sie, als stimme sie irgendeiner insgeheim angestellten Überlegung zu. Leaphorn beobachtete sie. Was dachte sie? Bestimmt etwas Intelligentes, davon war er überzeugt. Er wünschte sich, dieser Gedanke würde zu irgendeiner Äußerung führen, die einen Hinweis auf den Grund ihres Kommens liefern würde.

»Haben Sie schon daran gedacht, daß Tagert tot sein könnte?« fragte sie. »Haben Sie sich schon überlegt, daß der Mörder des Polizeibeamten auch Tagert ermordet haben könnte? Haben Sie sich darüber bereits Gedanken gemacht?«

Der Lieutenant nickte wortlos.

Louisa Bourebonette saß wieder schweigend da und überlegte. Lange Pausen schienen sie nicht zu stören. Ungewöhnlich bei einer Weißen. Auf dem Gang ertönten Schritte, dann fiel eine Tür ins Schloß. Professor Bourebonette trug irgendein Parfüm. Es duftete sehr, sehr schwach. So schwach, als bilde Leaphorn es sich nur ein.

»Der Prozeß sollte verschoben werden«, sagte Bourebonette plötzlich. »Bis Professor Tagert gefunden ist.« Sie starrte Leaphorn fordernd an. »Wie können wir das erreichen? Jedenfalls kann gegen Mr. Pinto nicht verhandelt werden, bis nicht sämtliche Umstände bekannt sind. Im Augenblick weiß niemand, was dort draußen wirklich passiert ist.«

Der Lieutenant zuckte mit den Schultern. Aber sein Schulterzucken reichte nicht aus.

»Ich glaube, daß wir verlangen können, daß wenigstens die einfachsten Anstrengungen für einen fairen Prozeß unternommen werden«, sagte Bourebonette steif. »Das ist vor allem auch Mr. Pintos gutes Recht.«

»Ich gebe zu, daß mir etwas gründlichere Ermittlungen ebenfalls lieber gewesen wären«, antwortete Leaphorn. »Aber dafür bin ich nicht zuständig. Das FBI hat den Fall bearbeitet und ausreichend Beweise zusammengetragen, um jegliche Zweifel bei den Geschworenen auszuräumen. Das Spiel läuft etwas anders, wenn...«

»Spiel! Sie haben...«

Der Lieutenant ließ ihre Unterbrechung nicht durchgehen. Auch er konnte aggressiv sein. »...etwas anders, wenn der Angeklagte die Tat nicht leugnet«, fuhr er fort. »Zum ersten ist die Befürchtung überflüssig, daß man den Falschen verhaftet haben könnte. Zum zweiten ist es überflüssig, die Aussagen des Angeklagten zu überprüfen. Deshalb kann die Dienststelle, die den Fall bearbeitet, selbst bei bester Absicht kaum etwas tun.«

Bourebonette musterte ihn prüfend. »Und Sie glauben, daß alles Notwendige veranlaßt worden ist?«

Er zögerte. »Nun«, sagte er, »ich würde gern mal mit Tagert reden, und dann gibt es noch ein paar weitere Ungereimtheiten.«

»Zum Beispiel? Das fehlende Tatmotiv?«

Leaphorn schloß kurz die Augen. Das Gedächtnis kennt keine zeitlichen Begrenzungen. Als er sie nach zwei Sekunden wieder öffnete, hatte er ein Dutzend blutiger Szenen vor seinem inneren Auge gesehen.

»Whiskey ist ein perfektes Tatmotiv«, sagte er.

»Was sonst noch?«

Er hätte am liebsten mit einer Gegenfrage geantwortet und diese Frau gefragt, weshalb ihr diese Schießerei im Vollrausch soviel Zeit wert war. Vermutlich lag das an ihrem Buch. Sie mußte Pinto freibekommen, um es fertigschreiben zu können. Aber möglicherweise war das noch nicht alles. Hätte Leaphorn sie danach gefragt, hätte sie lediglich wiederholt, Pinto sei unschuldig und ihr Freund.

»Nun, Officer Chee ist auf der Fahrt zum Tatort einem Wagen begegnet. Dieses Auto könnte am Tatort vorbeigekommen sein. Nicht unbedingt, obwohl es ziemlich wahrscheinlich ist. Vielleicht hat sein Fahrer etwas gesehen. Vermutlich nicht, aber ich hätte ihn aufgesucht und dazu befragt.«

»Selbstverständlich«, bestätigte sie. »Und das hat niemand getan?«

»Offenbar nicht.«

»Aber weshalb nicht?«

»Weshalb nicht? Weil die Feds schon genügend Belastungsmaterial hatten. Die rauchende Waffe. Das Tatmotiv. Kein Versuch, die Tat zu leugnen. Sie haben massenhaft andere Arbeit, die sich auf ihren Schreibtischen häuft.« Leaphorn deutete dabei auf seinen eigenen Schreibtisch, der aber mustergültig aufgeräumt und so ein schlechtes Beispiel war.

»Zu mühsam, einen Zeugen ausfindig zu machen. Zu mühsam, den Wagen aufzuspüren. Wenn ein alter Mann wegen Mordes vor Gericht gestellt werden soll.« Ihre Stimme klang bitter.

»Wir haben den Wagen gefunden«, widersprach Leaphorn. »Er gehört einem Lehrer aus Shiprock. Ich fahre heute hin und rede mit ihm.«

»Ich komme mit«, sagte sie.

»Tut mir leid, aber das...«, begann der Lieutenant. Dann verstummte er. Warum eigentlich nicht? Das konnte nicht schaden. Dies war ohnehin nicht sein Fall. Sollten die Leute vom FBI sauer sein, konnten sie nicht noch saurer werden, nur weil diese Frau ihn begleitet hatte. Und er wollte herauskriegen, worauf sie es eigentlich abgesehen hatte. Der Fall Pinto interessierte ihn mehr und mehr.

Sie benutzten die Straße, die sich über Red Lake, Crystal und Sheep Springs zum Washington Pass hinzieht. Als sie dann die Ostflanke der Chuska Mountains hinunterfuhren, hielt der Lieutenant an einem Aussichtspunkt. Er zeigte nach Osten und beschrieb mit der Rechten einen weiten Bogen nach Norden, der riesige Flächen graugrüner Grashügel umfaßte. Im Süden ragten die Zuni Mountains auf, im Osten standen die Jemez Mountains, und weit im Norden waren die schneebedeckten San Juan Mountains in Colorado zu erkennen.

»Dinetah«, sagte er dabei. Bourebonette würde wissen, was dieses Wort bedeutete: Inmitten des Volkes. Die Urheimat der Navajos. Der Ort ihrer Mythen, das Heilige Land der Dinee. Wie würde sie reagieren?

Professor Bourebonette schwieg zunächst. »Ich habe eine Wette mit mir selbst gewonnen«, stellte sie dann fest. »Oder zumindest teilweise. Ich habe mit mir gewettet, daß Sie hier wegen der Aussicht halten würden. Und ich habe mit mir gewettet, daß Sie sich zur Benennung dieses Passes nach Washington äußern würden.«

Damit hatte Leaphorn nicht gerechnet.

»Und was hätte ich sagen sollen?«

»Da war ich mir nicht ganz sicher. Vielleicht etwas Aufgebrachtes. Als Navajo wäre ich jedenfalls erbittert, wenn in meinem Land etwas nach Colonel John Macrae Washington benannt wäre. Ebenso gut könnte man einen Paß in Israel nach Adolf Hitler benennen.«

»Der Colonel war ein verdammter Schurke«, bestätigte Leaphorn. »Aber ich lasse mich vom neunzehnten Jahrhundert nicht mehr beeinflussen.«

Louisa Bourebonette lachte. »Typisch Navajo, wenn ich das sagen darf! Sie versuchen, mit der Realität zu harmonieren. Weil es der Gesundheit nicht eben förderlich ist, mit der Vergangenheit zu hadern.«

»Richtig«, bestätigte Leaphorn. »Sogar ziemlich ungesund.«

Professor Bourebonette schmeichelt dir, dachte er. Warum? Was verspricht sie sich davon?

»Ich wäre mir der Kränkung ständig bewußt«, erklärte sie. »Ich würde sie bei jeder Fahrt auf dieser Strecke wieder spüren. Ich würde mich jedesmal wieder fragen, warum die Weißen das getan haben. Warum haben sie den Mann geehrt, der unser schlimmster Feind war, und uns mit dieser Namensgebung provoziert? Eben jenen Colonel, der Narbona, diesen ehrenwerten und friedlichen Mann, ermordet hat. Der Colonel, der einen Vertrag nach dem anderen gebrochen hat, der die Verbrecher beschützt hat, die Kinder entführt und als Sklaven nach New Mexico verkauft haben, der dafür plädiert hat, euren Stamm einfach auszurotten, und der alles getan hat, um diese Politik in die Tat umzusetzen. Wie kann man einen Paß mitten in eurem Land nach diesem Schweinehund benennen? Ist das nur ein Zeichen von Ahnungslosigkeit? Oder ist das eine bewußt verächtliche Geste?«

Aus Bourebonettes Miene und ihrem Tonfall sprach deutliche Verärgerung. Auch das hatte Leaphorn nicht erwartet.

»Ich tippe auf Unwissenheit«, antwortete der Lieutenant. »Ich sehe keinen bösen Willen dahinter.« Er lachte bitter. »Einer meiner Neffen war Pfadfinder. Ausgerechnet im Kit-Carson-Stamm. Carson war auf seine Weise viel schlimmer, weil er sich als Freund der Navajos ausgegeben hat.« Er machte eine Pause und sah zu ihr hinüber. »Das hat Washington nie getan«, stellte er fest. »Er ist ein ehrlicher Feind gewesen.«

Professor Louisa Bourebonette ließ sich nicht im geringsten anmerken, ob sie die feine Ironie dieser Äußerung gespürt hatte.

Die Sonne stand schon ziemlich tief, als sie nach Shiprock und zum San Juan River hinunterfuhren. Sie hatten über alles mögliche gesprochen: über die Arizona State University, an der Leaphorn vor vielen Jahren studiert hatte, über die Frage, ob Alkoholismus rassisch oder genetisch bedingt sei, über die Biographie/Memoiren/Autobiographie Hosteen Ashie Pintos, die sie in zwanzigjähriger Arbeit zusammengetragen hatte, über Trockenperioden und zuletzt über Polizeiarbeit.

Leaphorn hatte das Gespräch absichtlich auf ihr Buch über Pinto gebracht, aufmerksam zugehört und war in seinem Eindruck bestätigt worden, daß im Augenblick für sie nichts wichtiger als diese Arbeit war. Ihm war aufgefallen, daß sie zwischendurch lange schweigen konnte. Auch jetzt schwiegen sie gemeinsam, während sie fünfzehn Kilometer lang nach Shiprock hinunterrollten. Inmitten einer weiten Landschaft aus Grau- und Beigetönen bildeten die Pappeln am Fluß eine goldgelbe Schlangenlinie. Dahinter begrenzten dunkelblaue Berge den Horizont: die Abajos, Sleeping Ute und die San Juans, auf denen schon der erste Schnee lag. Es war einer der für die Wüste typischen stillen goldenen Spätherbsttage.

Leaphorn sprach als erster wieder.

»Ich habe versprochen, mich bei dem Captain, der die hiesige Außenstelle leitet, zu melden«, sagte er und griff nach seinem Mikrofon.

Der diensthabende Beamte teilte ihm mit, daß Captain Largo nicht in der Dienststelle sei.

»Kommt er bald zurück?«

»Schwer zu sagen. Eine Schießerei ist gemeldet worden. Er ist vor ungefähr einer Stunde hingefahren. Eigentlich müßte er bald zurückkommen.«

»Ein Mord?«

»Schon möglich. Wir haben einen Krankenwagen hingeschickt. Soll ich den Captain rufen?«

»Nein, Sie brauchen ihn nicht zu stören«, wehrte Leaphorn ab. »Sobald er zurückkommt, können Sie ihm sagen, daß ich direkt zu Huan Ji gefahren bin. Bestellen Sie ihm, daß ich mich melde, falls ich etwas Wichtiges herauskriege.«

»Huan Ji«, wiederholte der Beamte. »Von dort ist die Schießerei gemeldet worden. Dorthin haben wir den Krankenwagen geschickt.«

13

Als sie in die Straße einbogen, in der Huan Ji wohnte, kam ihnen der zum Public Health Service Hospital in Shiprock zurückfahrende Krankenwagen mit heulender Sirene und eingeschaltetem Blaulicht entgegen. Aber Leaphorn hatte zuviel Erfahrung mit Gewaltverbrechen, um sich davon täuschen zu lassen. Der Fahrer hatte es nicht wirklich eilig. Er erkannte Leaphorn im Vorbeifahren und hob grüßend die rechte Hand. Das Tatopfer, auf das geschossen war, befand sich nicht mehr in Lebensgefahr oder war bereits tot.

Jis Haus war ein rechteckiger Bungalow in leichter Holzbauweise inmitten einer großen Siedlung von solchen Häusern. Sie waren vor vielen Jahren von einem Bürokraten im Amt für indianische Angelegenheiten zur Unterbringung von Mitarbeitern dieser Behörde entworfen worden. Windschief und verwittert waren sie dann später in Stammeseigentum übergegangen und wurden jetzt von Lehrern, Krankenhauspersonal, Straßenarbeitern und Angehörigen ähnlicher Berufe bewohnt. Es bestand nicht der geringste Zweifel daran, welches Jis Haus war. Mehrere Streifenwagen standen davor, und ein paar Nachbarn beobachteten die Szenerie aus ihren Gärten. Aber es wäre auch ohne die Magnetwirkung dieser vorübergehenden Tragödie aufgefallen.

Der Bungalow war von einem ordentlichen Maschendrahtzaun umgeben und lag an einer kiesbestreuten Einfahrt, die zu einem leeren Abstellplatz führte. Hinter dem Zaun befand sich ein Blumenbeet, das von präzise gelegten Klinkersteinen eingefaßt wurde. Auf beiden Seiten des Wegs zur Haustür standen in gleichmäßigen Abständen je sechs Rosenbüsche. Der Herbst hatte den Rasen grau gefärbt, aber er wartete frisch gemäht auf den Frühling.

Das Haus selbst war eine getreue Kopie der benachbarten Bungalows – und doch so fremdartig wie ein Marsbewohner. In einer Reihe von Häusern, die alle verwittert, windschief und heruntergekommen waren, wirkte sein frischer weißer Anstrich wie ein Vorwurf an die staubige Straße.

Captain Largo – ordentlich wie das Haus, aber etwas kleiner

– stand auf der Veranda. Er sprach mit einem hageren Uniformierten der Tribal Police und einem jungen Mann, der einen Filzhut und einen dunkelgrauen Geschäftsanzug trug – was im Four Corners County bedeutete, daß er entweder ein FBI-Agent oder Missionar der Zeugen Jehovas war. Im Vergleich zu Largo wirkten die beiden unnatürlich klein. Der Captain erkannte Joe Leaphorn und winkte ihm zu.

Er sah zu Bourebonette hinüber und überlegte, wie er seine Bitte ausdrücken sollte.

Sie kam ihm zuvor.

»Ich warte im Auto«, entschied sie.

»Es dauert nicht lange«, sagte Leaphorn.

Auf der Veranda machte Largo ihn mit den beiden anderen bekannt. Der hagere Uniformierte war Eldon Roanhorse, an den Leaphorn sich von irgendwelchen früheren Ermittlungen her vage erinnerte, und der im grauen Anzug war Theodore Rostik von der FBI-Außenstelle Farmington.

»Mr. Rostik ist erst diesen Sommer hierher versetzt worden«, fügte Largo erklärend hinzu. »Lieutenant Leaphorn ist bei unserer Abteilung für Verbrechensbekämpfung. Er kommt aus Window Rock.«

Falls Leaphorn oder sein Rang den jungen Mann beeindruckten, ließ er sich nichts davon anmerken. Er nickte dem Lieutenant zu und wandte sich wieder an Largo.

»Aus Window Rock?« fragte er. »Wie hat er von dieser Sache erfahren? Und wie ist er so schnell hergekommen?«

Früher hätte diese Unhöflichkeit Leaphorn irritiert. Aber das war schon lange her. »Ich bin zufällig wegen einer anderen Sache hier«, behauptete er. Sein fragender Blick galt dem Captain. »Was ist passiert?«

»Mord«, sagte Largo. »Jemand hat auf den Hausbesitzer geschossen. Zweimal. Keine Zeugen. Der Postbote hat sein Stöhnen gehört. Er hat einen Blick durchs Fenster geworfen, ihn auf dem Boden liegen sehen und den Fall gemeldet.«

»Gibt es Verdächtige?«

»Wir befragen die Nachbarn, aber zur Tatzeit scheinen nur sehr wenige zu Hause gewesen zu sein«, antwortete Largo.

»Für diesen Fall sind wir zuständig«, stellte Rostik fest. »Ein Kapitalverbrechen in einem staatlichen Reservat.«

»Natürlich«, bestätigte der Lieutenant. »Wir helfen ihnen, wo wir nur können. Als Dolmetscher und so weiter. Wo ist seine Frau?«

»Die Nachbarn sagen, daß er Witwer war«, berichtete Roanhorse. »Er war Lehrer an der Shiprock High School. Hat hier mit seinem Sohn gelebt. Der Junge ist sechzehn oder siebzehn.«

»Sollten wir Unterstützung brauchen...«, begann Rostik, aber Leaphorn hob eine Hand.

»Augenblick! sagte er. »Wo ist sein Wagen?«

»Sein Wagen?« fragte der FBI-Agent.

»Wir fahnden bereits nach dem Fahrzeug.« Der Captain sah Leaphorn ernst an. »Soviel wir wissen, handelt es sich um einen alten weißen Jeepster.«

»Der Sohn ist nicht hiergewesen?«

»Nein, falls er es nicht selbst getan hat«, antwortete Rostik. »Der Postbote hat hier nur Mr. Ji gesehen.«

»Mr. Rostik«, sagte Leaphorn, »wenn Sie nichts dagegen haben, würde ich mich gern im Haus umsehen. Ich fasse natürlich nichts an.«

»Hmmm«, meinte der FBI-Agent. Er räusperte sich. »Ich verstehe nicht ganz, was...«

Captain Largo unterbrach ihn, obwohl das sonst ganz und

gar nicht seine Art war. »In solchen Fällen ist der Lieutenant unser Verbindungsmann zum FBI«, stellte er fest. »Deshalb sollte er den Tatort selbst sehen.« Er ging ins Haus voraus.

Die Spurensicherer hatten die Umrisse von Oberst Huan Ji, der im Wohnzimmer gegen die Wand gesackt war, mit Kreide markiert. Eine riesige Blutlache, die auf dem versiegelten Parkett antrocknete, machte die Markierungen überflüssig. Bis auf das Blut und ein Gewirr aus rötlichen Zeichen auf der hellbeigen Tapete war der Raum so ordentlich wie der Vorgarten. Und kühl wie der Herbstnachmittag draußen.

Leaphorn machte einen Bogen um die Blutlache und ging vor der Tapete in die Hocke.

»Er hat eine Nachricht hinterlassen?«

»Er hat sogar zwei hinterlassen«, stellte Rostik fest.

»›Rettet Taka‹«, sagte der Lieutenant. »Habe ich das richtig gelesen?«

»Sein Sohn heißt Taka«, sagte Rostik. »Das haben wir von den Nachbarn erfahren.«

Die zweite Mitteilung interessierte Leaphorn weit mehr. Ji hatte sie offenbar mit zitternden Fingern, die er in sein eigenes Blut getaucht hatte, an die Wand geschrieben. Oben RETTET TAKA, darunter CHEE BELOGEN.

»Irgendeine Theorie zur unteren Zeile?« fragte Leaphorn.

»Noch nicht«, sagte Rostik.

Der Lieutenant grunzte, während er sich aufrichtete. Für eine Hocke wurde er langsam zu alt. Er sah zu Captain Largo hinüber, der seinen Blick mit ausdruckslosen Augen erwiderte.

»Leider ist Chee bei Navajos ein häufiger Name«, stellte Largo fest. »Wie Smith in Chicago oder Martinez in Albuquerque.«

Leaphorn warf einen Blick in die mustergültig aufgeräumte Küche, ohne etwas anzufassen. Huan Jis Schlafzimmer war ziemlich groß, aber spartanisch wie eine Mönchszelle: ein schmales, ordentlich gemachtes Bett, ein kleiner Schreibtisch mit einem Stuhl, eine Kommode, auf der eine Kameratasche stand, und ein Einbaukleiderschrank. Nichts ließ darauf schließen, daß dieser Raum tatsächlich bewohnt worden war. Leaphorn blieb vor dem Schreibtisch stehen und betrachtete die Schreibunterlage, die kleine Schale mit Büroklammern und den Kugelschreiber in seiner Halterung.

Hinter ihm räusperte sich Rostik. »Lassen Sie bloß Ihre Finger von den Sachen!« sagte der FBI-Agent warnend. »Wir nehmen uns später das ganze Haus vor. Und die gesamte Einrichtung. Mit dafür ausgebildeten Leuten.«

»Natürlich«, sagte der Lieutenant.

Nach Leaphorns Ansicht – wenn vielleicht auch nicht nach Huan Jis Begriffen – war Takas Zimmer aufgeräumt. Auch hier ein schmales, ordentlich gemachtes Bett und ähnliche Möbel. Aber auf dem Schreibtisch des Jungen stapelten sich Bücher und Papiere, und auf seiner Kommode stand eine ganze Galerie gerahmter Fotos. Leaphorn blieb davor stehen und betrachtete die Aufnahmen.

Die meisten Fotos zeigten ein Mädchen – eine mäßig hübsche Navajo von fünfzehn oder sechzehn Jahren. Ein Bild schien aus einem Schuljahrbuch abfotografiert und auf 18×24 Zentimeter vergrößert worden zu sein. Andere waren Schnappschüsse, von denen die Aufgenommene offenbar nichts geahnt hatte. Auf manchen waren zwei oder drei andere Jugendliche zu sehen – aber stets auch das Mädchen. Wie der verkürzte Hintergrund zeigte, waren viele der Bilder mit einem Teleobjektiv gemacht worden.

Die mit Fliegengittern versehene rückwärtige Veranda diente als Lagerraum für Gartenmöbel. Von ihr aus führte eine Tür in einen Nebenraum, der vermutlich als drittes Schlafzimmer angebaut worden war. Auf der Tür stand in Schablonenschrift: DUNKELKAMMER. VOR DEM ÖFFNEN ANKLOPFEN. Leaphorn sah zu Rostik hinüber, der zögernd nickte, und öffnete die Tür, ohne anzuklopfen.

Der Raum dahinter war dunkel, weil die Fenster mit schwarzer Plastikfolie zugeklebt waren, und die abgestandene Luft roch stechend nach Säuren. Leaphorn schaltete die Dekkenbeleuchtung ein. Auf einem Arbeitstisch standen ein Vergrößerer, einige Entwicklerschalen und ein Dutzend Chemikalienbehälter. Auf einem zweiten Tisch stapelten sich Kassetten, die vermutlich Fotopapier enthielten. Nachdem Leaphorn das alles begutachtet hatte, kehrte sein Blick zu den Entwicklerschalen und der beheizbaren Trockenpresse neben ihnen zurück. In einem Drahtkorb unter der Trockenpresse lagen fertige Vergrößerungen.

Leaphorn faßte das oberste Bild vorsichtig an den Rändern und nahm es heraus. Die 18×24 Zentimeter große Schwarzweißaufnahme zeigte einen unregelmäßig geformten Felsen. Er legte sie weg und griff nach dem nächsten Foto, das auf den ersten Blick mit dem anderen identisch zu sein schien. Aber dann sah er, daß es den anschließenden, etwas überlappenden Teil der Felsformation zeigte. Leaphorn legte es beiseite und wollte nach dem nächsten greifen.

Rostik tippte ihm auf die Schultern.

»Bitte nichts anfassen!« sagte er. »Vielleicht wollen die Fachleute auch diesen Raum unter die Lupe nehmen.«

»Dann überlasse ich ihn den Fachleuten«, lenkte Leaphorn ein.

Während er den Raum verließ, fiel ihm plötzlich ein, daß Professor Bourebonette in seinem Auto wartete. Er wollte mit Largo über Officer Jim Chee reden, aber er hatte keine Lust, schmutzige Wäsche der Tribal Police vor FBI-Agent Rostik zu waschen. Als erstes würde er Bourebonette über den Stand der Dinge informieren. Er würde sie auffordern, den Motor anzulassen und die Heizung anzustellen. Er würde ihr sagen, daß es nicht mehr lange dauern könne.

Als Leaphorn die Straße überqueren wollte, sah er den alten Jeepster um die Ecke biegen. Der Wagen rollte den halben Block entlang, hielt an und entfernte sich rückwärts von den Polizeifahrzeugen vor Huan Jis Haus. Dann hielt er zum zweiten Mal und blieb mitten auf der Straße stehen. Schuldbewußtsein, dachte der Lieutenant. Oder eine Mischung aus Angst und Neugier. Zuletzt schien sich der Fahrer doch entschlossen zu haben, sein Ziel anzusteuern, und fuhr wieder auf das Haus zu. Leaphorn trabte über die Straße. Bourebonette hatte das rechte Fenster heruntergekurbelt und sah ihm entgegen.

»Alles ziemlich wie erwartet«, berichtete Leaphorn. »Mr. Ji ist von zwei Schüssen getroffen worden. Tödlich. Niemand hat etwas gehört oder gesehen. Keine Verdächtigen.« Dann nickte er zu dem Jeepster hinüber, der eben von der Straße auf die kiesbestreute Einfahrt abbog. »Und das dürfte Taka sein – Mr. Jis Sohn.«

Professor Bourebonette starrte zu dem Jeepster hinüber. »Weiß er, was passiert ist?«

»Vermutlich nicht. Es sei denn, daß er der Täter war.«

Sie senkte den Kopf. »Wie furchtbar!« murmelte sie. »Das ist ja entsetzlich! Ist seine Mutter zu Hause? Glauben Sie an einen Zusammenhang mit...« Sie sprach nicht weiter.

»Mit dem Mordfall Nez?« ergänzte Leaphorn an ihrer Stelle.

»Wer weiß? Vorläufig sehe ich keinen Zusammenhang, aber...« Er zuckte mit den Schultern.

Auf der anderen Straßenseite sprachen Largo und Rostik mit einem schlanken Jungen, der Jeans und eine schwarze Lederjacke trug. Largos Pranke lag dabei auf der Schulter des Jungen. Dann verschwanden die drei im Haus.

»Ich gehe lieber wieder herüber«, sagte Leaphorn.

»Werden Sie dort gebraucht?«

Der Lieutenant zuckte mit den Schultern. »Geleitet werden die Ermittlungen von dem jungen Mann im grauen Anzug«, antwortete er. »Falls er Wert auf meine Mitarbeit legt, hat er sich das noch nicht anmerken lassen. Ich bin gleich wieder da.«

Roanhorse wartete auf der Veranda.

»War das der Sohn?«

»Richtig«, sagte er. »Er heißt Taka oder so ähnlich.«

»Wie hat er es aufgenommen?«

»Er war wie vor den Kopf geschlagen«, antwortete Roanhorse.

Im Wohnzimmer saß Taka Ji steif auf der Vorderkante eines Sessels. Rostik hockte ihm gegenüber auf der Sofalehne. Largo stand mit ausdrucksloser Miene am Fenster. Leaphorn blieb im Türrahmen stehen. Der FBI-Agent sah zu ihm hinüber, wirkte erst irritiert, zog es dann aber vor, seine Anwesenheit zu ignorieren, und setzte die Befragung fort.

Leaphorn mußte zugeben, daß er seine Sache gut machte. Er war noch jung. Wahrscheinlich unerfahren, aber clever und gut ausgebildet. Seine Fragen waren präzise und durchdacht. Huan Jis Sohn, der noch immer wie vor den Kopf geschlagen wirkte, beantwortete sie mit gepreßter Stimme.

»Sie haben Ihren Vater nicht mehr gesehen, seitdem Sie gemeinsam mit ihm in die Schule gefahren sind, richtig?«

Der Junge nickte. »Ja«, antwortete er. Er sprach so leise, daß Leaphorn Mühe hatte, ihn zu verstehen.

»Und wie sind Sie zu dem Jeepster gekommen?«

»Mein Vater hat gesagt, ich könne ihn nach der Schule haben. Er wollte zu Fuß heimgehen. Er ging gern spazieren. Deshalb habe ich mir den Wagen nach der Biologiestunde vom Parkplatz geholt.«

»Und der Zündschlüssel steckte im Schloß?«

»Ich habe einen eigenen Schlüssel. Genauso wie mein Vater. Jeder hat seinen eigenen.«

»Und wohin sind Sie gefahren?«

»Richtung Shiprock. Ich mache Aufnahmen da draußen. Fotos.«

»Aufnahmen von wem?«

Taka starrte geradeaus, als sehe er etwas auf der Wohnzimmertapete. Er war leichenblaß. Er schloß kurz die Augen. »Ich mache Landschaftsaufnahmen.«

»Wer hat Sie begleitet?«

Leaphorn glaubte, der Junge habe diese Frage nicht gehört, aber dann antwortete Taka doch: »Niemand. Ich war allein unterwegs.«

Ein Vietnamese in einer Navajo-Schule. Vor vielen Jahren hatte Leaphorn als Navajo an der »weißen« Arizona State University studiert. Er verstand, was der Junge damit gesagt hatte. Was hatte Oberst Ji mit seinem Blut an die Wand geschrieben? HELFT TAKA. Oder so ähnlich.

Der FBI-Agent wechselte das Thema.

»Hatte Ihr Vater irgendwelche Feinde?«

Der Junge zuckte mit den Schultern. »Vor vielen Jahren ist er Oberst gewesen.« Er sah zu Rostik auf. »In der Armee der Republik Vietnam.«

»Aber wissen Sie von irgendwelchen Feinden? Hat er Morddrohungen erhalten?«

Auch diesmal antwortete Taka nicht gleich. Dann runzelte er die Stirn. »Ich glaube nicht, daß er mir davon erzählt hätte.« Diese Erkenntnis schien ihn selbst zu verblüffen.

»Sie wissen also nichts von Drohungen?«

»Nein.«

»Kennen Sie irgend jemand, der Chee heißt?«

»Nur den Jungen im Basketballteam, von dem ich Ihnen erzählt habe. Und ein Mädchen im Leistungskurs Geschichte.«

»Kannte Ihr Vater jemanden namens Chee?«

»Davon weiß ich nichts«, sagte Taka. »Hier in der Grundschule gibt's eine Lehrerin, die Chee heißt – Dolores Chee, glaube ich.«

»Eine Freundin Ihres Vaters?«

»Das glaube ich nicht«, antwortete der Junge. »Chees gibt es viele.«

Leaphorn sah zu dem Captain hinüber und stellte fest, daß Largo ihn anstarrte. Der andere verzog das Gesicht.

Und so ging es weiter. Leaphorn sah und hörte zu. Er beobachtete Rostik und beurteilte ihn erneut. Ein cleverer junger Mann. Darüber hinaus versuchte er, sich ein Bild von Taka zu machen. Dies war nicht der normale Taka, sondern ein verwirrter Jugendlicher. Der Tod seines Vaters erschien ihm noch immer irreal – eine abstrakte, vorerst unglaubliche Tatsache.

Theodore Rostiks Fragen galten jetzt dem Vortag. Wie hatte sich Takas Vater verhalten? Was hatte er gesagt und getan? Leaphorn fiel auf, daß der Junge zitterte.

»Augenblick bitte, Mr. Rostik«, fiel ihm der Lieutenant ins Wort. Er wandte sich an Taka. »Hast du hier irgendwelche Verwandten, Sohn? Leute, zu denen du gehen könntest?«

»Nicht hier«, antwortete der Junge. »Nicht hier in Shiprock.«

Ein Fremder allein in einem fremden Land, dachte Leaphorn. »Wo sonst?« fragte er.

»Mein Onkel und meine Tante leben in Albuquerque.«

»Sind das deine nächsten Verwandten?« Während der Lieutenant das fragte, überlegte er sich, wie ganz und gar anders die Lage für einen jungen Navajo gewesen wäre. Besorgte Verwandte allerorten. Aber vielleicht wäre das bei Taka Ji nicht anders gewesen, wenn seine Familie nicht durch den Krieg entwurzelt worden wäre. Vielleicht wußten die Vietnamesen im Gegensatz zu den *biligaana* den Wert der Familie noch zu schätzen.

Taka nickte langsam. »Meine einzigen Verwandten«, stellte er fest.

»Wir rufen sie an, sobald wir hier fertig sind«, versprach Leaphorn ihm mit einem Blick zu Rostik hinüber.

»Das war's eigentlich soweit«, sagte der FBI-Agent zu Taka. »Ich müßte nur noch wissen, wo wir Sie im Falle weiterer Fragen erreichen können.«

»Wie steht's mit einem Freund, der hier wohnt? Bei dem du heute nacht schlafen kannst?«

Der Junge überlegte. Er nannte Leaphorn den Namen des Sohnes eines anderen Lehrers.

Nun verließ Rostik das Haus und fuhr weg. Sie telefonierten von Mr. Jis Telefon aus, und Roanhorse nahm Taka mit. Er würde ihn zu seinem Freund fahren.

»Ich schließe hier ab«, sagte Captain Largo. »Wir behalten das Haus im Auge, bis die Feds zurückkommen.«

»Laß mich noch mal in die Dunkelkammer«, verlangte Leaphorn. »Das merkt doch kein Mensch.«

Während Largo ihm über die Schulter sah, begutachtete er die Schwarzweißfotos im Drahtkorb unter der Trockenpresse: elf Vergrößerungen von Teilen einer zerklüfteten Felsbastion, die zu einem langen Basaltgrat zu gehören schien. Die Fotos waren anscheinend aus fast identischer Perspektive gemacht worden, als ob ein Stativ mit einer Kamera mit Teleobjektiv bei jeder Aufnahme um wenige Meter versetzt worden sei.

»Landschaften!« sagte der Captain. »Wenn das seine Landschaftsaufnahmen sind, wird er nicht reich damit.«

»Richtig«, bestätigte Leaphorn und legte sie in den Drahtkorb zurück. »Erkennst du das Motiv?«

»Diese Fotos kann er an hundert Stellen gemacht haben«, antwortete Largo. »Man sieht bloß einen Kegel aus erstarrter Lava. Vermutlich ziemlich alt. Könnte hier in der Umgebung von Shiprock sein. Oder unten im Malpais südlich von Grants, vielleicht auch drüben im Osten der Black Mesa. Diese Felsen kann er an Dutzenden von verschiedenen Stellen fotografiert haben.«

Captain Largo blieb auf der Veranda stehen, um die Haustür abzuschließen.

»Kannst du dir irgendeinen Grund für diese Aufnahmen vorstellen?« fragte Leaphorn ihn.

»Keinen«, sagte Largo. »Aber wer weiß schon, was im Kopf eines Teenagers vorgeht?«

»Vielleicht hat der Oberst sie gemacht«, wandte Leaphorn ein. »Er hat auch fotografiert.«

Largo nickte. »Stimmt«, bestätigte er. Aber er war nicht sonderlich interessiert.

»Trotzdem merkwürdig«, stellte Leaphorn fest. »Am besten frage ich ihn selbst, wenn er sich ein bißchen erholt hat.«

»Vielleicht hat der Oberst sie doch gemacht«, sagte Largo. »Aber welche Rolle spielt das schon? Viele Leute knipsen irgendwelche Felsen. Sie bilden sich ein, darin George Bush, Donald Duck oder weiß der Teufel wen zu erkennen.«

»Glaubst du, daß der Junge es getan hat?«

»Seinen Vater ermordet? Keine Ahnung. Und was denkst du?«

Der Lieutenant zuckte mit den Schultern, um keine Antwort geben zu müssen.

»Ich habe noch eine Frage«, fuhr Leaphorn fort. »Der Name Chee ist bei uns Dinee zwar häufig, aber so verdammt häufig auch wieder nicht. Wie, zur Hölle, ist Jim Chee in diese Sache hineingeraten?«

Der Captain machte ein grimmiges Gesicht. »Das krieg' ich noch raus!«

»Ich auch«, versicherte Leaphorn ihm.

14

Janet Pete hatte seine Idee nicht gefallen. Und Jim Chee war sich auch darüber im klaren, daß ihre Reaktion mit ihrem mangelnden Vertrauen zu tun hatte. Vielleicht hatte sie sogar befürchtet, daß er sie hintergehen könnte. Auch wenn er das nicht wirklich glaubte, nagte dieser Gedanke doch an seiner Seele. Und erbitterte ihn. Janet hatte seine Diskretion, sein Urteilsvermögen in Frage gestellt. Und das erbitterte ihn ebenfalls. In gewisser Beziehung war es sogar noch schlimmer.

Zuletzt hatte Chee sich nicht länger beherrschen können.

Das war eine für ihn neue Schwäche, die er durchaus erkannte. Er erklärte sie sich als Folge begreiflicher Nervosität wegen seiner Hand, die ihn bei jeder Bewegung daran erinnerte, daß er sie vielleicht nie mehr richtig gebrauchen können würde, sowie aufgrund traumatischer Erinnerungen an seine dienstliche Pflichtvergessenheit. Aber so plausibel solche Erklärungen auch sein mochten, so wenig gefiel ihm diese neue Stimmung.

»Janet«, sagte er, »erspar mir dieses ganze Juristengewäsch. Ich habe dir bereits erklärt, daß ich dem Alten kein Geständnis abfordern werde. Ich werde ihn nicht fragen, was er in der Tatnacht dort draußen zu suchen hatte. Oder wie er dorthin gekommen ist. Oder warum, zum Teufel, er Nez erschossen hat. Ich will ihn nur nach der Geschichte fragen, die er dem Professor erzählt hat. Warum er glaubt, daß der Gesang des Sieges über die Feinde für alle diese Pferdediebe und der zur Beschwörung des Bösen für nur einen von ihnen zelebriert worden ist. Ich frage ihn nichts, was irgendeinen Sinn für das FBI machen würde. Und für dich übrigens auch nicht.«

Damit hatte er einen wunden Punkt berührt. Janets Stimme klang eisig.

»Ich erspare dir das Juristengewäsch. Dafür ersparst du mir den ›Ich-bin-indianischer-als-du‹-Scheiß. Okay?«

Chee zögerte kurz. »Einverstanden«, sagte er dann. »Entschuldige.«

»Gut, meinetwegen«, entschied Janet. »Aber du hältst dich an die Regeln, verstanden? Ich bin von Anfang bis Ende dabei. Ashie Pinto beantwortet nur Fragen, mit denen ich einverstanden bin. Ihr sprecht beide viel besseres Navajo als ich, deshalb erklärst du mir jede Frage, die ich nicht verstehe, bis ich sie kapiert habe – oder sie wird nicht beantwortet. Verstanden?«

Das hatte Chee sehr gut verstanden.

Janet Pete hatte sein Gespräch mit Pinto für drei Uhr nachmittags angesetzt, und Chee fuhr mit dem Taxi ins Untersuchungsgefängnis des County. Es war ein sonniger, windstiller Nachmittag mit von Nordwesten heranziehenden dünnen hohen Wolken, die Chee daran erinnerten, daß der Meteorologe im Fernsehen gesagt hatte, letzte Nacht habe es in Flagstaff geschneit und die Front ziehe nach Osten weiter. Nachdem er am Haupteingang seinen Dienstausweis vorgezeigt hatte, begleitete ein Gefängniswärter ihn ins Besucherzimmer.

Janet Pete erwartete ihn bereits. Sie saß hinter dem langen Holztisch auf einem Holzstuhl mit gerader Lehne und sah klein und müde und schön aus.

»*Yaa' eh t'eeh*«, begann Chee. Dann machte er eine Pause und murmelte verlegen: »Hallo, Janet.«

»*Yaa' eh t'eeh*«, sagte sie lächelnd. »Ein bißchen Navajo spreche ich auch.«

»Nicht weniger als ich«, behauptete Chee, was offenkundig gelogen war. Aber ein Wärter führte Hosteen Ashie Pinto herein, bevor Janet sich dazu äußern konnte.

In diesem von Neonröhren erhellten stillen, fast sterilen Raum war Ashie Pinto nicht der Mann, den Chee in Erinnerung hatte. Er erinnerte sich an einen vom Regen durchnäßten, torkelnden Betrunkenen im gelblichen Scheinwerferlicht – den er wegen seines eigenen Schocks und seiner eigenen Schmerzen nur verschwommen wahrgenommen hatte. Jetzt war Pinto kleiner, abgemagert, schwächlich, würdig und schrecklich alt. Er setzte sich neben Janet, die er mit einem Nicken begrüßte, blickte zu Chee hinüber und musterte seine dick verbundene linke Hand. Dann wiederholte Pinto den einzigen Satz, den Chee je von ihm gehört hatte.

»Ich schäme mich«, sagte er leise und senkte den Kopf.

Auch Chee senkte den Kopf. Als er wieder aufblickte, sah er, daß Janet ihn beobachtete. Chee fragte sich, ob sie das Gemurmel des Alten verstanden hatte.

»Ich glaube, ich habe dir schon gesagt, daß Mr. Pinto kaum Englisch spricht«, begann Janet. »Ich habe ihm deinen Besuch natürlich angekündigt, und er erinnert sich an dich. Er will sich weiterhin nicht zum Tathergang äußern, und ich habe ihn aufgefordert, keine Frage ohne meine ausdrückliche Zustimmung zu beantworten.«

»Okay«, stimmte Chee zu. »Bevor ich zur eigentlichen Frage komme, die ich ihm stellen möchte, muß ich etwas ausholen. Solltest du mal nicht mehr mitkommen, kannst du mich jederzeit unterbrechen.«

Er wandte sich an Ashie Pinto.

»Mein Onkel«, sagte er, »du hast wahrscheinlich von Frank Sam Nakai gehört, der das Lied singt, das den Segen bringt, und das Lied von den heiligen Bergen und viele andere heilende Gesänge. Dieser Mann ist der Bruder meiner Mutter, und er hat versucht, mich zu lehren, ein *hataalii* wie er zu werden. Aber ich bin noch immer ein unwissender Mann. Ich habe noch immer viel zu lernen. Ich habe mir einige wenige Kenntnisse über die Sitten des Heiligen Volkes angeeignet. Und was ich davon weiß, hat mich hierher geführt, um dir eine Frage zu stellen. Sie betrifft etwas, das du Professor Tagert erzählt hast.«

Chee machte eine Pause, ohne Pinto aus den Augen zu lassen. Der Alte saß unbeweglich da und schien abzuwarten, ob Chee noch etwas hinzuzufügen hatte. Seine straff über die Schädelknochen gespannte Haut wirkte beinahe durchsichtig dünn. Die leicht hervortretenden Augen in seinem hageren, ausgezehrten Gesicht erschienen übernatürlich groß. Er hatte schwarze Augen, aber die Hornhaut des rechten war durch grauen Star getrübt.

Als Pinto sich sicher war, daß Chee ausgesprochen hatte, nickte er wortlos. Chee sollte fortfahren.

»Du hast dem Professor von einer Zeit erzählt, als einige junge Männer aus dem Yucca Fruit Clan zum Sleeping Ute Mountain geritten sind, um sich von den Utes gestohlene Pferde zurückzuholen. Erinnerst du dich daran?«

Der Alte erinnerte sich daran.

Chee faßte die weiteren Erlebnisse der kleinen Gruppe zusammen und nahm sich die Zeit, sie ausführlich zu schildern. Pinto sollte die Gegenwart, diesen Raum und seine Rolle als Häftling vergessen und in seine Vergangenheit zurückkehren. Zuletzt kam er auf den Punkt zu sprechen, der ihm unklar geblieben war.

»Was der *biligaana*-Professor damals niedergeschrieben hat, ist vielleicht nicht genau das, was du ihm erzählt hast. Er hat aufgeschrieben, daß du gesagt hast, der vom Yucca Fruit Clan hinzugezogene *hataalii* habe entschieden, für alle diese jungen Männer müsse ein Gesang des Sieges über die Feinde gesungen werden. Ist das wahr?«

Pinto überlegte. Er lächelte schwach und nickte dabei.

»Dann hat der *biligaana*-Professor aufgeschrieben, daß du ihm erzählt hast, dieser *hataalii* habe beschlossen, für einen Mann namens Delbito Willie außerdem den Gesang zur Beschwörung des Bösen zu singen. Ist das wahr?«

Diesmal gab es kein Zögern. Hosteen Pinto nickte.

»Das ist die erste meiner Fragen«, sagte Chee. »Weißt du, warum der Gesang zur Beschwörung des Bösen nötig war?«

Pinto studierte Chees Gesichtsausdruck. Dann lächelte er schwach und nickte erneut.

»Mein Onkel«, fragte Chee, »sagst du mir, warum er nötig war?«

»Nein, noch nicht!« widersprach Janet Pete. »Ich habe vieles nicht verstanden. Worauf willst du hinaus?«

»Mich interessiert, weshalb eine bestimmte Heilungszeremonie nur für einen dieser Männer, nicht aber für die anderen stattgefunden hat. Dieser Umstand läßt darauf schließen, daß er ein bestimmtes Tabu gebrochen hat – und ich frage mich, welches.«

Janet begriff offenbar noch immer nicht, worauf er hinauswollte. »Aber wie...?« Sie zuckte mit den Schultern. »Okay, von mir aus soll er antworten.«

Hosteen Pinto sah zu Janet hinüber, konzentrierte sich erneut auf Chee und blickte dann aus dem Fenster. Chee wartete schweigend. Von draußen kamen Straßenlärm, Sirenengeheul und Reifenquietschen. Auf dem Gang wurde eine Tür zugeschlagen, schepperte Stahl auf Stahl. Chee roch Staub, ein desinfizierendes Reinigungsmittel und den typischen Geruch alter, sehr alter Menschen. Pinto atmete seufzend aus. Er betrachtete wieder Janet Pete und lächelte dabei.

Dieser Mann, dachte Chee, *dieser freundliche alte Mann hat Delbert Nez ermordet. Er ist der Mann, der meinen Freund in seinem Wagen verbrannt hat. Er ist der Mann, der daran schuld ist, daß meine Hand vielleicht für immer verkrüppelt bleibt. Warum hat er es getan? Whiskey*. Todilhil. *Das Wasser der Dunkelheit. Schon zweimal hat es diesen Mann in einen Kojoten verwandelt.*

Pinto veränderte seine Sitzhaltung, als schmerzten seine alten Knochen auf dem harten Holzstuhl. »Diese junge Frau ist mir wie eine Enkeltochter geworden«, erklärte er Chee. »Sie sagt, daß sie dich kennt. Sie sagt, daß du ein ehrenhafter Mann bist. Sie sagt, daß du lebst, wie ein Navajo leben soll.«

Er machte eine Pause, um Chee Gelegenheit zu geben, sich dazu zu äußern. Dann holte er tief Luft.

»All das habe ich Hosteen Professor erzählt. Ich glaube, daß er diese Geschichten aufgeschrieben hat. Und du hast sie gelesen, nicht wahr?«

»Ja, ich habe alles gelesen.«

Pinto starrte ihn fragend an.

»Und du weißt, wie ein Navajo leben soll?«

»Ich habe mich in meinen Studien damit beschäftigt«, sagte Chee.

Der Alte machte ein leicht skeptisches Gesicht, als frage er sich, wie gründlich sein Studium gewesen sein mochte.

»Wie's heißt, soll es damals viele Skinwalker gegeben haben«, begann Hosteen Pinto. »Sogar noch mehr als heute. Verstehst du, was Skinwalker sind?«

»Ich weiß von ihnen«, bestätigte Chee. Er lehnte sich auf seinem Stuhl zurück, denn was jetzt kam, würde länger dauern. Ashie Pinto würde weit ausholen und alles ganz genau erzählen. Und je länger er sprach, desto größer waren die Aussichten, daß er etwas Licht in diese rätselhafte Angelegenheit brachte. Falls es überhaupt Zusammenhänge zwischen den damaligen und heutigen Ereignissen gab...

»Wir lernen, daß alles zwei Formen hat«, fuhr Hosteen Pinto fort und holte damit weiter aus, als Chee erwartet hatte. »Nehmen wir zum Beispiel den Berg bei Grants, den die *biligaana* Mount Taylor nennen. Das ist die äußere Form. Und dann gibt es die innere Form, den heiligen Türkisberg, der zu Urzeiten mit dem Heiligen Volk in der Ersten Welt, in der Dunklen Welt existiert hat. First Man hat ihn aus der Dritten Welt mit heraufgebracht, auf seinem Zaubermantel errichtet und mit Türkisen geschmückt. Ein weiteres Beispiel ist die Yucca. Ihre äußere Form sehen wir überall, aber der inneren weihen wir unsere Gebete, wenn wir ihre Wurzeln ausgraben, um daraus Seife zu machen, um uns säubern zu können.«

Er machte eine Pause und warf Chee einen fragenden Blick zu. »Verstehst du das?«

Chee nickte wortlos. Das alles waren grundlegende Aspekte der Metaphysik der Navajos. Aber er fragte sich, ob Janet jemals davon gehört hatte.

»Auch die Amsel hat zwei Formen, ebenso wie der Hirsch und der Käfer. Zwei Formen. Sie haben die *yei*-Form und die äußere Form, die wir sehen können. Alle Lebewesen – auch du und ich. Zwei Formen.«

Hosteen Pinto beugte sich vor und starrte Chee an, als wolle er sich davon überzeugen, daß er ihm folgen könne.

»Und dann gibt's Kojote«, sagte er. »Weißt du über Kojote Bescheid?«

»Über Kojote weiß ich einiges«, antwortete Chee. Er sah zu Janet hinüber. Sie konzentrierte sich ganz auf Pinto, dem sie aufmerksam zuhörte. Wahrscheinlich fragte sie sich, wohin das alles führen sollte. »Ich kenne seine Tricks. Ich habe viele Geschichten gehört. Wie er die Decke weggerissen und dadurch die Sterne über die Milchstraße verteilt hat. Wie er das Junge des Wasserungeheuers gestohlen hat. Wie er die Schwester des Bären durch eine List dazu gebracht hat, ihn zu heiraten. Wie er...«

Pintos amüsierte Miene brachte ihn zum Schweigen.

»Den Kindern erzählt man lustige Geschichten über Kojote, damit sie keine Angst haben«, sagte der Alte. Dann wurde er plötzlich wieder ernst, lächelte ein verkniffenes kleines Lächeln und setzte zu der Erklärung an, weshalb Kojote nicht lustig war. Chee, der scheinbar geduldig lauschte, wünschte sich wie schon oft als Zuhörer solcher Geschichtenerzähler, daß die alten Navajos nicht jedes Mal ganz von vorn anfangen müßten.

Chee sah wieder zu Janet hinüber. Sie wirkte nachdenklich, als frage sie sich, was zum Teufel er von dem Alten zu erfahren hoffe – eine Frage, die er sich allmählich auch stellte. Immerhin konnte sie Chee nicht vorwerfen, daß er etwas Belastendes aus Ashie Pinto herauszuholen versuchte. Es sei denn, der Alte redete lange genug, um auch das zu erzählen, worauf es Chee eigentlich ankam.

Hosteen Pinto sprach jetzt davon, daß Kojote in der Vierten Welt nicht *atse'ma'ii* oder Erster Kojote, sondern *atse'hashkke* oder Erster Zorniger geheißen habe – und welche symbolische Bedeutung das in einer im Entstehen begriffenen Gesellschaft, für die Frieden und Eintracht lebenswichtig gewesen seien, gehabt habe. Er schilderte Kojote als Metapher für Chaos im Leben eines hungrigen Volkes, das ohne Ordnung nicht überlebt hätte. Er sprach von Kojote als dem Feind aller Regeln, aller Gesetze und jeglicher Eintracht.

Dann sprach Pinto von Kojotes mythischen Kräften und davon, daß er stets auf der Schwelle des Hogans saß, wenn das Heilige Volk zu Beratungen zusammentrat – einer, der nicht zu den Vertretern kosmischer Macht gehörte, aber auch nicht mit dem draußen lauernden Bösen im Bunde stand. Und zuletzt erwähnte er, daß auch andere weise Menschen – zum Beispiel die Alten in den Kiwa-Gesellschaften der Hopis – von einer Zeit wußten, in der die Menschen zwei Herzen hatten. So waren sie imstande gewesen, von einer Form zur anderen, vom Natürlichen zum Übernatürlichen zu wechseln.

»Dein Onkel hat dir bestimmt erzählt, wie die Skinwalker entstanden sind?« fragte Pinto. Als Chee etwas zweifelnd nickte, fuhr er fort:

»Ihr Ursprung soll auf die Erschaffung der ersten Navajos durch Changing Woman zurückgehen. Aus von ihrer Brust abgeriebener Haut hat sie die Salt People, den Mud Clan, den Bitter Water Clan und die Bead People gemacht. Ich habe von deinem Onkel, von Frank Sam Nakai gehört. Er soll ein großer *hataalii* sein. Er muß dir davon erzählt haben, wie Kojote First Mann in einen Skinwalker verwandelt hat, indem er seine Haut über ihn geblasen hat. Diese Geschichte kennst du? Und wie First Woman nicht mehr mit ihm schlafen wollte, weil er sich wie ein Kojote benommen, nach Kojotenharn gestunken, sich geleckt und all die schmutzigen Dinge getan hat, die Kojoten tun? Und wie das Heilige Volk ihn kuriert hat, indem es ihn durch die Zauberringe gezogen hat, um ihn von seiner Kojotenhaut zu befreien? Hat dein Onkel dich das gelehrt?«

»Einiges davon«, sagte Chee. Er erinnerte sich, diese Geschichte schon einmal gehört zu haben. Nachgespielt wurde sie als Teil des Gesangs zur Beschwörung des Bösen, durch den selbst stärkster Hexenzauber geheilt werden konnte.

»Dann weißt du also, warum für diesen Mann die Beschwörung des Bösen gesungen werden mußte«, fuhr Pinto fort. »Er hat sie dringend gebraucht, weil er mit *yenaldolooshi* zusammen gewesen ist.«

»Nein«, sagte Chee stirnrunzelnd. »Nein, das verstehe ich nicht.«

Janet Pete hob eine Hand. »Augenblick! Ich verstehe auch nichts mehr. *Yenaldolooshi*? Das ist das Wort für Tiere, die traben, nicht wahr?«

Chee nickte zustimmend. »Tiere, die auf vier Beinen traben. Aber es wird auch für Skinwalker benützt. Für Hexen und Zauberer.«

»Worauf läuft das alles hinaus?« fragte sie. »Dirigierst du

Mr. Pinto etwa in eine bestimmte Richtung? Weißt du noch, was du versprochen hast?«

Pinto beobachtete die beiden verwirrt.

Janet sprach auf navajo weiter. »Ich wollte mich nur vergewissern, daß Mr. Chee nicht versucht, Sie zu einer Aussage zu bewegen, die Ihnen vor Gericht schaden könnte«, erklärte sie dem Alten. »Ich möchte, daß Sie sich in dieser Beziehung vorsehen.«

Hosteen Pinto nickte. »Wir sprechen über etwas, das schon vor langer Zeit geschehen ist«, stellte er fest.

»Eines verstehe ich nicht, mein Onkel«, sagte Chee. »Warum wurde für die anderen Männer der Gesang des Sieges über die Feinde und nur für Delbito Willie der zur Beschwörung des Bösen gesungen?«

»Weil er dort gewesen ist«, antwortete Hosteen Pinto geduldig. »Er ist im Tse A'Digash gewesen. Er ist dorthin vorgedrungen, wo sich die Hexen versammeln. Er ist ins Reich der Toten und Skinwalker eingedrungen. Er hat den Ort aufgesucht, an dem die *yenaldolooshi* ihre Zeremonien abhalten, an dem sie Inzest verüben und ihre Verwandten ermorden.«

Schweigen. Chee dachte darüber nach. Dann runzelte er die Stirn und sah zu Janet Pete hinüber. Sie beobachtete ihn aufmerksam. Aber er würde trotzdem danach fragen.

»Mein Onkel, willst du mir sagen, wo dieser Tse A'Digash sich befindet?«

Pintos Gesichtsausdruck veränderte sich. »Das kann ich dir nicht sagen.«

»Kannst du mir sagen, ob Professor Tagert wollte, daß du ihm zeigst, wo er liegt?«

Der Alte starrte Chee an. »Als du mich festgenommen hast, habe ich dein verbranntes Fleisch gerochen. Ich habe gesagt, daß ich mich schäme. Und ich schäme mich immer noch. Aber was du jetzt von mir hören willst, kann ich dir nicht sagen.«

»Hey, was geht hier vor?« fragte Janet.

Hosteen Pinto stand auf und humpelte vom Sitzen steif zur Tür.

»Kannst du mir wenigstens sagen, wer dir den Whiskey gegeben hat?«

Pinto klopfte an die Glasscheibe der Tür. Der Wärter kam bereits.

»Kein Wort mehr!« forderte Janet den Alten auf. Sie wandte sich an Chee und fauchte ihn an: »Da sieht man, was von deinen Versprechungen halten kann!«

»Mir geht es nur um die Wahrheit«, antwortete er. »Vielleicht macht die Wahrheit ihn frei.«

15

Jim Chee, der noch nicht oft genug geflogen war, um gelernt zu haben, an Bord eines Flugzeugs kreativ denken zu können, verbrachte den Flug mit einer Turbopropmaschine der Mesa Airlines damit, von seinem Fensterplatz aus den ersten Schnee auf den zerklüfteten Graten der Jemenez Mountains tief unter ihm, die weiten, unregelmäßig gegliederten graubeigen Flächen der Chaco Mesa und zuletzt das im Dunst verschwimmende gelbschwarze Band des San Juan River zu betrachten.

In Gedanken war er bei Janet Pete, die aufgebracht gewesen war – aber eigentlich längst nicht so wütend, wie er befürchtet hatte. Das lag vermutlich daran, daß Hosteen Pinto ihm nichts

Belastendes erzählt hatte. Trotzdem hätte sie sauer sein müssen, weil Chee versucht hatte, sie hereinzulegen. Daß sie es nicht war, ließ sich möglicherweise damit erklären, daß er ihr gleichgültig war. Diese Erklärung gefiel Chee nicht. Er merkte immer mehr, daß Janet ihm keineswegs gleichgültig war.

Chee holte seinen Pickup vom Flughafenparkplatz, verließ die Mesa und fuhr in den dichten Berufsverkehr auf der U.S. 550 hinaus. In Shiprock wollte er in seiner Dienststelle vorbeischauen, um zu sehen, ob der Captain da war. Largo, der schon viel länger hier stationiert war, kannte in diesem Teil des Reservats weit mehr Leute als Chee. Vielleicht hatte er von dem Tse A'Digash gehört, von dem Pinto gesprochen hatte. Chee vermutete ihn irgendwo südlich von Shiprock, irgendwo zwischen den vielen Vulkankegeln. Wahrscheinlich nicht allzu weit von der Stelle entfernt, wo er Ashie Pinto festgenommen hatte. Und falls Largo selbst nichts wußte, kannte er vermutlich irgendeinen Alten, der Auskunft geben konnte.

Largo war jedoch nicht in der Dienststelle.

Angie hielt die Stellung.

»Hey, Mann, wie geht's mit der Hand?« fragte sie breit lächelnd. Ohne seine Antwort abzuwarten, fügte sie hinzu: »Übrigens ist der Captain auf der Suche nach dir. Ich glaube, er will was von dir.«

»Was denn?« fragte Chee. »Er weiß doch, daß ich krank geschrieben bin.«

»Keine Ahnung. Aber Lieutenant Leaphorn hat ihn begleitet. Eigens von Window Rock raufgekommen. Und er sah nicht besonders gut drauf aus.«

»Leaphorn?«

»Captain Largo«, antwortete sie. »Der Lieutenant übrigens auch, wenn ich's mir recht überlege.«

»Wann war das? Heute?«

Angie nickte. »Die beiden sind vorhin erst weggefahren.«

Zur Hölle mit ihnen! dachte Chee. Largo würde er noch früh genug wiedersehen. Mehr Sorgen machte ihm die Sache mit Leaphorn. Der Lieutenant hatte versucht, Tagert zu erreichen. Dafür gab es nur eine mögliche Erklärung: Leaphorn, der Supercop, hatte sich in die Ermittlungen im Fall Pinto eingeschaltet. Nicht auf Einladung des FBI, vermutete Chee. Das war unwahrscheinlich. Viel wahrscheinlicher war, daß Leaphorn zu dem Schluß gekommen war, Officer Jim Chee habe gründlich versagt. Nun, zum Teufel mit Leaphorn!

»Angie, du lebst schon lange hier. Kennst du in diesem Teil des Reservats einen Ort, den die Einheimischen Tse A'Digash nennen?«

Angie sah ihn an.

Chee ließ nicht locker. »Einen Ort, der in schlechtem Ruf steht, weil es dort Hexen geben soll? Einen Ort, den die meisten Leute meiden?«

»Also einen Ort, über den sie auch nicht mit Fremden sprechen«, stellte Angie fest. »Ich komme aus Leupp. Das liegt drüben am Südwestrand des Reservats. Über fünfhundert Kilometer von hier.«

»Ja, ich weiß«, bestätigte Chee. »Aber du lebst seit zehn, zwölf Jahren hier.«

Angie schüttelte den Kopf. »Das reicht nicht«, sagte sie. »Nicht, damit die Leute mit einem über Skinwalker reden.«

Sie hatte recht. Das wußte er selbst.

Chee fuhr nach Hause und überlegte unterwegs, wer von seinen Freunden und Bekannten lange genug in Shiprock lebte, um wissen zu können, was er in Erfahrung bringen mußte. Ihm fielen drei Namen ein – und Largo war der vierte.

Der Captain schien allerdings nicht so gut auf ihn zu sprechen zu sein. Aber das kam gelegentlich vor. Und Largo würde ihm erzählen, was er über diese Sache wußte. Chee fragte sich, was seinen Vorgesetzten und Lieutenant Leaphorn gegen ihn aufgebracht haben mochte. Der Gedanke an Leaphorn irritierte ihn immer mehr.

Als er mit seinem Pickup die Straße verließ und der Fahrspur folgte, die durch Buschwerk zu seinem aufgebockten Wohnwagen hinunterführte, sah Chee, daß er Besuch hatte. Ein Streifenwagen der Navajo Tribal Police fuhr gerade los und kam ihm entgegen.

Der Fahrer hielt, legte den Rückwärtsgang ein und parkte den Wagen wieder dort, wo Chee sonst seinen Pickup abstellte. Chee hielt neben dem Streifenwagen.

Captain Largo, der am Steuer saß, hatte einen weiteren Polizeibeamten neben sich.

»Freut mich, dich zu sehen«, sagte Largo, während er sich aus dem Wagen stemmte. »Wir sind auf der Suche nach dir.«

»Das hat Angie auch gesagt«, antwortete Chee. »Wollen Sie nicht hereinkommen?«

»Machen wir«, sagte Largo.

Der andere Polizist stieg ebenfalls aus und setzte seine Uniformmütze auf: Lieutenant Leaphorn.

»*Yaa' eh t'eeh*«, sagte Leaphorn.

Auf die höhergelegenen Teile von Shiprock schien noch die Nachmittagssonne, aber hier unter den Pappeln am Fluß stand Chees Trailer schon so lange im Schatten, daß er ausgekühlt war. Chee stellte die Gasheizung an, füllte seinen Wasserkessel und stellte drei Becher mit den Papierfiltern bereit, die er in letzter Zeit benutzte, um den Kaffee gleich in der Tasse aufzugießen.

Warum hatte der Captain ihn gesucht? Und was tat Leaphorn hier – so weit von seinem Schreibtisch in Window Rock entfernt? Chee setzte den Kessel auf und war sich dabei bewußt, daß er vorsichtiger mit Feuer umging als früher. Als Gäste hatten der Captain und der Lieutenant die beiden Stühle bekommen; Chee setzte sich auf die Kante seiner Schlafkoje.

»Wir müssen warten, bis das Wasser kocht«, sagte er. »Es dauert nicht lange.«

Largo räusperte sich gewichtig.

»Bei uns in Shiprock ist heute ein Mann ermordet worden«, stellte er fest. »Erschossen.«

Das war nichts, womit Chee gerechnet hatte.

»Erschossen? Wer?«

»Ein Mann namens Huan Ji«, antwortete Largo. »Kennst du ihn?«

Chee saß stocksteif da, während er diese Nachricht verarbeitete. »Ja«, sagte er schließlich. »Daß ich ihn kenne, wäre zuviel gesagt, aber ich habe letztens einmal mit ihm gesprochen. Vergangene Woche. Weil ich seinen Wagen in der Nähe des Tatorts gesehen hatte.« Dann fiel ihm noch etwas ein. »Wer hat ihn erschossen?«

Er merkte, daß Leaphorn mit verschränkten Armen dasaß und ihn beobachtete.

»Es gibt noch keinen Verdächtigen«, antwortete Largo. »Heute nachmittag muß jemand in sein Haus gekommen sein. Anscheinend bald nach seiner Heimkehr aus der Schule. Es sei denn, der Täter lauerte ihm schon im Haus auf. Jedenfalls hat er Ji tödlich verletzt auf dem Fußboden im Wohnzimmer zurückgelassen.«

»Schrecklich«, murmelte Chee. »Haben Sie schon ein Tatmotiv?«

»Nein«, sagte Largo. Er kippte seinen Stuhl rückwärts gegen die Wand und betrachtete Chee über seine Brille hinweg. »Wie steht's mit dir? Irgendwelche Ideen?«

»Keine«, antwortete Chee.

»Worüber hast du mit ihm gesprochen?«

»Ob er in der Nacht, in der Delbert Nez erschossen worden ist, irgend etwas gesehen hätte.«

»Und was hat er gesehen?«

»Nichts. Zumindest hat er das behauptet.«

»Ji hat zwei Mitteilungen hinterlassen«, sagte Largo. »Auf der Wohnzimmertapete. Die eine Botschaft hieß ›Rettet Taka‹, und darunter stand: ›Chee belogen.‹ Er hat das mit seinem eigenen Blut geschrieben.«

»Verdammt!« knurrte Chee.

»Was kann er damit gemeint haben?«

Chee zögerte. »Nun, ich wußte von Anfang an, daß er in einem Punkt gelogen hat. Er hat behauptet, er habe keine anderen Fahrzeuge gesehen. Aber er *muß* meinen Wagen gesehen haben. Er ist mir mit seinem Jeepster entgegengekommen und knapp vor mir rechts abgebogen. Ich bin mit Blaulicht und Sirene gefahren, und meine Scheinwerfer haben ihn voll erfaßt. Nein, es war einfach unmöglich, mich zu übersehen!«

Die drei Männer dachten darüber nach.

»Merkwürdig, daß er in diesem Punkt gelogen hat«, stellte Leaphorn fest.

»Das hab' ich mir auch gedacht«, sagte Chee. »Mich hätte nur interessiert, warum.«

»Haben Sie ihn danach gefragt?«

»Nein.«

»Weshalb nicht?«

»Weil ich mir nichts davon versprochen habe.«

Der Lieutenant dachte darüber nach und nickte. »Warum haben Sie überhaupt mit ihm geredet? Sie sind krank geschrieben. Und für diesen Fall ist das FBI zuständig.«

Chee spürte, daß er rot wurde. »Die Feds hatten nicht mit ihm gesprochen«, sagte er. »Ich dachte, er könnte vielleicht etwas gesehen haben.«

Leaphorn äußerte sich nicht dazu. »Ihr Kaffeewasser kocht«, stellte er lediglich fest.

Früher war Joe Leaphorn nikotinsüchtig gewesen: Er hatte pro Tag vierzig Pall Mall ohne Filter geraucht – und später sechzig, als er auf Filterzigaretten umgestiegen war, weil Emma sich Sorgen um seine Gesundheit machte. Das Rauchen hatte er bald nach ihrer schweren und letztlich tödlichen Erkrankung aufgegeben. Er hatte diese Entbehrung als eine Art Opfer für sie, die ihn liebte, auf sich genommen. Und für die Götter, damit er das geliebte Wesen behalten durfte.

An die Stelle seiner abklingenden Nikotinsucht war allerdings eine wachsende Vorliebe für Kaffee getreten. Jetzt dachte er jeden Tag beim Aufwachen an seinen Morgenkaffee und genoß in Gedanken schon den ersten Schluck. Sein Arbeitstag war in Intervalle zwischen Kaffeepausen unterteilt. Als logisch denkender Mensch wußte er, daß seine zwanghafte Sucht nach Kaffee nicht nur eine Schwäche war, sondern auch ein Gesundheitsrisiko darstellte. Deshalb hatte er einen logischen Kompromiß mit sich selbst geschlossen: nicht mehr als vier Tassen vor dem Mittagessen, nachmittags nur mehr koffeinfreien Kaffee. Damit kam er ziemlich gut zurecht.

Aber heute hatte Leaphorn so gut wie keinen Kaffee getrunken. Zum Frühstück hatte es nach alter Gewohnheit zwei Tassen gegeben, und vormittags hatte er sich in dem Laden an der Kreuzung bei Newcomb ein Täßchen genehmigen wollen.

Aber dort hatte es keinen gegeben. Das beim Mittagessen in Shiprock servierte Gebräu war eine offenbar vom Frühstück übriggebliebene und aufwärmte dünne Brühe gewesen, die selbst Leaphorn, der nicht übermäßig anspruchsvoll war, nicht hatte trinken können. Und dann war der Mord an Huan Ji dazwischengekommen. Als Jim Chee jetzt den Kaffee mit kochendem Wasser aufbrühte, war das Aroma, das Leaphorns Nase erreichte, unbeschreiblich köstlich.

Er hatte noch nie jemanden auf diese Weise Kaffee zubereiten sehen. Chee stellte die drei Becher neben den Ausguß, setzte ein kegelförmiges Filtergehäuse mit eingelegtem Papierfilter darauf, kippte einen Löffel Folger's Coffee hinein und goß kochendes Wasser darüber. Dann warf er die Filtertüte weg und wiederholte den Vorgang bei den übrigen Bechern. Verschwendung, dachte Leaphorn. Und zeitraubend dazu. Aber als er das Ergebnis kostete, war er beeindruckt. Ausgezeichneter Kaffee, wie er ihn noch nie getrunken hatte.

Der Lieutenant betrachtete Chee über den Becherrand hinweg. Ein seltsamer junger Mann. Eigentlich sah er mit seinem schmalen, sensiblen Gesicht, wie es Frauen mochten, ganz passabel aus. Ein ziemlich guter Cop – auf einigen Gebieten hervorragend, auf anderen dafür um so schwächer. Er wußte noch, wie Largo einmal versucht hatte, Chee als Stellvertreter seines Sergeants einzusetzen. Aus irgendeinem Grund, den er vergessen oder wahrscheinlich nie erfahren hatte, war der Versuch bald gescheitert. Aber er konnte sich den Grund dafür denken. Chee war kein Teamspieler, sondern ein Einzelgänger, der es vorzog, auf eigene Faust zu handeln. Jemand, der nur so lange innerhalb des Systems arbeitete, bis es ihm irgendwann in die Quere kam. Einer der Männer, die nach ihrem eigenen inneren Metronom lebten.

Man brauchte nur an seinen Versuch zu denken, gleichzeitig *hataalii* und Polizist zu sein. Das war nicht nur zeitlich unmöglich. Wie konnte ein Cop von einer Minute auf die andere neun Tage Urlaub für eine Heilungszeremonie bekommen? Es war irgendwie unpassend. Als sei jemand Finanzberater und katholischer Priester zugleich. Oder Rabbi und Komiker. Das akzeptierten die Leute einfach nicht. Sie erwarteten, daß ihr Schamane oder Geistlicher sich von gewöhnlichen Menschen unterschied – daß er im Halbdunkel am gefährlichen mystischen Rand des Übernatürlichen lebte.

Chee, der wegen seiner dick verbundenen Linken unbeholfen wirkte, füllte jetzt den Wasserkessel erneut. Das hat er nun von seinem Verstoß gegen die Dienstvorschriften, dachte Leaphorn. Fairerweise mußte er jedoch zugeben, daß zwar der Tod eines Polizisten auf Chees Pflichtvergessenheit zurückzuführen war, daß diese verbrannte Hand aber auch etwas über seine Tapferkeit aussagte. Er fragte sich, ob er für einen anderen ins Feuer gegangen wäre, ob er den rotglühenden Türgriff angefaßt hätte, um einen Kollegen zu retten. Er konnte es nicht mit Bestimmtheit sagen. Möglicherweise hätte er dagestanden, die Erfolgschancen berechnet und sich bemüht, die Vernunft entscheiden zu lassen.

»Tut's noch weh?« fragte Leaphorn. »Ihre Hand?«

»Nicht allzu sehr.« Chee setzte sich wieder auf den Bettrand. »Nicht, wenn ich aufpasse.«

»Sie haben einen Punkt erwähnt, in dem Ji Ihnen gegenüber die Unwahrheit gesagt hat. Glauben Sie, daß seine Nachricht darauf gemünzt war?«

Chee war damit beschäftigt, das herausgerutschte Ende der Mullbinde wieder unter den Verband zu stecken. Anschließend konzentrierte er sich wieder auf Leaphorn.

»Nein«, antwortete er, »das glaube ich nicht.«

Clever, dachte Leaphorn. Natürlich muß Ji etwas anderes gemeint haben. »Was könnte er also gemeint haben?«

Chee zögerte noch. »Für mich ist das neu«, sagte er dann. »Ich brauche eine Minute, um mir alles durch den Kopf gehen zu lassen.«

Leaphorn trank einen kleinen Schluck und genoß ihn. Wunderbarer Kaffee.

»Lassen Sie sich nur Zeit«, sagte er.

Chee sah von seinem Verband auf. Seine bisher freundliche Miene hatte sich verfinstert.

»Ich möchte Sie etwas fragen, Lieutenant. Wie kommen Sie dazu, sich mit diesem Fall zu befassen? Mit dem Mord an Delbert Nez?«

Leaphorn wunderte sich über Chees Gesichtsausdruck, über seinen zornigen Tonfall. »Irgend jemand hat Huan Ji erschossen«, antwortete er. »Deshalb bin ich mit der Sache befaßt.«

»Nein«, widersprach Chee. Er schüttelte den Kopf. »Letzte Woche haben Sie Nachforschungen wegen Professor Tagert angestellt. Was steckt dahinter? Glauben Sie, daß ich den Falschen verhaftet habe? Denken Sie etwa, daß ich das auch vermurkst habe?«

Captain Largo beugte sich etwas nach vorn. »Immer mit der Ruhe«, ermahnte er Chee.

Chees emotionaler Ausbruch war interessant. Was hatte ihn ausgelöst? Leaphorn spielte mit seinem Kaffeebecher.

»Ich habe mich gefragt, wie Pinto dort hingekommen ist, wo Sie ihn festgenommen haben«, sagte der Lieutenant. »Das haben die Feds nicht überprüft. Vermutlich hielten Sie es für überflüssig, weil Sie ihnen den Täter auf dem Präsentierteller geliefert haben.«

Leaphorn machte eine Pause und betrachtete Chees noch immer finstere Miene. Eigentlich hatte er keinen Grund, diesem jungen Mann irgend etwas zu erzählen. Keinen Grund außer seiner verbundenen Hand und allem, was sie verkörperte.

»Das habe ich mich also gefragt«, fuhr er fort, »und dann ist Pintos Nichte zu mir gekommen. Sie stammt aus dem Turning Mountain Clan und ist eine Verwandte meiner verstorbenen Frau. Sie wollte einen Privatdetektiv engagieren, um herauszubekommen, wer den Alten dorthin mitgenommen hat. Ich habe beschlossen, für sie in der Sache nachzuforschen.«

Chee nickte, ohne dadurch bereits besänftigt zu sein.

»Sie haben sich diese Frage auch gestellt, wie ich gemerkt habe«, sagte Leaphorn. »Auch Sie haben sich die Mühe gemacht, durch eigene Ermittlungen zu verifizieren, daß er für Tagert gearbeitet hat.«

»Hatte Tagert ihn angeheuert?« fragte Chee. »Ich weiß nur, daß Tagert früher mit ihm zusammengearbeitet hat. Er hat sich von ihm Mythen und Sagen der Navajos erzählen lassen. Hatte er Pinto diesmal angeheuert?«

»Allerdings«, bestätigte der Lieutenant. Er erzählte Chee von dem Brief, den der alte McGinnis geschrieben hatte, und von dem Wagen, mit dem Ashie Pinto abgeholt worden sein mußte. »Und wie sind Sie auf Tagert gestoßen?«

Chee berichtete ihm von Janet Pete und schilderte, wie er mit ihr auf die Felsen geklettert war, wo der verrückte Schmierer, den Nez hatte schnappen wollen, am Werk gewesen war. Er erzählte ihm, wie sie die Leiter entdeckt hatten, mit deren Hilfe der Unbekannte die Felsen nach unerklärlichen Prinzipien stellenweise weiß angemalt hatte. Er erzählte ihm von dem Wagen mit dem Kennzeichen REDDNEK und von seinem Besuch in der Bibliothek, um sich die von Pinto besprochenen Tonbänder anzuhören. Und er berichtete Leaphorn, was er von Jean Jacobs und Odell Redd erfahren hatte.

»Und Sie glauben also, daß Tagert irgendeiner alten Sache mit Butch Cassidy auf der Spur ist?« fragte Leaphorn.

»Das glauben Jacobs und Redd auch«, antwortete Chee. »Deswegen scheint Tagert wieder Verbindung mit Pinto aufgenommen zu haben. Wegen der alten Geschichte von den Pferdedieben und den beiden Weißen.«

»In welchem Punkt sind Sie Ihrer Meinung nach von Ji belogen worden?«

Der abrupte Themenwechsel schien Chee nicht zu stören. »Ich glaube einfach nicht, daß er den Jeepster gefahren hat«, sagte Chee.

»Weshalb?« fragte der Lieutenant. »Warum glauben Sie das?«

»Er hat meinen Wagen nicht gesehen. Er hat den brennenden Streifenwagen nicht gesehen. Er hat auf meine Fragen äußerst vorsichtig und zurückhaltend geantwortet. Er hat nichts von sich gegeben, das ihn hätte verraten können. Statt dessen wartete er meine Fragen ab, um sie dann ganz überlegt zu beantworten.«

»Weshalb hätte er in diesem Punkt lügen sollen? Haben Sie eine Erklärung dafür?«

»Was hat er zuerst an die Wand geschrieben?« wollte Chee wissen.

Der Captain beantwortete seine Frage. »›Helft Taka.‹«

»Nein«, widersprach Leaphorn. »Es hieß ›Rettet Taka‹.«

»Das ist sein Sohn?« fragte Chee. »Stimmt's?«

Leaphorn lächelte schwach, weil ihm gefiel, wie Chees Verstand arbeitete. »Sie vermuten also, daß Taka Ji den Wagen gefahren hat? Das könnte stimmen, glaube ich. Der Junge hat ihn auch heute nach der Schule gefahren. Er fährt ihn überhaupt viel. Er hat mir erzählt, daß er einen eigenen Schlüssel dafür hat.«

»Ich nehme an, daß Huan Ji nicht wollte, daß sein Sohn in polizeiliche Ermittlungen hineingezogen wird«, sagte Chee. »Aber welchen Grund sollte er dafür gehabt haben?«

»Ji scheint noch von Südvietnam her ein spezieller Freund der CIA gewesen zu sein«, stellte der Lieutenant fest. Er berichtete, was er von Kennedy erfahren hatte.

»Oberst Ji war also vielleicht nur ein bißchen nervös?« fragte Chee. »Halten Sie das für möglich?«

Leaphorn zuckte mit den Schultern. »Bei seiner Vergangenheit wär's ein Wunder, wenn er sich anders verhalten hätte. Er wollte seinen Sohn aus der Sache heraushalten.« Er zuckte wieder mit den Schultern. »Aber das ist nur eine Vermutung. Wir wissen nicht genug.«

»Richtig!« bestätigte Largo. »Wir wissen gar nichts! Außer daß Mord ein Verbrechen ist, für das wir nicht zuständig sind. Weder für den Fall Nez noch für den Fall Ji.«

»Aber wir sind für einen Fall von Vandalismus zuständig«, sagte Leaphorn. »Was könnt ihr mir darüber erzählen?«

Der Captain runzelte die Stirn. »Welchen Fall von Vandalismus?«

»Sie meinen die Felsenschmierereien?« fragte Chee. »Okay, Sie wissen ja, was in dem Bericht stand. Delbert war zwei, drei Wochen zuvor auf sie aufmerksam geworden. Irgend jemand hatte damit begonnen, Teile einer Felsformation zwischen dem Ship Rock und den Chuska Mountains weiß anzumalen. Er hat sich dafür interessiert und ist möglichst oft vorbeigefahren, weil er den Kerl auf frischer Tat ertappen wollte. Aber das ist ihm nie geglückt.«

»Aber er glaubte, ihn an diesem Abend gesehen zu haben?«

»Das hat er gesagt.«

»Und Sie hatten den Eindruck, er sei dabei, ihn zu verfolgen?«

»Richtig.«

Leaphorn stellte seinen Kaffeebecher ab und sah zum Gasherd hinüber. Aus dem Wasserkessel strömte Dampf, aber dies war kein geeigneter Augenblick, um Chees Gedankenfluß zu unterbrechen.

»Was halten Sie davon?« fragte der Lieutenant. »Sehen Sie irgendeinen Zusammenhang? Soll Ashie Pinto die Felsen angemalt haben? Das halte ich für völlig unwahrscheinlich. Gab es irgendeinen Zusammenhang zwischen Pintos Anwesenheit und den Schmierereien? Oder ist Nez bei der Verfolgung des vermeintlichen Schmierers überraschend auf Pinto gestoßen – seinen betrunkenen Mörder? Oder was sonst? Was denken Sie?«

Schweigen.

Largo stand auf und stellte die Flamme unter dem Wasserkessel kleiner. Er griff nach dem Filterpapierhalter. »Wie bereitest du deinen Kaffee zu?« fragte er. »Was die Sache mit dem Felsenmaler und Ashie Pinto betrifft, tippe ich auf die zweite Möglichkeit. Nez hat geglaubt, er verfolge den Schmierer, und ist dabei auf Pinto gestoßen.«

Chee kratzte sich am Hinterkopf. »Yeah«, sagte er zögernd, »das klingt am wahrscheinlichsten.«

»Also sonst keine Verbindung?« fragte Leaphorn ihn. »Sie können sich keine vorstellen?«

Chee stand auf, sammelte ihre Becher ein, stellte sie am Ausguß auf und griff nach einer frischen Filtertüte.

Noch ein Kaffee wäre wunderbar, dachte Leaphorn. Und

danach würde er Professor Bourebonette abholen und nach Hause zurückfahren. Als er aus Jis Haus gekommen war, hatte sie von selbst vorgeschlagen, daß sie sich zunächst trennen sollten.

»Sie haben bestimmt eine Zeitlang zu tun«, hatte sie gesagt. »Setzen Sie mich einfach am Community College ab. Eine Freundin, die ich schon lange nicht mehr gesehen habe, arbeitet dort in der Bibliothek.«

Dieses Gespräch hier würde keine weiteren Aufschlüsse mehr bringen. Er würde seinen Kaffee austrinken, in der Bibliothek vorbeischauen, um Louisa Bourebonette abzuholen, und dann nach Window Rock heimfahren. Weder Chee noch Largo schienen imstande zu sein, sich eine Verbindung zwischen einem verrückten Felsenschmierer und einem ermordeten Polizisten auszudenken. Trotzdem mußte es eine geben...

Leaphorns Verstand sagte ihm, daß Oberst Ji versucht hatte, ihnen das mit seiner Nachricht mitzuteilen. Der Mann mußte gewußt haben, daß er im Sterben lag. Er hatte sie gebeten, seinen Sohn zu beschützen, und ihnen dann mitgeteilt, daß er Chee belogen hatte. Es mußte eine Verbindung geben, die vermutlich daraus bestand – wie übrigens auch Chee glaubte –, daß in dieser Nacht der Junge mit seinem Auto unterwegs gewesen war. In einer regnerischen Nacht, in der ein alter Säufer einen Polizeibeamten erschossen und ein Verrückter Felsformationen mit zufälligen Mustern bemalt hatte.

Zufall, dachte Leaphorn. Zufall? Als Junior an der Arizona State University, als junger Mann, der Abenteuer suchte, zuviel trank und Mädchen nachstellte, war er einmal zu einem Tanzfest zwischen Kinlichee und Cross Canyon gefahren. In dieser Nacht hatte es geregnet, und er hatte gemeinsam mit Haskie Jim, dem älteren Bruder seines Vaters, beobachtet, wie die ersten Tropfen in den Staub geklatscht waren. Er hatte sich damals sehr für Mathematik interessiert, war bestrebt gewesen, seine Bücherweisheit anzubringen, und hatte seinem alten Onkel einen kleinen Vortrag über Wahrscheinlichkeiten und Zufälle gehalten.

»Du glaubst also, daß der Fall dieser Regentropfen vom Zufall bestimmt ist?« hatte sein Onkel gefragt. Und Leaphorn war überrascht gewesen. Natürlich seien sie zufällig verteilt, hatte er gesagt. Oder glaube sein Onkel das etwa nicht?

»Ich denke nur an die Sterne«, hatte Haskie Jim geantwortet. »Unserer Legende nach haben First Man und First Woman sie drüben bei der Huerfano Mesa in ihrer Decke gehabt, um sie sorgfältig am Himmel aufzuhängen. Aber dann hat Kojote die Decke ergriffen und herumgewirbelt und mitsamt den Sternen ins Dunkel davongeschleudert. So ist die Milchstraße entstanden. Und so ist die Ordnung am Himmel durch Unordnung ersetzt worden. Durch eine zufällige Anordnung. Aber trotzdem... Gewiß, Kojotes Tat ist böse gewesen – aber hat das Böse nicht auch eine innere Logik?«

Damals war Leaphorn noch zu jung gewesen, um mit der alten Metaphysik Geduld zu haben. Er erinnerte sich daran, wie er Haskie Jim von moderner Astronomie und Himmelsmechanik erzählt und dabei ungefähr gesagt hatte: »Trotzdem kannst du nicht erwarten, im Fallen von Regentropfen etwas anderes als Zufälligkeiten zu entdecken.« Haskie Jim hatte eine Zeitlang schweigend den Regen beobachtet. Dann hatte er mit fester Stimme geantwortet – Joe Leaphorn konnte sich sogar noch an den Gesichtsausdruck erinnern, mit dem der Alte das gesagt hatte: »Ich glaube, daß der Regen von hier, wo wir stehen, zufällig wirkt. Könnten wir woanders stehen, würden wir die Ordnung in ihm erkennen.«

Später, nachdem Leaphorn sich Gedanken über den Sinn dieser Aussage gemacht hatte, hatte er in allem eine Ordnung gesucht. Und er hatte sie im allgemeinen gefunden. Außer in Fällen von Geistesgestörtheit. Aber Joe Leaphorn glaubte nicht, daß jemand, der mit Leiter und Spritzpistole in die Hügel zog, den Verstand verloren hatte.

Nein, hier gab es irgendein Raster, irgendein Motiv, das er nur finden mußte.

16

Deputy T. J. Birdie hatte Dienst, als Chee ins Bezirksgefängnis in Aztec kam. T. J. behauptete, er sei im Augenblick zu sehr beschäftigt.

»Wir sind unterbesetzt. Ich muß mich hier allein um das Telefon und den Funk und den anderen Kram kümmern. Wir sind bloß zu zweit: George hinten im Zellentrakt und ich hier vorn. Komm morgen während der normalen Dienststunden wieder, dann sucht es dir jemand raus. Das ist nicht so einfach, wie du meinst. Erst die ganze Sortiererei. Und danach muß alles an seinen Platz zurück.«

»Unsinn, T. J.«, widersprach Chee, »du bist bloß zu faul! Dabei brauchst du nur die Akte über Pintos Einlieferung herauszusuchen, damit ich sehe, was er an persönlichem Besitz bei sich hatte.«

»Ich muß hier am Telefon bleiben«, sagte T. J. »Der Sheriff schneidet mir den Pimmel ab, wenn er hier anruft und ich nicht drangehe.«

Deputy Birdie war ein stämmiger junger Mann mit schwarzem Bürstenhaarschnitt – ein Halb-Apache. Boshafte Zungen behaupteten, der Sheriff habe ihn eingestellt, um sich Stimmen aus dem nahegelegenen Jicarilla-Apache-Reservat zu sichern, und wisse noch immer nicht, daß Birdie ein Mescalero sei, dessen zahlreiche Verwandten zweihundert Meilen weiter südöstlich im Otero County stimmberechtigt seien. Chee wußte, daß Birdie tatsächlich ein White Mountain Apache war, dessen Verwandtschaft in Arizona wählte, und vermutete, daß der Sheriff ihn eingestellt hatte, weil er clever war. Faul war er jedoch leider auch.

»Mach schon, verdammt noch mal!« sagte Chee. Er kam hinter die Theke. »Hau ab und hol die Akte Pinto. Ich bleib' inzwischen am Telefon.«

»Was soll die Eile, verdammt noch mal?« knurrte T. J. widerstrebend.

Aber er verschwand murrend. Als er wenige Minuten später zurückkam, legte er einen Aktenordner vor Chee hin.

Die Liste des bei Hosteen Ashie Pinto beschlagnahmten persönlichen Besitzes war kurz:

1 Geldbörse mit Inhalt:
– 2 Scheine zu 50 Dollar
– 1 Photo (eine Frau)
– 1 Photo (zwei Männer)
1 Taschenkamm
1 Taschenmesser
1 Kautabakdose mit Maismehl
1 Lederbeutel (jish) mit Inhalt:
– 2 Kristalle
– Federn
– Mineralien

– Plastiksäckchen mit Blütenstaub
– verschiedene kleine jish-Gegenstände

Chee gab Birdie den Ordner zurück.

»Schon fertig?« fragte der Deputy. »Kann ich jetzt wieder meine Pflicht fürs San Juan County tun?«

»Danke, T. J.«, sagte Chee.

»Für was hast du dich interessiert? Hast du's gefunden?«

»Für seinen *jish*. Der Alte ist ein Hellseher«, antwortete Chee. »Ich wollte wissen, ob er gearbeitet hat. Ob er sein Medizinbündel bei sich hatte.«

»Scheiße«, sagte Birdie. »Ich hatte Nachtdienst, als er hier eingeliefert worden ist. Das hättest du auch von mir erfahren können. Du hättest mir 'ne Menge Arbeit sparen können. Wär bloß 'ne kurze Frage gewesen.«

Es war schon spät, aber Chee entschloß sich zu der Vierstundenfahrt nach Albuquerque, auf der er über seine neugewonnenen Erkenntnisse nachdachte.

An erster Stelle stand die Tatsache, daß Tagert den alten Pinto angeheuert hatte. Vermutlich hatte er ihn in seinem Hogan abgeholt und in die Nähe des Ortes gebracht, für den er sich interessierte. Ashie Pinto hatte seine Kristalle mitgenommen – die Werkzeuge seines Berufs als Finder des Verlorenen und Seher des Unsichtbaren. Manche der am Rande des Reservats lebenden Weißen gingen zu indianischen Hellsehern, aber zu Tagert paßte das irgendwie nicht. Vermutlich interessierten ihn die Erinnerungen des Alten mehr als seine hellseherischen Fähigkeiten.

Pintos Erinnerungen woran? Logischerweise mußten sie mit Tagerts Interesse an den beiden Weißen zusammenhängen, die vor einem langen Menschenleben in irgendeiner Felsformation des Navajo-Reservats umgekommen zu sein schienen. Vermutlich war Tagert auf der Suche nach ihren Leichen, um womöglich beweisen zu können, daß einer der Toten der berüchtigte Butch Cassidy gewesen war.

Ebenfalls logisch war die Schlußfolgerung, daß die Felsformation nicht allzu weit von der Stelle entfernt sein konnte, wo er Ashie Pinto festgenommen hatte. Als Folge starker Vulkantätigkeit, die in diesem Gebiet die Erde gespalten und den Ship Rock mit seinen Basalttürmen gebildet hatte, gab es hier reichlich Felsformationen aller Größen. Es konnte sogar die eine sein, die er mit Janet Pete erstiegen hatte, um das Werk des verrückten Felsenmalers aus der Nähe zu betrachten.

Sollten alle anderen Fährten in Sackgassen enden, würde er diese eine Felsformation vielleicht nochmals absuchen. Wenn er sich ein bis zwei Tage dafür Zeit nahm, fand er vielleicht etwas. Oder bekam einen Schlangenbiß ab. Andererseits suggerierte die Geschichte, die Hosteen Pinto erzählt hatte, daß Hexen in die Sache verwickelt waren. Er wollte erst einmal feststellen, wohin ihn dieser Sachverhalt führen mochte.

Nicht weniger rätselhaft war vorläufig der Mord an Oberst Ji. Wer hatte es getan? Und warum? Nach Chees Vermutung hatte Ji gelogen, um seinen Sohn zu schützen. Was hatte der Junge getan? Oder war sein Vater lediglich besorgt gewesen, sein Sohn könnte in etwas Gefährliches verwickelt sein?

Mit diesen Überlegungen beschäftigte Chee sich wieder und wieder und wieder. So hielt er sich auf der endlos langen Fahrt in Richtung Albuquerque wach. Bisher hatte er sich auf eine Übersetzung von Hosteen Pintos Erzählung von den Pferdedieben und dem Tod der beiden Weißen verlassen. Aber jetzt wollte er sich die Geschichte im Original anhören.

17

Das gelbe Plastikband, mit dem Tatorte von der Polizei abgesperrt wurden, hing lose vor Oberst Jis Gartentor. Leaphorn band es los, ließ Professor Bourebonette durch und verknotete es wieder hinter ihnen.

»Ist das auch bestimmt in Ordnung?«

»Die FBI-Leute sind hier längst fertig«, sagte der Lieutenant. »Trotzdem wär's keine schlechte Idee, die Hände in den Taschen zu lassen und nichts zu verändern.«

In Wirklichkeit war ihr gemeinsamer Besuch keineswegs in Ordnung. Besser wäre es gewesen, wenn Bourebonette draußen im Wagen gewartet hätte. Außerdem hätte er sich Huan Jis Dunkelkammer noch einmal in Ruhe ansehen sollen, bevor er seine Begleiterin in der Bibliothek abgeholt hatte. Aber diese Idee war ihm zu spät gekommen. Aber dann hatte sein Vorhaben ihn nicht mehr losgelassen. Irgendein Gefühl, das Leaphorn sich selbst nicht erklären konnte, drängte ihn zur Eile.

Er sperrte die Haustür auf und fühlte den kühlen Luftzug, der aus leeren Häusern strömt, als er sie öffnete. Der kühle Hauch war Leaphorn vertraut – er spürte ihn Abend für Abend, wenn er in seine Wohnung in Window Rock kam.

Im Wohnzimmer hatte sich bis auf die schwachen grauen Spuren von Fingerabdruckpuder auf Möbeln und Fensterbänken praktisch nichts verändert. Leaphorn beobachtete, wie Professor Bourebonette die mit Kreide markierten Umrisse von Huan Jis Leiche anstarrte. Ihm fiel auf, daß die beiden kurzen Zeilen, die der Oberst an die Wand geschrieben hatte, bei künstlichem Licht viel dunkler wirkten. Und er registrierte Bourebonettes Gesichtsausdruck. Anstrengung? Verdruß? Trauer? Offensichtlich war dies alles unangenehm für sie. Aber warum war sie dann mitgekommen?

Die Dunkelkammer war noch genau so, wie er sie in Erinnerung hatte: ein kleiner, enger Raum, in dem es stechend nach Entwicklerflüssigkeit roch. Die Vergrößerungen lagen noch im Drahtkorb, aber jetzt wiesen auch sie graue Puderspuren auf. Würde ein FBI-Techniker Joe Leaphorns Fingerabdrücke aussortieren? Der Lieutenant dachte darüber nach. Nein, er hatte die Fotos nur an den Rändern angefaßt.

Jetzt breitete er die Vergrößerungen in zwei ordentlichen Reihen auf dem Tisch aus und begutachtete sie methodisch. Lauter Hochglanz-Schwarzweißbilder im Format 18×24. Alle schienen Teile eines Basaltkegels zu zeigen und aus beträchtlicher Entfernung mit einem Teleobjektiv gemacht worden zu sein. Von allen Negativen gab es verschieden starke Vergrößerungen, aber der Aufnahmewinkel war jeweils identisch, als habe der Fotograf die Bilder von einem Standort aus, aber mit Wechselobjektiven gemacht. Auf allen Fotos war derselbe Teil der Felsformation abgebildet, der sich jeweils in der Bildmitte befand.

Leaphorn zeigte sie Bourebonette und erklärte ihr, was er dachte.

»Warum mit einem Teleobjektiv?« fragte sie.

»Sehen Sie den Wacholderbusch hier im Vordergrund? Da ist er noch mal. Sehen Sie, wie der Abstand sich scheinbar verkürzt hat? Das ist typisch für Aufnahmen mit Teleobjektiv.«

Louisa Bourebonette nickte zustimmend. »Natürlich«, sagte sie dann. »Jetzt sehe ich es auch.«

»Sie kennen das Reservat ziemlich gut. Kommt Ihnen irgend etwas bekannt vor?«

Sie betrachtete die Vergrößerungen. »Offensichtlich ist es immer dieselbe Formation. Aber man sieht nicht genug, um sich die dazugehörige Landschaft vorstellen zu können.«

»Haben Sie diesen Felsen schon einmal gesehen?«

Sie zuckte lächelnd mit den Schultern. »Vermutlich – zumindest einen ähnlichen. Solche Felsen gibt's unten im Malpais bei Grants zu Dutzenden. Oder in den Bisti Badlands, in den Zuni Mountains, zwischen Monument Valley und Black Mesa, unten bei den Hopi Buttes oder hier zwischen Shiprock und Littlewater. Oder bei den Vulkankegeln am Mount Taylor oder...« Sie schüttelte den Kopf und gab Leaphorn die Fotos zurück. »Schwer zu sagen. Praktisch überall, wo bei einem Vulkanausbruch flüssige Lava aus dem Erdboden gedrungen ist. Und das ist hier draußen ziemlich häufig passiert.«

»Die Felsen müssen irgendwo hier in der Nähe sein, glaube ich«, sagte der Lieutenant. »Vermutlich stammen diese Aufnahmen von Ji oder seinem Sohn. Können Sie sich vorstellen, weshalb einer der beiden sie gemacht hat? Oder wozu er die vielen Vergrößerungen gebraucht hat?«

»Keine Ahnung«, gab sie zu. »Aber die Fotos sind jedenfalls nicht wegen der Schönheit der Landschaft gemacht worden. Könnten Sie den Jungen anrufen und ihn fragen? Haben Sie nicht gesagt, er würde hier bei Freunden übernachten?«

»Stimmt, aber nachher haben ihn die Kollegen vom FBI mit nach Albuquerque genommen, um ihn bei seinen Verwandten unterzubringen. Dort kann er noch nicht angekommen sein. Aber wir sollten versuchen, die Negative zu finden. Vielleicht zeigen sie soviel Hintergrund, daß wir den Felsen lokalisieren können.«

Sie verbrachten fast eine halbe Stunde damit, in Negativordnern zu blättern, ohne etwas zu finden, das ihnen weitergeholfen hätte.

Leaphorn zog den Papierkorb unter dem Ausguß hervor,

wühlte darin und holte eine zusammengeknüllte Vergrößerung heraus. Sie zeigte einen Teil derselben Szenerie im Format 24 × 36, aber dieses Bild war viel dunkler. Beim Vergrößern überbelichtet, vermutete der Lieutenant, und deshalb weggeworfen. Er strich das Bild auf der Arbeitsfläche glatt, sah zu Bourebonette hinüber und zog fragend die Augenbrauen hoch.

»Schwer zu sagen«, meinte sie. »Mag sein, daß es groß genug ist, um Hinweise liefern zu können.« Dann zuckte sie mit den Schultern. »Aber Hinweise worauf?«

»Ich glaube, daß wir hier nur unsere Zeit vergeuden«, sagte er und ließ die Vergrößerung wieder in den Papierkorb fallen.

»Und ich glaube, daß Sie einen merkwürdigen Beruf haben«, sagte Bourebonette.

»Oh, nicht immer«, antwortete er. »Aber diesmal ist wirklich vieles merkwürdig.«

»Ein Fotograf, der offenbar nur zwei Motive kennt«, sagte sie. »Felsen und dieses Mädchen.« Dabei zeigte sie auf das Porträt des Navajomädchens, das Leaphorn schon früher aufgefallen war. »Davon gibt's mehrere. Die Freundin des Jungen, nehme ich an.«

»Sieht wie eine Fotokopie aus«, stellte Leaphorn fest. »Miserable Qualität.«

»Vielleicht daraus?« sagte Bourebonette. Im Wandregal hinter dem Vergrößerer stand das Jahrbuch der Shiprock High School.

Sie fanden das Porträt des Mädchens unter den Bildern der Cheerleader: Jenifer Dineyahze aus der vorletzten Klasse.

»Ich glaube, wir sollten mit Jenifer Dineyahze sprechen«, sagte Leaphorn. »Vielleicht hat sie etwas Wichtiges zu erzählen.« Aber er glaubte selbst nicht recht daran.

Wie sich herausstellte, benutzte Jenifer Dineyahze regelmäßig den Schulbus nach Shiprock.

»Wo die Dineyahzes genau wohnen, ist ein bißchen schwierig zu erklären«, entschuldigte sich der stellvertretende Direktor, während er eine Landkarte aus seinem Schreibtisch holte und ihnen zeigte, welche Route der Schulbus fuhr und wo er zum Ein- oder Aussteigen hielt. »Irgendwo hier«, sagte er und tippte mit seinem Bleistift auf die Hänge am Beautiful Mountain. »Oder vielleicht eher hier.« Die Bleistiftspitze bewegte sich etwas in Richtung Sanostee. »Wo es dann scharf nach links geht, ist das Haus schon zu sehen.«

Bevor sie Shiprock verließen, tankte der Lieutenant seinen Wagen voll – wie immer, wenn es ins Hinterland ging. Dieses Unternehmen führte sie nach Südwesten, zurück nach Window Rock. Es würde ihnen die Stelle zeigen, wo Ashie Pinto verhaftet worden war. Und es würde ihm einen Blick auf die Felsformation gestatten, die der Schmierer verunstaltet hatte.

»Was erhoffen Sie sich von diesem kleinen Ausflug?« fragte Bourebonette.

»Ehrlich gesagt nichts«, antwortete Leaphorn. »Wahrscheinlich greife ich morgen zum Telefon und versuche, Taka in Albuquerque zu erreichen, um ihn nach den Bildern zu fragen. Aber wir kommen auf der Heimfahrt – beziehungsweise auf der Rückfahrt zu Ihrem Wagen – praktisch dort vorbei. Und man weiß schließlich nie.«

Sie bogen von der Route 666 nach Westen ab und fuhren auf der Navajo Route 33 in Richtung Red Rock weiter.

Louisa Bourebonette deutete auf den Rol Hai Rock südlich von ihnen und danach auf den Barber Peak jenseits der Straße. »Die Aufnahmen könnten Details dieser beiden Felsen zeigen«, sagte sie.

»Oder vielleicht einen der Ausläufer vom Ship Rock«, stellte Leaphorn fest. »Irgendwelche neuen Ideen, warum er die Fotos gemacht hat?«

»Nein – nicht mal eine alte. Und Sie?«

»Bloß eine alte«, sagte der Lieutenant. »Ich habe das Gefühl, daß die Felsformation, die der Schmierer bemalt hat, mit jener auf den Fotos identisch ist.«

Bourebonette dachte darüber nach. »Warum?«

Leaphorn lachte in sich hinein. »Ich habe befürchtet, daß Sie das fragen würden. Wahrscheinlich liegt es daran, daß ich seit dem Tod meiner Frau zuviel vor dem Fernseher hocke. So würde die Geschichte auf dem Bildschirm ausgehen.«

Sie äußerte sich nicht gleich dazu. »Irgend jemand muß einen Grund dafür gehabt haben, Oberst Ji zu ermorden. Er war an dem Abend, als Ihr Kollege erschossen worden ist, ebenfalls in dem Gebiet, in dem der Felsenmaler sein Unwesen treibt. Zumindest ist sein Wagen dort gesehen worden. Und er hat Felsen fotografiert. Vielleicht gibt es also doch irgendeinen Zusammenhang.«

Der Lieutenant sah sie mit forschendem Blick an. Sie zuckte mit den Schultern. »Das klingt verrückt, aber die Felsen wären doch eine Verbindung...«

Leaphorn bog von der Asphaltstraße nach links auf eine unbefestigte Straße ab, die dieses Jahr nicht planiert worden war. Hinter ihnen wirbelte Staub auf. »Nun«, sagte er, »wir werden's bald wissen.«

Leaphorn hielt an der Stelle, wo der Streifenwagen von Officer Nez ausgebrannt war. Das Wrack war abgeschleppt worden – eine ungewöhnliche Maßnahme im Reservat, wo Schrottautos im allgemeinen dort verrosteten, wo sie liegengeblieben waren –, aber teilweise verbrannte Wacholderbüsche und angesengte Kakteen ließen ihn die Stelle sofort erkennen.

»Da!« sagte Bourebonette und zeigte nach vorn. »Sehen Sie die weißen Flecken?«

Die Felsformation ragte im Südwesten auf: eines der zahlreichen erstarrten Lavagebilde an den Flanken der ehemaligen Vulkankegel, aus denen die meisten Bergketten der südlichen Rocky Mountains bestehen. »Wo?« fragte Leaphorn und sah dann einen weißen Streifen und noch einen und noch einen, wo kein Weiß hätte sein dürfen.

»Ah«, sagte er und griff in die Tasche hinter dem Fahrersitz, um sein Fernglas herauszuholen. Bevor er es an die Augen hob, betrachtete er die Felsen und hielt nach Formen Ausschau, an die er sich von den Fotos erinnerte. Aber er entdeckte keine.

Die Felsformation schien durch eine ganze Serie von Vulkanausbrüchen entstanden zu sein. An einigen Stellen war der Basalt im Laufe der Zeit durch Wind und Wetter abgeschliffen und mit einem Flechtenteppich bedeckt worden; dort wuchsen in seinen Spalten Büschelgras, Kakteen und kümmerliche Sträucher. An anderen Stellen war er jünger, noch schwarz und zerklüftet. Leaphorn schätzte die Länge des Felsgrats auf etwa zwei Meilen.

Durchs Fernglas betrachtet wirkten die Felsen noch wilder und zerklüfteter. An einigen Stellen schien die empordrängende Lava die darüberliegende Sandsteinschicht aufgebrochen zu haben, so daß ein chaotisches Labyrinth aus schrägen Wänden und riesigen Felsblöcken entstanden war. Ganz oben im höchsten Teil des langgestreckten Felsgrats waren die weißen Stellen zu erkennen.

Die Malerei war sorgfältig ausgeführt. Obwohl Chee davon

gesprochen hatte, überraschte ihn diese Tatsache. An einer Stelle bildete das Weiße eine leichte Kurve – nicht perfekt, aber im allgemeinen sauber begrenzt. Der Lieutenant betrachtete die nächste Stelle. Es schien keine klar definierte geometrische Fläche zu sein, aber das mochte an der Perspektive liegen. Trotzdem waren auch hier klare Ränder gezogen. Von den übrigen weißen Flecken war zu wenig zu sehen, als daß er sich ein Urteil hätte bilden können.

Er reichte Professor Bourebonette das Fernglas. »Achten Sie auf die Ränder«, sagte er dabei. »Achten Sie darauf, wie klar die Flächen begrenzt sind.« Während sie die weißen Stellen musterte, dachte er über das nach, was sie jetzt sah. Und dann wußte er plötzlich, von wo aus die Aufnahmen gemacht worden waren.

Sein Onkel hatte recht gehabt. Viele Dinge erscheinen uns nur deshalb zufällig, weil wir sie aus einem falschen Blickwinkel betrachten.

Leaphorn erzählte Bourebonette davon, während sie auf der Straße zum Haus der Dineyahzes weiterholperten.

»Ich weiß, daß es verrückt klingt«, gab er zu, »aber ich glaube, daß Ji oder sein Sohn diese Aufnahmen gemacht haben, um mit Hilfe der Vergrößerungen planen zu können, welche Flächen weiß angemalt werden sollten.«

Professor Bourebonette wirkte angemessen überrascht. Sie dachte darüber nach. Der Lieutenant bremste wegen einer Querrinne und fuhr dann auf der Straße weiter, die bald nur noch aus zwei Parallelspuren bestand, die durch Büffelgras und Schlangenkraut führten.

»Okay«, sagte Bourebonette schließlich. »Wer eine völlig unregelmäßige Oberfläche mit etwas Regelmäßigem bemalen will, müßte wohl so vorgehen.«

»Das glaube ich auch«, bestätigte Leaphorn. »Man entscheidet sich für einen Ort, von dem aus das Bild zu sehen sein soll, macht die Fotos und markiert die Stellen,die bemalt werden müssen. Etwas Farbe auf die rechte Ecke dieses Felsblocks, dort drüben auch, dann etwas höher und so weiter…«

»Trotzdem ändert das nichts an den wirklich großen Fragezeichen in dieser Sache«, stellte sie fest. »Wozu sollte ein normaler Mensch die Felsen dort draußen bemalen wollen? Und vor allem – mit was?« Sie zog die Augenbrauen hoch. »Haben Sie das auch schon herausbekommen?«

»Leider nein«, gab Leaphorn zu.

»Dazu müßte man wirklich ein Genie sein, glaube ich.«

Der Dienstwagen kroch eine lange Steigung hinauf und holperte über felsigen Untergrund. Seine Windschutzscheibe war mit einer Staubschicht bedeckt, aber die Sonne stand jetzt tief im Südwesten und schien den beiden nicht mehr ins Gesicht. Leaphorn schaltete vom ersten Gang in den zweiten und wieder zurück. Und plötzlich hatte er die Antwort gefunden. Oder bildete sich ein, sie gefunden zu haben.

»Ich habe eine neue Idee«, sagte er langsam. »Sie betrifft das ›wozu‹. Oder eigentlich das ›weshalb‹.«

Bourebonette sah erwartungsvoll zu ihm hinüber.

Leaphorn überlegte, ob er dumm dastehen würde, falls er sich getäuscht hatte. Dabei fiel ihm auf, daß er ein bißchen angab. Und daß ihm das Spaß machte. Er dachte darüber nach. Wozu diese kleine Angeberei? Und weshalb hatte er sogar Spaß daran?

»Wollen Sie's mir nicht verraten?« fragte Bourebonette.

Leaphorn schaltete erneut, weil das Gelände flacher wurde. »Sobald wir über den Hügel kommen, haben wir die Felsformation wieder vor uns. Diesmal aus einer anderen Perspektive. Und ich glaube, daß wir dann sehen werden, daß die weißen Flächen zusammenpassen. Daß sie ein Ganzes bilden.«

»Oh? Was denn?«

»Irgend etwas, das mit der Kleinen zu tun hat, zu der wir jetzt fahren.« Während er sprach, wurde ihm klar, wie absurd das klang. Er hatte sich bestimmt getäuscht. Diese Felsmalereien würden nie ein verständliches Ganzes ergeben.

Wenig später erreichten sie den Hügelrücken, der hier so breit war, daß er ihnen den Blick auf die Felsen versperrte. Aber sie konnten jetzt sehen, wo Jenifer Dineyahzes Familie am Gegenhang wohnte. Ihr Anwesen bestand aus einem mit Dachpappe eingedeckten kleinen rechteckigen Haus, dessen Dach mit alten Autoreifen beschwert war, einem gemauerten Hogan, einem auf Betonsteinen aufgebockten Wohnwagen und den üblichen Schuppen, Stallgebäuden und Viehkoppeln.

»Sollte ich mit meiner Vermutung recht behalten, hat der junge Ji die Fotos auf dem Hügel hinter dem Haus gemacht. Aus der Perspektive Jenifers, wenn sie ihr Haus verläßt.« Er sah rasch zu Bourebonette hinüber, die entsprechend beeindruckt wirkte.

»Sollte ich mich getäuscht haben«, fügte der Lieutenant plötzlich verlegen hinzu, »stehe ich ganz schön dumm da.«

»Unsinn!« widersprach Bourebonette. »Sie haben sich jedenfalls als origineller Kopf erwiesen. Darauf wäre ich nie gekommen.«

Als der Wagen weiterrollte, kam die Felsformation langsam wieder in Sicht. Und dann wurden auch die weißbemalten Flächen wieder sichtbar.

Der Lieutenant hielt. Er zog die Handbremse an. Er starrte zu den Felsen hinüber.

Er hatte richtig gelegen!

Aus dieser Perspektive war alles etwas verzerrt. Aber die weißen Buchstaben auf schwarzem Untergrund verkündeten deutlich:

I LOVE JEN

»Sehen Sie's?« fragte Leaphorn gespannt. »Können Sie's lesen?«

»Wer hätte das gedacht?« sagte Professor Bourebonette erstaunt. »Herzlichen Glückwunsch, Lieutenant!«

Sie strahlte ihn mit einem aufrichtig warmen Lächeln an.

»Darauf hätte ich schon früher kommen müssen«, stellte er fest. »Die nötigen Informationen hatte ich schon lange. Ich hätte es erraten müssen, als sich herausgestellt hat, wo das Mädchen lebt.«

»Sie sind zu bescheiden«, wandte Bourebonette ein. »Ich finde, daß Ihre Kombinationsgabe einem Sherlock Holmes durchaus ebenbürtig ist.«

»Ich bin auch ein bißchen stolz darauf, wenn ich ehrlich sein soll«, antwortete Leaphorn.

»Was Jenifer wohl davon hält?« meinte Bourebonette. »Aber vielleicht frage ich sie besser selbst danach.«

»Ich sehe keinen Grund, sie jetzt noch zu belästigen«, widersprach Leaphorn. »Wir wollten sie fragen, ob sie eine Ahnung habe, was mit Taka los sein könne. Jetzt wissen wir's.«

»Allerdings«, bestätigte Bourebonette.

Sie schwieg, während er mit dem Wagen wendete. »Aber wir wissen noch nicht«, sagte sie dann, »warum sein Vater ermordet worden ist.«

»Oder von wem«, sagte der Lieutenant.

Obwohl er sich allmählich einbildete, auch das ziemlich genau zu wissen.

18

Chee hatte gehofft, Janet Pete abfangen zu können, bevor die Sitzung des Bundesgerichts begann. Aber die Suche nach einem Parkplatz mitten in Albuquerque kostete viel Zeit. Deshalb sah er beim Verlassen des Aufzugs gerade noch, wie Hosteen Pinto von zwei U.S. Marshals in den Gerichtssaal geführt wurde.

»Heute werden die Geschworenen ausgewählt«, hatte ihm die Empfangsdame in Janets Dienststelle erklärt. »Dazu ist sie drüben bei Richterin Downey im neuen Federal Building. In der Gold Avenue.«

»Wie lange wird es dauern?« hatte Chee gefragt – und als Antwort erhalten: »Vielleicht den ganzen Tag. Vielleicht zieht es sich auch bis morgen hin. Vermutlich können Sie sie erwischen, bevor die Sache anfängt. Wenn Sie sich beeilen.«

Offenbar hatte er sich nicht genug beeilt. Aber vielleicht gab es irgendwann eine Verhandlungspause, während der er mit Janet reden konnte. Er nickte dem Gerichtsdiener an der Tür zu und betrat den Saal.

»Sie müssen sich in die vierte oder fünfte Reihe setzen«, erklärte ihm der Gerichtsdiener. »Die vorderen Reihen sind für die Geschworenen reserviert, und die Kandidaten sitzen in den hinteren Reihen, bis sie aufgerufen werden.«

Chee ließ sich in der vierten Reihe an der Wand nieder und sah zu, wie die Geschworenenkandidaten hereingeführt wurden. Soweit er sich erinnerte, waren es jeweils sechzig Personen: Männer und Frauen aus New Mexico, die nicht viel gemeinsam hatten, außer daß sie in diesem Gerichtsbezirk lebten und hier als Wähler registriert waren. Und daß ihre Namen für dieses Ehrenamt gezogen worden waren.

Sobald der letzte Kandidat Platz genommen hatte, drehte

eine Fünfzigerin in einem dunkelblauen Kleid die Lostrommel auf dem Tisch neben dem des Richters und begann Namen zu ziehen. Ein ältlicher Hispano namens Martinez wurde als erster aufgerufen. Er kam nach vorn, wandte sich nach rechts und nahm auf dem ersten Stuhl der ersten Reihe Platz.

»Mrs. Eloise Gibbons«, las die Dunkelblaue vor. Eine schlanke junge Frau in einem grauen Hosenanzug kam nach vorn und setzte sich neben Martinez.

»Mr. William Degenhardt«, sagte die Dunkelblaue. Ein konservativ aussehender Mann mit konservativem Haarschnitt und konservativem braunen Anzug nahm neben der jungen Frau Platz.

Die Dunkelblaue setzte ihre Litanei fort und füllte die Stuhlreihe vor der Schranke und dann die beiden Reihen dahinter. Etwas mehr Frauen als Männer, schätzte Chee. Das erste Dutzend bestand aus sieben Weißen und Hispano-Amerikanern, einer Vietnamesin, einer älteren Navajo, einem Mann, der ein Apache zu sein schien, und zwei Männern, die eindeutig Pueblo-Indianer waren, obwohl Chee nicht hätte sagen können, aus welchen Pueblos sie stammten.

Janet Pete und ein Mann, den er für den zuständigen Bundesanwalt hielt, standen vor dem erhöhten Tisch, an dem die Richterin saß. Die beiden besprachen etwas mit ihr. Ob das ein Vorteil war? Eine Richterin, eine Anwältin? Chee glaubte es nicht. Diese Konstellation war heutzutage alltäglich.

Chee fühlte sich schläfrig. Im Saal war es warm, und er hatte vergangene Nacht kaum ein Auge zugetan. Er dachte an seine Hand, die unter dem Verband juckte. Würde er sie jemals wieder richtig bewegen können? Er dachte daran, was er Janet hatte erzählen wollen: daß Jis Sohn der Fahrer des Wagens gewesen war, den er in der Tatnacht gesehen hatte, und daß

Oberst Ji eine Nachricht an der Wand seines Wohnzimmers hinterlassen hatte. Chee dachte daran, wie Janet Pete aussah. Sie trug ein dunkelgrünes Kostüm, dessen Rock bis weit unter ihre Knie reichte. Sie hatte hübsche Knie, die er noch nicht oft zu sehen bekommen hatte, und hübsche Knöchel.

Janet stand jetzt vor den zukünftigen Geschworenen, und die Richterin fragte, ob jemand von ihnen die Verteidigerin oder ihre Familie kenne oder jemals mit ihr zu tun gehabt habe. Wirklich eine Klassefrau! dachte Chee. Er spürte, wie Zuneigung und chauvinistischer Navajostolz ihn durchfluteten. Und er fühlte, daß er sie begehrte – vergebens begehrte. Seit dem Tag, an dem Janet ins Krankenhaus gekommen war, um ihn zu besuchen, hatte er bei ihr mehr und mehr an Boden verloren. Davon war er überzeugt. Sie mochte ihn jetzt weniger als an jenem Morgen.

Nun war der Staatsanwalt an der Reihe, von den Geschworenen prüfend gemustert zu werden. Ein Mann in der ersten Reihe hob die Hand und gab an, ihn zu kennen. Sie gehörten derselben Kirchengemeinde an. Der Mann durfte gehen.

Dann erhob sich Ashie Pinto. Der Geschäftsanzug, in den sie ihn im Bernalillo County Jail für diesen Auftritt gesteckt hatten, war ihm zu groß, so daß er noch hagerer wirkte, als Chee ihn in Erinnerung hatte.

»Drehen Sie sich bitte zu den Geschworenen um, Mr. Pinto«, forderte ihn die Richterin auf.

Der Alte zuckte zusammen, als sein Name genannt wurde. Er blickte sichtlich verwirrt zu der Richterin hinüber.

»Dolmetscher!«

Der Dolmetscher schreckte hoch, erhob sich hastig und sprach so leise auf Pinto ein, daß Chee ihn nicht verstehen konnte.

Hosteen Pinto starrte ihn an und legte eine Hand hinters Ohr.

»Sie möchte, daß du den Kopf hebst«, erklärte der Dolmetscher ihm jetzt. »Damit sie dich sehen können.«

Der Alte, aus dessen Miene teils Verlegenheit, teils Entschlossenheit sprach, starrte die Geschworenen an. Sein Blick wanderte durch den Saal, zögerte kurz, als er zu der Navajo unter den Geschworenen kam, und zögerte dann erneut, als er Jim Chees Blick begegnete.

Chee senkte den Kopf und starrte auf seine juckende Hand.

Keiner kannte Hosteen Ashie Pinto. Weder die Weißen noch die Hispanos, der Apache, die Pueblos oder die Asiatin. *Weder Janet Pete noch ich. Er ist ein Schamane. Er ist uns allen fremd.*

Der Staatsanwalt warf einen Blick in seine Unterlagen und wandte sich an die Navajo. »Mrs. Greyeyes, wie ich sehe, leben Sie in Nakaibito. Im Navajo-Reservat. Trifft das zu?«

»Eigentlich fast am Coyote Canyon«, sagte Mrs. Greyeyes.

»Aber im Reservat?«

»Ja.«

»Sind Sie eine Navajo?«

»Ja.«

»Sind Sie irgendwie mit dem Angeklagten verwandt?«

»Ich weiß es nicht.«

Der Staatsanwalt blätterte in seinen Unterlagen. »Ich habe hier zwei Clans stehen: Turning Mountain Dinee und Bitter Water People.« Er sah zu dem Dolmetscher hinüber. »Ist das richtig – zwei Clans?«

»Der seiner Mutter und der seines Vaters«, bestätigte der Dolmetscher. »Zwei Clans.«

»Ich bin den Sage Brush Hill People geboren worden«, sagte die Frau. »Und dem Towering House Clan.«

»Folglich existiert keine Verbindung? Stimmt das?«

»Wir sind nicht verwandt«, antwortete Mrs. Greyeyes.

Die Richterin beugte sich nach vorn und starrte den Dolmetscher an. »Miss Pete«, fragte sie, »finden Sie nicht, daß Ihr Mandant wissen sollte, was hier vorgeht?«

Janet Pete wirkte zerknirscht.

»Ich beantrage eine Übersetzung«, sagte sie.

»Dem Antrag wird stattgegeben«, entschied Richterin Downey.

Der Dolmetscher war ein Mann Anfang Vierzig, dessen leicht zerzaustes Aussehen wahrscheinlich angeboren war. Er erläuterte Pinto in lautem, präzisem Navajo, worüber der Staatsanwalt und Mrs. Greyeyes gesprochen hatten.

Chee begann zu dösen. Dann schreckte er wieder auf. Janet Pete befragte eben den konservativ wirkenden Mann.

»Mr. Degenhardt, ich möchte wissen, ob Sie persönlich beziehungsweise Ihre Verwandten oder Ihre Freunde schon einmal ein unangenehmes Erlebnis mit einem Navajo hatten? Hatten Sie jemals Streit mit einem Navajo? Oder etwas Ähnliches in dieser Richtung?«

Degenhardt dachte darüber nach.

Der Dolmetscher sagte: »Sie fragt, ob er jemals Streit mit einem Navajo hatte.«

Degenhardt schüttelte den Kopf. »Nein.«

»Fühlen Sie sich aus irgendeinem Grund Mr. Pinto gegenüber voreingenommen?«

»Sie fragt, ob er fair sein wird«, sagte der Dolmetscher.

»Nein, Ma'am«, antwortete Degenhardt.

»Er sagt ja«, übersetzte der Dolmetscher.

Chee hörte gar nicht mehr richtig zu. Welcher Dolmetscher hatte Ashie Pintos auf Tonband aufgenommene Erzählung übersetzt, damit sie niedergeschrieben werden konnte? War er so faul wie dieser gewesen? Hatte er Textpassagen ausgelassen? Hatte er andere zusammengefaßt? Oder war er ein traditionalistischer Navajo gewesen, der möglicherweise unangenehme Passagen über Hexen und Skinwalker ausgelassen hatte? Chee erinnerte sich, daß er gestern beschlossen hatte, sich Hosteen Pintos Erzählung im Original anzuhören. Bis hier der letzte Geschworene bestimmt war, konnten noch Stunden vergehen. Chee stand auf und bewegte sich leise in Richtung Ausgang.

Einen Parkplatz in der Nähe des Gerichtsgebäudes zu finden war ein Kinderspiel im Vergleich zur Suche nach einem Parkplatz irgendwo in der Nähe der Universitätsbibliothek. Chee stellte seinen Pickup schließlich auf der für Dienstfahrzeuge reservierten Fläche hinter dem dortigen Polizeirevier ab. Er zeigte dem Sergeant vom Dienst seinen Ausweis, erklärte ihm, was er vorhatte, und erhielt widerstrebend die Erlaubnis, seinen Wagen dort stehenzulassen.

Bis Chee zur Zimmerman Library hinaufgestiegen war, endlich die Tonbänder und Transkripte in der Hand hatte und mit der Arbeit beginnen konnte, war es fast Mittag. Er merkte, daß er hungrig war. Er hätte vorher noch eine Kleinigkeit essen sollen.

Chee begann mit Ashie Pintos Erzählung von den Pferdedieben. Er hatte sich diese Aufnahme teilweise schon angehört, aber dabei vieles übersprungen, und in Tagerts Büro in der dazugehörigen Übersetzung geblättert. Während er jetzt Pintos Stimme im Ohr hatte, kehrte die Müdigkeit zurück. Aber er verdrängte sie und verglich das Gehörte mit dem Bibliotheksexemplar der Übersetzung. Stimmte irgend etwas nicht überein, spulte er das Band zurück und hörte sich die

Stelle erneut an. Die Unterschiede betrafen meistens unbedeutende Kürzungen oder die Auslassung von Wiederholungen. Nach über einer Stunde hatte er weder sinnentstellende Übersetzungsfehler noch bedeutsame Auslassungen gefunden.

Die Müdigkeit überwältigte ihn beinahe. Sein Magen knurrte. Er ließ das Transkript sinken, nahm den Kopfhörer ab und reckte sich gähnend. Die Luft war abgestanden, wie es für einen Raum, dessen Fenster sich nicht öffnen ließen und in dem alte Dinge aufbewahrt wurden, charakteristisch war. Im Lesesaal, der bis auf Chee und die junge Bibliothekarin, die an ihrem Schreibtisch am Eingang Karteikarten beschriftete, menschenleer war, herrschte absolute Stille.

Chee nahm sich vor, zum Studentenbüro hinüberzugehen und eine Kleinigkeit zu essen. Nein, er würde die Central Avenue überqueren, ins Frontier-Restaurant gehen und sich eine Enchilada mit grüner Chilisauce bestellen. Aber zuerst wollte er noch feststellen, ob der Übersetzer gemogelt hatte, als es um Hexerei ging. Bei seiner ersten Lektüre des Transkripts hatte er den Eindruck gehabt, Pinto habe sich praktisch nicht dazu geäußert, weshalb Delbito Willie einen Gesang zur Beschwörung des Bösen gebraucht habe. Vielleicht hatte er in Wirklichkeit mehr gesagt.

Er schaltete auf schnellen Vorlauf und hielt das Band zwischendurch mehrmals an, bis er die richtige Stelle gefunden hatte.

»... und dann sind die beiden weißen Männer in ein Gebiet mit erstarrter Lava geritten. Dort zu reiten, ist sogar tagsüber gefährlich, weil das Pferd mit dem Huf in eine der Spalten geraten kann – nur ein kleiner Ausrutscher, und schon bricht es sich das Bein und wirft seinen Reiter ab.«

Chee hielt das Band an und blätterte in der Übersetzung.

Seine Erinnerung hatte nicht getrogen: Im Transkript fehlte die Erläuterung, weshalb die Lava für Pferde gefährlich war. Er drückte wieder auf die Starttaste.

»...die Männer aus dem Yucca Fruit Clan sind ihnen ganz langsam gefolgt. Die Lava war dort recht uneben, und sie haben sich wegen des Mannes mit dem gelben Schnurrbart sowieso zurückgehalten. Wie es heißt, war er sogar im Sattel ein sehr guter Schütze. Zuletzt haben sie die Stelle gefunden, wo die weißen Männer ihre Pferde angebunden hatten und in die Felsen hinaufgeklettert waren.

Auch Delbito Willie und seine Männer aus dem Yucca Fruit Clan machten dort halt, weil sie wußten, daß Gelber Schnurrbart die Pferde mit seinem Gewehr verteidigen würde – und weil sie gesehen hatten, wohin die weißen Männer verschwunden waren. Nach oben zu einem Ort, an dem sich Hexen versammeln. Nach oben in die Höhle, in der die Bösen zusammenkommen, um ein Opfer in einen Skinwalker zu verwandeln. Einige der Männer aus dem Yucca Fruit Clan wußten davon; sie lebten auf der anderen Seite der Carrizo Mountains, aber sie hatten schon von diesem Ort gehört.

Daß dies der verwunschene Ort war, zeigte sich in der Art und Weise, wie die Felsen ausgebildet waren. Wie es heißt, sahen sie wie die hochgereckten Ohren eines Maultiers aus. Jedenfalls für jemand, der sie von Westen aus betrachtete. Zwei scharfe Spitzen mit einem niedrigen Sattel dazwischen. Wie es heißt, erinnerten die Felsen an einen Sattel – an einen dieser McKlellan-Sättel mit hohem Rückenteil und hohem Sattelhorn. Ja, genau, sie erinnerten an einen Sattel...«

Chee drückte auf die Stoptaste. Davon stand nichts, kein einziges Wort in dem Transkript, das er in Tagerts Büro gelesen hatte. Er blätterte in dem Bibliotheksexemplar. Auch hier kein Wort davon. Aus dem Transkript fehlten zwei Seiten, die mit einem sehr scharfen Messer oder einer Rasierklinge herausgetrennt worden waren.

Er ließ die Kassette weiterlaufen und hörte nun, wie Delbito Willie den weißen Männern hatte folgen wollen, um sich zu vergewissern, ob sie tot waren. In diesem Fall wollte er das Gewehr von Gelber Schnurrbart an sich nehmen – eine sehr gute Waffe. Weil die Männer aus dem Yucca Fruit Clan ausnahmslos dagegen gewesen waren, hatte sich die Diskussion über zwei Tage hingezogen, bis einer von ihnen schließlich bereit gewesen war, Willie nach dem jetzt sicheren Tod der beiden weißen Männer ein Stück weit zu begleiten – aber nicht ganz bis zur Hexenhöhle. Und Willie war hineingegangen und mit dem Gewehr von Gelber Schnurrbart und der Nachricht zurückgekommen, daß die beiden Männer tatsächlich tot waren.

Chee gab die Kassette, den Recorder und das Transkript zurück.

»Läßt sich irgendwie feststellen, von wem die Übersetzung stammt? Haben Sie darüber irgendwelche Unterlagen?«

»Augenblick«, sagte die Bibliothekarin, »ich sehe gleich mal nach.«

Sie verschwand durch eine Tür mit der Aufschrift ZUTRITT NUR FÜR MITARBEITER.

Während Chee wartete, überprüfte er in Gedanken nochmals seine Schlußfolgerungen. Er glaubte zu wissen, wer der Übersetzer gewesen war.

Er hatte richtig vermutet.

Die junge Frau kam mit einer Karteikarte in der Hand zurück.

»Ein gewisser William Redd«, sagte sie.

19

Lieutenant Leaphorn erlebte einen jener frustrierenden Vormittage, an denen sich jeder Polizeibeamte wünscht, das Telefon wäre nie erfunden worden. Zuerst meldete sich niemand unter der Nummer von Mr. Doan Van Ha, dem Onkel in Albuquerque, zu dem Taka Ji aus Sicherheitsgründen geschickt worden war. Als dann schließlich jemand den Hörer abnahm, war eine ältere Frau namens Khanh Ha mit bestenfalls rudimentären Englischkenntnissen am anderen Ende. Nachdem Leaphorn sich einige Minuten lang abgemüht hatte, etwas aus ihr herauszubekommen, sagte Khanh Ha plötzlich: »Sie bleiben. Ich holen Boy.«

Leaphorn blieb am Telefon, hielt weiter den Hörer ans Ohr und lauschte auf die Stille im Haus der Familie Ha. Die Minuten verstrichen. Ihm fiel auf, daß die Fenster seines Büros schmutzig waren. Trotzdem erkannte er, daß eine der Krähen, die in den Pappeln gegenüber dem Justice Building lebten, einige Federn verloren hatte und deshalb nicht mit der gewohnten Sicherheit flog. Danach fiel ihm auf, daß die von Norden heranziehenden hohen Wolken, die er morgens auf der Fahrt zum Dienst gesehen hatte, dichter geworden waren und nun fast den gesamten Himmel bedeckten. Vielleicht würde es schneien. Sie brauchten dringend Schnee. Eigentlich war er schon fast überfällig.

Er dachte an Emma und erinnerte sich daran, wie sie den Wechsel der Jahreszeiten genossen hatte. Wie sie den Winter herbeigesehnt, danach den Frühling begrüßt und dann begeistert angekündigt hatte, morgen beginne der Sommer und mit ihm die Gewitterzeit. Und wie sie glücklich gewesen war, wenn der Sommer sich seinem Ende zuneigte, weil sie sich auf das Gold des Herbstes freute. Emma. Sie hatte ihr Glück stets diesseits des Horizonts gefunden und nie wissen wollen, was hinter den Heiligen Bergen lag.

Im fernen Albuquerque fiel eine Tür ins Schloß. Dann näherten sich Schritte auf hartem Boden, und eine Jungenstimme sagte: »Hallo?«

»Hier ist Lieutenant Leaphorn, Taka«, sagte Leaphorn. »Erinnerst du dich an mich? Wir haben in eurem Haus in Shiprock miteinander gesprochen.«

»Sie haben die falsche Nummer, glaub' ich«, antwortete der Junge.

»Ich möchte Taka Ji sprechen«, erklärte Leaphorn ihm.

»Ich bin Jimmy Ha«, sagte der Junge. »Taka ist jetzt bei meiner Tante, soweit ich weiß. Unten im South Valley.«

»Hast du ihre Telefonnummer?«

Jimmy Ha hatte sie, aber er brauchte weitere drei Minuten, um sie zu finden. Als Leaphorn sie dann wählte, meldete sich wieder niemand.

Er beschäftigte sich lustlos mit den Papieren auf seinem Schreibtisch, bis genug Zeit verstrichen war, um einen weiteren Versuch zu starten. Auch diesmal meldete sich niemand. Er legte auf und wählte die Nummer der Dienststelle des Federal Public Defenders in Albuquerque.

Nein, Jim Chee war nicht dort. Er war morgens kurz dagewesen, aber wieder weggefahren.

»Wohin?« fragte Leaphorn.

Ins Federal Courthouse.

»Was ist mit Janet Pete? Ist sie da?«

Auch sie war bei Gericht, anläßlich der Geschworenenauswahl.

»Würden Sie ihr bitte ausrichten, daß ich eine dringende Mitteilung für Jim Chee habe? Sie möchte ihm bestellen, daß ich mit ihm reden muß. In einer äußerst wichtigen Angelegenheit.«

Nachdem er aufgelegt hatte, gab er nicht mehr vor, die Akten auf seinem Schreibtisch zu bearbeiten. Statt dessen saß er nur da und dachte nach. Warum war Oberst Ji ermordet worden? Leaphorn drehte sich mit dem Stuhl um und starrte seine Wandkarte an. Sie verriet ihm nichts – außer daß sich alles auf eine Felsformation südlich des Ship Rocks zu konzentrieren schien. Bisher wirkte alles verwirrend sinnlos. Aber er wußte, daß das daran lag, daß er die Dinge noch aus der falschen Perspektive sah.

Er dachte über Professor Bourebonette nach.

Er dachte über Jim Chee nach. Vielleicht nicht sehr zuverlässig. Aber ein kluger Kopf.

Dann fiel sein Blick auf den Papierkorb. Die Putzfrau, die vergessen hatte, die Fenster zu putzen, hatte auch nicht daran gedacht, den Papierkorb zu leeren. Leaphorn beugte sich zur Seite und fischte den Prospekt heraus, der die Sehenswürdigkeiten der Volksrepublik China beschrieb. Er breitete ihn auf dem Schreibtisch aus und betrachtete nochmals die Bilder.

Dann warf er ihn in den Papierkorb zurück.

20

William Odell Redd war nicht zu Hause. Falls doch, reagierte er nicht auf Jim Chees hartnäckiges Klopfen. Chee gab schließlich auf. Er fand einen Parkplatz im Halteverbot hinter dem Gebäude des Fachbereichs Biologie und ging zur Fakultät für Geschichte hinüber.

Nein, Jean Jacobs hatte ihn auch nicht gesehen.

»Heute noch nicht. Aber gestern war er hier. Wir sind zusammen essen gegangen.« Ihre Augen strahlten bei der Erinnerung daran.

»Keine Ahnung, wo er steckt?«

»Er wird wohl an seiner Dissertation arbeiten. Vielleicht in der Bibliothek.«

Der Gedanke, in diesem Labyrinth von Bücherregalen nach Redd fahnden zu müssen, gefiel Chee nicht sonderlich. Er setzte sich auf ihren Schreibtisch.

»Was ist mit Ihrem Boß? Noch immer nicht aufgetaucht?«

»Nach wie vor keine Nachricht«, bestätigte die Jacobs. »Langsam beginne ich ernsthaft zu glauben, daß er irgendwo abgemurkst worden ist. Vielleicht hat seine Frau ihn ermordet – oder einer seiner Doktoranden.« Sie lachte. »Die würden dafür Schlange stehen, wenn nur die kleinste Chance bestände, ungeschoren davonzukommen.«

»Was für einen Wagen fährt er?«

»Das müßte ich erst nachsehen.« Sie zog eine Hängeregistratur auf und nahm einen Ordner heraus. »Ich habe ihn in einer viertürigen weißen Limousine und manchmal in einem flotten Sportwagen gesehen. Bordellrot.«

Sie zog eine Karteikarte aus dem Ordner.

»Als er mit diesem roten Renner angekommen ist, hat seine Frau ihn endgültig abgeschrieben, glaube ich. Aha, da haben wir's! Neunziger Oldsmobile Cutlass. Und ein Corvette-Coupé. Baujahr zweiundachtzig, aber echt cool. Beeindruckt die kleinen Studentinnen auf der Suche nach einer Vatergestalt, die mit ihnen ins Bett geht.«

Jean Jacobs lachte dabei, aber ihr Ton verriet, daß die Vorstellung sie keineswegs amüsierte.

»Ist das sein Antrag auf Erteilung einer Parkerlaubnis?«

»Richtig«, bestätigte die Jacobs. »Die gilt für beide Autos. Man hängt sie einfach in den Wagen, den man fährt.«

Chee sah auf seine Hand hinunter, die schrecklich juckte. Er widerstand der Versuchung, daran zu reiben, und zog stattdessen den Verband zurecht. Die Jacobs beobachtete ihn.

»Heilt sie gut?«

Chee nickte wortlos. Er dachte an eine tiefergelegte Corvette oder einen nagelneuen Oldsmobile, der über die unbefestigten Straßen südlich von Shiprock holperte.

»Welchen Wagen hat er öfter benutzt? Welchen fuhr er an dem Abend, an dem Sie ihn zuletzt gesehen haben – an dem er seine Post abgeholt hat? Haben Sie eine Ahnung, womit er da gefahren ist?«

»Nein«, sagte die Jacobs. Sie zögerte. »Er ist bloß reingekommen und hat seine Post abgeholt. Und ein paar Sachen.«

»Sachen?«

»Nun, einen Teil der Unterlagen, die er für einen Artikel zusammengetragen hatte. Sie lagen auf seinem Schreibtisch. Und ein paar Briefe aus dem Ausgangskorb.«

»Welchen Eindruck hat er auf Sie gemacht? Was hat er gesagt?«

Die Jacobs saß da und starrte aus dem Fenster. Nach einem kurzen Blick auf Chee sah sie wieder nach draußen.

»Sind Sie hiergewesen, als er vorbeigekommen ist?«

»Nein.«

»Ihnen ist erst am nächsten Tag aufgefallen, daß er hier gewesen war und ein paar Sachen mitgenommen hatte?«

Jean Jacobs nickte.

Sie wechselten einen nachdenklichen Blick.

»Aber er hat eine Mitteilung hinterlassen«, sagte sie. Aus einer Schublade ihres Schreibtischs holte sie eine lachsfarbene Haftnotiz, die sie vor Chee hinlegte.

Quer über den Zettel hatte jemand gekritzelt:

Jacobs, rufen Sie die Einschreibungsstelle an und beschaffen Sie die Listen ausnahmsweise mal rechtzeitig. Sorgen Sie dafür, daß dieser Schweinestall saubergemacht wird und lassen Sie die Fenster putzen!

»Unterschreibt er seine Mitteilungen nicht?« fragte Chee.

Die Jacobs lachte. »Kein bitte, kein danke – das ist Tagerts Unterschrift.«

»Aber das hat er selbst geschrieben?«

Sie warf einen Blick auf den Zettel. »Wer denn sonst?«

Chee telefonierte von Tagerts Apparat aus mit der Dienststelle des Federal Public Defenders und verlangte Janet Pete. Dröhnend drang die Stimme der Telefonistin aus dem Hörer, als sie ihm erklärte, daß Miss Pete noch bei Gericht sei. Er nahm stirnrunzelnd den Hörer vom Ohr.

Jean Jacobs beobachtete ihn lächelnd. »Der Professor ist schwerhörig«, erklärte sie ihm. »Er hat sich bei der Telefongesellschaft immer wieder über ihre schlechten Hörkapseln beschwert, bis sie ihm schließlich dieses Ding eingebaut haben.«

»Wow!« sagte Chee.

»Halten Sie den Hörer einfach vom Ohr weg. Keine große Sache, wenn man's erst mal begriffen hat.«

Die Telefonistin sprach weiter – was sich jetzt nach dem Rat der Jacobs besser ertragen ließ.

»Aber ich habe eine Nachricht für Sie«, sagte sie gerade. »Eigentlich für Miss Pete. Sie soll Ihnen bestellen, daß Sie in Window Rock anrufen sollen. Lieutenant Joe Leaphorn hat um ihren Rückruf gebeten.«

Chee rief ihn an.

»Sind Sie in Albuquerque?« fragte Leaphorn.

Chee bejahte seine Frage.

»Inzwischen hat sich etwas Merkwürdiges ergeben«, berichtete der Lieutenant. »Bei dem Felsenmaler, nach dem Nez gefahndet hat, handelt es sich um Taka Ji.«

»Oh«, sagte Chee. Er dachte darüber nach. »Wie haben Sie das herausgekriegt?«

Leaphorn erzählte es ihm.

»Hat schon jemand mit ihm gesprochen?«

»Sie sind kaum zu verstehen«, sagte Leaphorn. »Ihre Stimme klingt, als stünden Sie draußen im Flur.«

Chee brachte die Sprechmuschel etwas dichter an seine Lippen. »Hat schon jemand mit ihm gesprochen?« wiederholte er.

Leaphorn erklärte ihm, der Junge sei zu Verwandten nach Albuquerque gebracht worden. Er diktierte Chee den Namen und die Telefonnummer. »Als ich dort angerufen habe, hat sich niemand gemeldet. Aber ich glaube, daß jemand persönlich mit ihm reden sollte.«

»Haben Sie das FBI darüber informiert?«

Chees Frage hatte längeres Schweigen zur Folge. Dann lachte Leaphorn halblaut. »Das Bureau war an der Vandalismus-Sache nicht sonderlich interessiert.«

»Es sieht also keinen Zusammenhang?«

»Womit? Der für die Ermittlungen im Mordfall Ji zuständige Agent ist neu hier in der Gegend – und überhaupt noch ziemlich unerfahren. Ich habe den Eindruck, daß er irgendwann mit dem Jungen reden wird, aber ich bezweifle, daß er begreift, welcher Zusammenhang zwischen dieser romantischen Felsenmalerei und der Erschießung von Oberst Ji bestehen könnte. Soviel ich mitbekommen habe, tippt das FBI darauf, daß das Ganze irgendwie mit Vietnam zu tun hat. Und mit seiner dortigen Tätigkeit.«

»Warum nicht mit der Ermordung von Officer Delbert Nez?« fragte Chee.

Wieder eine Pause. »Yeah«, sagte Leaphorn dann. »Darüber habe ich auch schon nachgedacht. Das könnte der Schlüssel zu allem sein. Haben Sie in dieser Hinsicht schon etwas herausgekriegt?«

Chee stellte zu seiner Überraschung fest, daß er sich über die Frage des Lieutenants freute. Sie war offenbar ernst gemeint. Der berühmte Joe Leaphorn fragte *ihn* etwas. Aber leider wußte er keine Antwort darauf. Zumindest keine befriedigende.

»Noch nicht«, gab er zu. »Aber ich glaube, daß sich herausstellen wird, daß hinter dem Mord an Nez mehr steckt, als wir bisher angenommen haben.«

»Das sehe ich genauso. Hat der Prozeß schon begonnen?«

»Zunächst werden die Geschworenen ausgewählt. Vielleicht beginnt er morgen. Oder spätestens übermorgen.«

»Sie gehören vermutlich zu den ersten Zeugen, stimmt's?«

»Ich bin vorgeladen. Der Staatsanwalt will, daß ich über die Festnahme aussage. Ich soll meine Beobachtungen wiedergeben.«

»Dann sind Sie also in Albuquerque«, stellte der Lieutenant fest. »Ich weiß, daß Sie krank geschrieben sind, aber ich finde, Sie sollten trotzdem mit Taka Ji reden. Hören Sie sich an, was er zu sagen hat. Fragen Sie ihn, ob er irgend etwas gesehen hat.«

»Das wollte ich sowieso«, gab Chee zu.

»Inoffiziell«, ermahnte Leaphorn ihn. »Schließlich mischen wir uns ja nicht in Fälle ein, die uns nichts angehen.« Er machte eine Pause. »Und lassen Sie dieses Telefon reparieren.«

21

Die Adresse der Familie Ha, die Leaphorn ihm gegeben hatte, lag entgegengesetzt von Tagerts Wohnsitz. Tagert wohnte jedoch nicht weit von der Universität entfernt, und Chee fuhr diesen kleinen Umweg. Er wollte sehen, ob er mit seiner Vermutung recht hatte.

Tagerts Haus war ein Klinkerbungalow am unteren Ende der Mittelstandskala – die Art Haus, die Geschichtsprofessoren sich leisten können, wenn sie sparsam leben. Chee parkte auf der Straße, ging die leere Einfahrt hinauf und klingelte an der Haustür. Niemand öffnete. Er klingelte weitere vier Male. Noch immer keine Reaktion. Er ging zur Garage hinüber und warf einen Blick durch das Fenster. Die Scheibe war schmutzig, aber nicht so schmutzig, daß Chee die rote Corvette und den weißen Oldsmobile nicht hätte erkennen können.

Das Haus der Familie Ha war gepflegt und hob sich dadurch von den verunkrauteten Gärten der Nachbarn ab. In der Einfahrt stand kein Wagen, aber während Chee seinen Pickup am Randstein parkte, fuhr ein älterer blauer Chevrolet vor. Der Jugendliche neben der jungen Frau am Steuer war Taka Ji.

Sie begannen ihr Gespräch in der Einfahrt. Chee lehnte an der Tür des Wagens, der Jugendliche stand ihm steif gegenüber, und Miss Janice Ha, die hinter dem Steuer gesessen hatte, stand als schweigende, mißbilligende Zuhörerin neben Taka.

»Ich bin der Polizist, der in der Tatnacht die Festnahme vorgenommen hat«, erklärte Chee dem Jugendlichen. »Ich habe dich im Jeepster deines Vaters vorbeifahren sehen. Ich saß in dem Streifenwagen, dem du kurz vor der Abzweigung nach Shiprock begegnet bist.«

Taka Ji starrte ihn nur an.

»Inzwischen wissen wir etwas mehr«, fuhr Chee fort. »Wir

wissen, daß du die Felsen weiß angemalt hast. Wenn du mir erzählst, was du gesehen hast, hilfst du uns vielleicht, den Mörder deines Vaters zu fassen.«

Janice Ha legte Taka eine Hand auf die Schulter. »Wir gehen lieber herein, glaube ich«, sagte sie.

Das Wohnzimmer des Hauses war fast so klein wie Chees beengte Unterkunft – aber es bot zwischen den beiden Fenstern Platz für einen Marienaltar. Eine dreißig Zentimeter hohe Gipsmadonna in ihrem traditionellen blau-weißen Gewand blickte lächelnd auf zwei kleine Kerzen und zwei kleine Blumentöpfe mit Chrysanthemen herab. Auf dem Sofa daneben saß eine Frau, die Chee an eine kleinere und etwas ältere weibliche Version von Oberst Ji erinnerte.

Sie hieß Thuy Ha und verbeugte sich tief vor Chee, als Janice Ha sie miteinander bekannt machte.

»Takas Vater war ein jüngerer Bruder meiner Mutter«, erläuterte Janice Ha. »Ihr Englisch ist noch nicht besonders gut. Es hat lange gedauert, bis die Kommunisten sie freigelassen haben. Sie ist erst letztes Jahr zu uns gekommen.«

»Tut mir leid, Sie ausgerechnet jetzt belästigen zu müssen«, sagte Chee. Er sah zu dem Jungen hinüber. »Aber ich glaube, daß Taka uns weiterhelfen könnte.«

Janice sprach mit der Frau – um zu dolmetschen, wie Chee vermutete –, und Thuy Ha antwortete etwas. »Sie sagt, daß er Ihnen nach Kräften behilflich sein wird«, erklärte Janice Ha.

Die ältere Frau sprach erneut – diesmal etwas länger. Ihre Tochter schien einen Einwand vorzubringen, über den Thuy Ha jedoch hinwegging. Ihre Stimme klang aufgebracht.

»Mrs. Ha bittet mich, Ihnen zu sagen, daß die Kommunisten Oberst Ji ermordet haben«, dolmetschte Janice Ha weiter. Sie wirkte verlegen. »Oberst Ji hat den Amerikanern treu gedient, sagt sie, und sich dadurch viele Feinde gemacht, und die Kommunisten haben jemand hierher nach Amerika geschickt, nur um ihn ermorden zu lassen.«

Die Frau beobachtete Chee gespannt.

»Würden Sie sie bitte fragen, ob sie weiß, wer es gewesen sein könnte?«

Die Tochter dolmetschte. Mrs. Ha sagte ein einziges Wort.

»Kommunisten«, sagte Janice Ha.

Taka Ji brach das folgende kurze Schweigen.

»Ich habe nicht viel gesehen«, begann er. »Es wurde dunkel – und dann ist das Gewitter aufgezogen.«

»Erzähl mir einfach, was du gesehen hast«, forderte Chee ihn auf.

Als erstes hatte er einen Wagen gehört. Er war von seiner Leiter gestiegen und hatte sich daneben in den Sand gehockt, um die vergrößerten Fotos der Felsen zu betrachten und sich genau zu überlegen, wo er weitermalen mußte. Dabei hatte er den mehrmals aufheulenden Motor eines Wagens gehört, der im ersten Gang herangekrochen kam und sich den Felsen näherte. Er hatte die Leiter zusammengeklappt und versteckt. Danach hatte er sich selbst verkrochen. Aber als er nach einer Weile Stimmen gehört hatte, war er bis zu einer Stelle hinaufgeklettert, von der aus er alles hatte beobachten können.

»Ich hab' drei Leute gesehen. Sie hatten ihr Fahrzeug, irgendeinen Geländewagen, hinter ein paar Wacholderbüschen abgestellt. Von dem Auto war nur das Dach zu sehen. Und die drei sind auf die Felsen zugekommen. Nicht auf die Stelle, wo ich war, sondern mehr nach Westen. Zuerst hab' ich an einen Mann und zwei Frauen gedacht, weil der eine viel größer als die beiden anderen war. Aber als sie dann näher kamen, hab' ich gesehen, daß der eine ein ganz dürrer alter Mann war.«

»Ashie Pinto?«

»Ja«, bestätigte Taka Ji. »Nachdem er verhaftet worden war, hab' ich sein Bild in der *Farmington Times* gesehen.«

»Und die beiden anderen? Hast du die auch erkannt?«

Der Junge schüttelte den Kopf.

»Würdest du die beiden wiedererkennen, wenn sie dir noch mal begegnen würden?«

»Vielleicht einen von ihnen. Den großen Mann. Den hab' ich besser gesehen. Bei dem dritten bin ich mir nicht ganz sicher.«

»Aber es war eine Frau?«

»Das ist schwer zu sagen. Vielleicht hab' ich das nur wegen der Größe gedacht. Nachträglich tippe ich eher auf einen Mann. Mit dunklem Filzhut, langer Wanderjacke und Jeans.« Taka machte eine Pause und zog eine ratlose Miene. Seine Tante ermahnte ihn auf vietnamesisch.

»Okay«, sagte er. »Danach sind sie zwischen den Felsen verschwunden. Ich bin erst mal geblieben, wo ich war. Aber ich wollte natürlich weg, weil niemand erfahren sollte, was ich dort gemacht hatte.« Er hielt wieder inne, sah zu Mrs. Ha hinüber und murmelte zögernd etwas auf vietnamesisch.

Sie nickte lächelnd, beugte sich zu ihm hinüber und tätschelte sein Knie.

»Er hat befürchtet, die Leute würden sein Unternehmen für albern halten«, warf Janice Ha ein. Ihr Gesichtsausdruck zeigte, daß sie die Auffassung ihres Cousins teilte. Die Leute hätten es für albern gehalten.

»Dann hab' ich mir überlegt, daß sie mich vielleicht wegfahren sehen würden. Ich hab' den Wagen immer unten im Arroyo abgestellt, wo ihn niemand sehen konnte, aber beim Wegfahren hätten sie mich sehen müssen. Darum wollte ich abwarten, bis die drei wieder weg waren.« Taka machte erneut eine Pause.

»Weiter!« forderte Janice ihn auf. »Erzähl uns, was passiert ist!« Sie sah zu Chee hinüber. »Davon haben wir nichts gewußt. Das hätte er der Polizei sagen müssen.«

Taka schüttelte den Kopf. »Mein Vater hat mich angewiesen, niemandem davon zu erzählen. Er hat gesagt, seiner Ansicht nach sei das ein Fall, aus dem man sich lieber raushalten sollte. Er wollte, daß ich meinen Mund über die Sache halte.«

»Aber jetzt mußt du reden«, sagte seine Cousine. »Los, rück endlich raus mit der Sprache!«

»Ich war neugierig und hab' mich entschlossen, den dreien nachzuklettern, um sie beobachten zu können. Ich kenne diese Felsen jetzt wirklich gut – oder zumindest den Teil, wo ich gearbeitet habe. Dort gibt's massenhaft Schlangen. Sobald es kälter wird, ziehen sie sich dorthin zurück, weil diese schwarzen Felsen selbst im Winter nie ganz auskühlen, und die Feldmäuse kommen auch dorthin. Normalerweise jagen die Schlangen nachts, weil Beutelratten und kleine Mäuse dann auf Nahrungssuche gehen, aber die Winternächte sind kalt, und da Schlangen Kaltblütler sind, bleiben sie in ihren Löchern, sobald die Temperatur unter...«

Taka schien zu merken, daß sein biologischer Exkurs seine Cousine ungeduldig machte.

»Ich weiß jedenfalls«, sagte er hastig, »wo ich mich bewegen kann, ohne von Schlangen gebissen zu werden. Ich bin also hinter den dreien hergeschlichen und hab' nach kurzer Zeit ihre Stimmen gehört. Sie waren über mir in den Felsen. Während es dunkel wurde und das Gewitter aufzog, bin ich ihnen weiter nachgeklettert. Und dann hab' ich auch den Alten wieder gesehen. Er war nicht mit den beiden anderen weitergeklettert, sondern hatte sich unter einem Baum niedergelassen. Ich hab' ihn länger beobachtet, aber er saß einfach nur da und hat ab und zu aus seiner Flasche getrunken.

Ich hab' mir überlegt, daß ich – falls der Alte betrunken wäre – zum Arroyo runterschleichen könnte, sobald es noch etwas dunkler geworden wäre, um meinen Wagen zu holen und mich aus dem Staub zu machen.

Ich hab' einfach dagesessen und gewartet. Nach einiger Zeit haben die beiden, die weitergeklettert waren, laut durcheinandergerufen. Es klang richtig aufgeregt. Darum hab' ich geglaubt, sie hätten ein paar Schlangen aufgestöbert.«

Taka Ji sah zu seiner Tante, zu Janice und zuletzt zu Chee hinüber. Er räusperte sich.

»Dann hab' ich einen Schuß gehört«, sagte er. »Und dann bin ich abgehauen, hab' den Wagen geholt und bin heimgefahren.«

Er sah sich erneut um. Sein Bericht war beendet. Nun wartete er auf Fragen.

Janice Ha starrte ihn verblüfft an. »Einen Schuß? Hast du deinem Vater davon erzählt? Das hättest du der Polizei melden müssen!«

Mrs. Ha fragte ihre Tochter etwas auf vietnamesisch, erhielt eine Erklärung und antwortete darauf. Dann sagte Janice hörbar verärgert auf englisch: »Das ist mir völlig egal! Wir leben jetzt in Amerika.«

»Von woher ist der Schuß gekommen?« wollte Chee wissen.

»Irgendwoher aus den Felsen. Aus der Richtung, aus der vorher die Stimmen gekommen waren. Ich hab' gedacht, einer der beiden hätte auf eine Schlange geschossen.«

»Nur ein Schuß?«

»Einer«, bestätigte Taka.

»Bist du noch dort gewesen, als Officer Nez eingetroffen ist?«

»Ich hab' seinen Wagen gehört. Westlich der Felsen verläuft ein Fahrweg. Auf dem ist er näher gekommen. Genau auf uns zu.«

»Hatte er die Sirene eingeschaltet? Und das Blaulicht?«

»Nein, aber ich hab' gleich erkannt, daß es ein Streifenwagen war. Da hab' ich gewußt, daß es Zeit war, schnell zu verschwinden. Deshalb bin ich abgehauen, hab' meinen Wagen aus dem Arroyo geholt und bin heimgefahren.«

»Erinnerst du dich, wie du mir begegnet bist?«

»Das hat mir angst gemacht«, gab Taka zu. »Ich hab' gesehen, wie Sie mir mit Eiltempo entgegenkamen.« Er machte eine Pause. »Ich hätte anhalten sollen. Ich hätte Ihnen von dem Schuß erzählen sollen.«

»Das hätte keinen Unterschied gemacht«, behauptete Chee, obwohl er im stillen dachte, daß der Junge seinem Vater so vielleicht das Leben hätte retten können.

Mrs. Ha beobachtete sie und hörte aufmerksam zu. Chee hatte den Verdacht, daß sie besser Englisch konnte, als sie vorgab.

»Ich möchte, daß du mir den Weg erklärst«, forderte Chee ihn auf. »Draußen in meinem Wagen habe ich eine genaue Karte. Ich möchte, daß du die Stelle markierst, wo diese Leute in den Felsen herumgestiegen sind.«

Taka Ji nickte.

Mrs. Ha sprach Chee direkt auf vietnamesisch an und wartete dann auf die Übersetzung durch ihre Tochter.

»Sie sagt, daß wir in Vietnam ein Sprichwort haben...« Janice zögerte. »Ich weiß nicht genau, wie dieses Tier im Englischen heißt. Ah, jetzt fällt's mir ein! Dieses Sprichwort besagt, daß das Schicksal mit Menschen so sanft umspringt wie ein Mungo mit Mäusen.«

Chee nickte zustimmend. »Sie können Ihrer Mutter sagen«, erklärte er Janice Ha, »daß wir Navajos ein ähnliches Sprichwort haben. Wir sagen: ›Kojote lauert ständig dort draußen, und Kojote ist immer hungrig.‹«

☆

Als sich die Aufzugtür öffnete, war auf einen Blick klar, daß sich das Gericht zur Mittagspause vertagt hatte. Im Flur vor den Aufzügen wimmelte es von Menschen. Janet Pete kam auf ihn zugehastet. Sie betraten den Lift gemeinsam mit etwa dreißig weiteren Bürgern.

»Ich habe den jungen Ji gefunden«, erklärte Chee ihr. »Ich komme gerade von ihm.« Dann berichtete er, was Leaphorn herausbekommen hatte – daß Taka Ji der geheimnisvolle Felsenmaler gewesen war, und daß er sich in der Tatnacht draußen in den Felsen herumgetrieben hatte.

»Als nächstes erzählst du mir bestimmt, daß du jetzt deinen Zeugen gefunden hast. Daß der Junge beobachtet hat, wie Delbert Nez von Ashie Pinto erschossen worden ist.«

Janet stand in dem überfüllten Aufzug seitlich gegen ihn gedrückt. Chee konnte lediglich ihren Scheitel und den Ansatz einer Wange sehen. Aber er wußte auch so, daß ihr die Enttäuschung ins Gesicht geschrieben stand. Er merkte es an ihrem Tonfall.

»Nein«, widersprach Chee. »Eigentlich...« Ein nach Old Spice riechender Dicker mit einem Aktenkoffer lehnte sich so fest gegen seine Hand, daß Chee unwillkürlich tief Luft holte. Nachdem er die Hand vorsichtig befreit hatte, streckte er sie über den Köpfen hoch und zog es vor, lächerlich zu wirken, statt nochmals Schmerzen zu riskieren.

»Eigentlich wollte ich dir sagen, daß ich möglicherweise den Falschen verhaftet habe. Könntest du den Prozeß verschieben lassen? Wenigstens ein paar Tage?«

»Was?« fragte Janet so laut, daß das Stimmengewirr um sie herum hörbar leiser wurde. »Wir sollten hier nicht über den Fall reden«, stellte sie fest. Aber dann flüsterte sie: »Was hat er gesehen?«

»Vor Nez' Eintreffen waren drei Leute in den Felsen. Der Alte und zwei weitere Personen. Vielleicht zwei Männer, vielleicht ein Mann und eine Frau.«

Janet hatte es geschafft, sich im Gedränge um etwa 45 Grad zu drehen, und sah jetzt zu ihm auf. Ihr Gesicht war ein einziges Fragezeichen.

»Er hat ausgesagt, daß Pinto unter einem Baum im Gras gesessen und aus einer Flasche getrunken hat«, fuhr Chee halblaut fort. »Die beiden anderen sind in die Felsen hinaufgeklettert. Er hat sie laut herumpalavern gehört, und danach ist ein Schuß gefallen. Taka dachte, sie hätten eine Klapperschlange erlegt. Erinnerst du dich an die?«

Janet machte ein angewidertes Gesicht. Sie erinnerte sich nur allzu gut an sie.

»Dann hat er Nez' Streifenwagen gesehen und ist abgehauen.«

Chee zog das Kinn an, um seinen Blick auf sie richten zu können. Er war sich ihres dezent aufgelegten Parfüms, ihrer gegen ihn gepreßten Hüfte und ihres nach Hochlandluft und Sonnenschein duftenden Haars bewußt. Jetzt konnte er ihr Gesicht sehen. Aber ihren Gesichtsausdruck konnte er nicht deuten. Er verwirrte ihn.

»Glaubst du, das könnte beweisen, daß du den Falschen verhaftet hast? Daß es Hosteen Pinto nützt?«

»Ob es Hosteen Pinto nützt? Aber natürlich! Einer von den dreien hatte einen Revolver – oder zumindest irgendeine Schußwaffe – bei sich. Und soviel der Junge sehen konnte, hatte Pinto bloß eine Flasche bei sich. Klar nützt ihm das! Es weckt angebrachte Zweifel. Findest du nicht auch?«

Janet Pete schlang impulsiv beide Arme um Chee und drückte ihn an sich.

»Ah, Jim«, sagte sie. »Jim!«

Chee, der weiter seine verbundene Hand hochhielt, brauchte einige Sekunden, um zu begreifen, daß sie jetzt bestimmt von allen anderen Fahrgästen angestarrt wurden. Aber dann merkte er, daß ihm das vollkommen egal war.

22

Taka Ji hatte Chees Landkarte ebenso präzise markiert, wie er seine romantische Botschaft an Jenifer Dineyahze geplant hatte. Chee erreichte die Felsformation ohne Umweg und fand die Stelle im benachbarten Arroyo, wo Taka den Jeepster seines Vaters abgestellt hatte. Er kletterte aus dem Pickup, blieb einen Augenblick neben dem Wagen stehen, streckte seine Muskeln und hielt Ausschau nach der günstigsten Aufstiegsroute.

Irgendwo zwischen diesen schwarzen Felsen befand sich etwas, das Professor Tagert suchte – mit ziemlicher Wahrscheinlichkeit das Skelett Butch Cassidys. Und etwas, das Redd dazu veranlaßt hatte, eine Übersetzung zu verändern, um Tagert irrezuführen; irgend etwas, veranlaßt hatte, sich einer Zeremonie zur Abwehr von Hexenzauber zu unterziehen. Irgendwo dort oben hatten damals vermutlich zwei weiße Banditen den Tod gefunden. Und irgendwo dort oben hatte Taka Ji letzten Monat gehört, wie jemand auf eine Schlange oder vielleicht auf einen anderen Menschen oder vielleicht bloß in die Luft geschossen hatte.

Seitdem Chee am frühen Nachmittag von Albuquerque losgefahren war, hatte er sich einen Wettlauf mit Wetter und Sonnenstand geliefert. Bereits weit im Süden, wo der Highway 44 das Jicarilla-Reservat erreichte, war ihm aufgefallen, wie düster der Horizont im Nordwesten war.

»Diesmal haben wir es mit einem langsam heranziehenden Sturm zu tun, der erhebliche Schneemengen bringen könnte«, hatte Howard Morgan auf Kanal sieben angekündigt. »Sollte sich der Strahlstrom jedoch nach Norden verlagern, wird der Niederschlag New Mexico höchstwahrscheinlich nur streifen.«

Tatsächlich war der Sturm langsam weitergezogen – erheblich viel langsamer als Chee, der seinen Pickup illegaler- und unvernünftigerweise auf leichtsinnige achtzig Meilen die Stunde gebracht hatte. Trotzdem war der Himmel zu zwei Dritteln mit dunklen Sturmwolken bedeckt, als Chee die Huerfano Mesa hinter sich ließ, und in der Luft lag Schneegeruch.

Diesen feuchtkalten Geruch hatte Chee in der Nase, als er jetzt neben seinem Pickup stand und seinen Blick über die rauhe Felslandschaft schweifen ließ. Die Sonne berührte fast den Horizont und leuchtete durch einen schmalen Spalt, der im Westen zwischen Erde und Wolken verblieben war. In ihrem Licht sahen die Grate und Gesteinsspalten noch zerklüfteter als sonst aus. Von seinem jetzigen Standort aus schienen Dutzende von Wegen durch die Felsen nach oben zu führen. Aber die meisten davon würden an unüberwindbaren Lavawänden enden.

Er fand schwache Spuren Taka Jis, die der nächtliche Regen nicht fortgewaschen hatte, und folgte ihnen, begünstigt durch den momentanen Stand der Sonne. Dann entdeckte er weitere Fährten, unter denen sich klar erkennbare Abdrücke von Cowboystiefeln mit hohen Absätzen befanden. Sie führten ins Malpais hinauf.

Aus Chees Sicht führten sie ins *Tse A'Digash* hinauf. Diesen Ausdruck, der einen Hexentanzplatz bezeichnete, hatte Hosteen Pinto gebraucht. Das war ein Aspekt, der bedacht werden mußte. Ebenfalls zu bedenken waren die zahlreichen Klapperschlangen, die mit der ersten Herbstkälte hierher gekommen sein würden, um die letzten warmen Tage zwischen den Felsen zu genießen, bevor ihr Winterschlaf begann. Möglicherweise hielten sie sogar schon ihren Winterschlaf. Aber Chee glaubte nicht recht daran.

Die Medizinmänner hatten sorgfältig auf solche Dinge geachtet. Und sie hätten um diese Jahreszeit keine jener Heilungszeremonien angesetzt, die nur dann stattfinden konnten, wenn die Schlangen fest schliefen. Andererseits jagten Schlangen keine Menschen, sondern Beutetiere, die klein genug waren, um verschlungen zu werden. Aber Schlangen konnten Menschen beißen, von denen sie sich bedroht fühlten. Mit diesem Wissen – und im Bewußtsein, daß dieser Ort als Hexentanzplatz berüchtigt war – bewegte sich Chee vorsichtig weiter.

Die erste Route, für die er sich entschied, endete in einer mit Geröll angefüllten Spalte. Nachdem er eine schwierige Steilstufe überwunden hatte, führte die zweite höher und höher hinauf. Das nachlassende Sonnenlicht beleuchtete die Felsen vor ihm nicht mehr, aber er kam verhältnismäßig mühelos voran. Offensichtlich wurde dieser Pfad seit vielen Jahren von Menschen und Tieren benutzt. Hier war ein Kaktus durch einen unbedachten Schritt abgeknickt worden, aber im Laufe der Zeit wieder zusammengewachsen; dort war ein Grasbüschel unter dem Druck eines Fußes verschoben worden. An einigen regengeschützten Stellen entdeckte Chee frische Fußabdrücke. Spuren der hochhackigen Stiefel waren nirgends mehr zu finden. Diese Stiefel mußte Ashie Pinto getragen haben. Der Alte war zu klug gewesen, um sich hierher zu wagen. Pinto hatte sich mit seiner Flasche unter einen Baum gesetzt, anstatt das Schicksal herauszufordern. Aber Kojote hatte ihm auch dort aufgelauert.

Chee befand sich schon hoch in den Felsen, als er die erste Schlange sah: eine verhältnismäßig kleine Präriekklapperschlange, die vor ihm über den Weg kroch, als er um eine Ecke zwischen schulterhohen Felsblöcken bog. Chee hielt inne. Die Schlange auch. Sie rollte sich zusammen, aber ihre Bewegungen waren lethargisch. Er trat einige Schritte zurück, damit das Reptil seinen Geruch weniger stark wahrnahm. Als er einige Augenblicke später um die Ecke sah, war die Klapperschlange verschwunden.

Chee nahm sich die Zeit, die Schlängelspur des Reptils im Sand mit seiner Stiefelspitze zu verwischen. An den Grund für dieses Verhalten konnte er sich nicht erinnern; er wußte nur, daß es zu der langen Litanei von Tabus und ihren Gegenmaßnahmen gehörte, die seine Großmutter ihn gelehrt hatte – eine kleine Gefälligkeit gegenüber Big Snake.

Keine fünfzig Fuß weiter fand er die Stelle, die er gesucht hatte.

Irgendwann in grauer Vorzeit war in unter hohem Druck emporquellendem Magma ein waagerecht verlaufener Riß entstanden, dessen verwitterte Basaltwände jetzt unter Flechten verschwanden. Am breiteren Ende dieses Risses war eine Magmablase geplatzt, so daß eine kleine Höhle zurückgeblieben war. In unzähligen Jahren waren Sand, Staub und organisches Material direkt vom Wind hereingetragen oder von den Felsen herabgewaschen worden, und so war eine Humusschicht entstanden, in der Büschel- und Nadelgras wuchs, wenn von oben genug Wasser nachsickerte. Am vorderen Rand dieser ebenen Fläche erkannte Chee die verwitterten Überreste eines Sattels.

Er blieb stehen und sah sich um.

Selbst aus einigen Metern Entfernung waren im weichen Boden vor ihm Fußabdrücke zu erkennen. Dann hörte er ein leises Scharren. Oder bildete sich ein, es gehört zu haben. Als Chee aus seinem Wagen gestiegen war, hatte ein leichter Wind geweht. Nun war er jedoch abgeflaut und einer völligen Windstille gewichen, wie sie häufig unmittelbar vor den ersten Schneeflocken auftrat.

Hatte er etwas gehört? Wahrscheinlich war er nur nervös – wegen der Nähe von Hexen. Hexen. Dabei mußte er an Joe Leaphorn denken, der Hexenglauben mit Aberglauben gleichsetzte. Chee hatte gelernt, anders mit ihnen umzugehen: Er sah ihre Darstellung in der überlieferten Mythologie als Metaphern. Manche zogen es vor, vom Weg des Volkes abzuweichen; manche zogen Inzest, Mord und materiellen Reichtum der Harmonie und Ordnung des Navajoweges vor. Chee wußte, daß sie unabhängig von ihrer Bezeichnung existierten. Und er wußte, daß sie gefährlich waren.

Jetzt lauschte Chee und hörte fast nichts. Irgendwo außer

Sicht trillerte eine Lerche im Sopran ihre Lerchentonleiter. Unter ihm in der Nähe des Arroyo, in dem sein Pickup stand, stritten sich Krähen. Er hörte nichts, was seine Nervosität hätte rechtfertigen können.

Die jetzt knapp unter dem Horizont stehende Sonne färbte die Unterseite der Sturmwolken weit im Westen leuchtendgelb und über Chees Kopf altrosa. Reflektiertes Licht übergoß die Landschaft mit einem schwachroten Schimmer, der die Sicht tückisch verschlechterte. Chee wußte, daß er keine Zeit verlieren durfte.

Er trat an dem alten Sattel vorbei in den Felsspalt – und blieb erneut stehen.

Als erstes sah er den Hut. Flugsand hatte ihn größtenteils zugedeckt, aber ein Stück Krempe und fast die ganze Krone waren noch sichtbar. Offenbar ein uralter Hut aus einst schwarzem Filz, der jetzt zu fleckigem Grau ausgebleicht war. Dahinter sah er ein Hosenbein und einen Stiefel, ebenfalls zum größten Teil unter Flugsand begraben.

Chee holte tief Luft und atmete ganz langsam aus, um seine flatternden Nerven zu beruhigen. Hosteen Pinto hatte offenbar doch recht gehabt. Vor langer Zeit war hier ein Mann gestorben. Noch einen Augenblick, dann würde er den zweiten Toten suchen. Das hatte durchaus keine Eile. Wie die meisten traditionell denkenden Navajos mied Chee jeglichen Kontakt mit Toten so bewußt, wie ein orthodoxer Jude oder Mohammedaner einen Schweinebraten gemieden hätte. Sie waren tabu. Sie machten krank.

Aber es gab auch Heilungszeremonien für solche Erkrankungen, wenn sie sich nicht vermieden ließen. Chee bewegte sich weiter, um einen Blick auf die Leiche zu werfen.

Der Mann, der die Hose trug, lag größtenteils weit unter einem Felsüberhang – als habe er als Sterbender Schatten gesucht. Auch jetzt noch schützte ihn dieses Felsdach vor Wind und Wetter. Aber die alles austrocknende Hitze hatte ihn in eine zusammengeschrumpfte Mumie verwandelt, die in verblichene Kleidungsstücke gehüllt war.

Irgendwo müßte ein zweiter Toter liegen, dachte Chee. Er fand ihn in der anschließenden kleinen Höhle.

Auch dieser größere Mann war von der trockenen Hitze teilweise mumifiziert worden. Das Gesicht war mit seinem Hut bedeckt, aber unter der Krempe sah Chee einen langen, grauweiß ausgebleichten Schnauzbart. Die Lage dieses Toten war verändert worden, indem ihn jemand über den Sand gezerrt hatte. Er trug noch seinen Revolvergurt, aber das Halfter war leer. Dies schien Professor Tagerts berühmter Butch Cassidy zu sein. Tagerts Rache an seinen Widersachern.

Chee betrachtete den Toten. Ein Teil seiner Weste fehlte, und andere Kleidungsstücke waren zerrissen, als er unter den schützenden Felsen hervorgezerrt worden war. Vielleicht war das völlig verrottete Gewebe auch von selbst zerfallen. Oder vielleicht hatte jemand – Professor Tagert? – Mr. Cassidys Taschen durchsucht, um einen Identitätsnachweis zu finden.

War Tagert hier gewesen? Er mußte eine der beiden Personen gewesen sein, die Taka Ji beobachtet hatte. Chee suchte nach Fährten, die überall zu finden waren. Die Spuren zweier Menschen. Spitz zulaufende Cowboystiefel, etwa Größe zehn, und erheblich kleinere Wanderschuhe mit Profilgummisohlen.

Wo waren ihre Satteltaschen? Einer der beiden war stark genug gewesen, um seinen Sattel mitzunehmen. Folglich würde er auch die Satteltaschen mitgebracht haben. Chee sah sich nach einem möglichen Versteck dafür um.

Der kleine Felsabsatz hinter dem Toten – an sich der logischste Aufbewahrungsort – war leer. Dann fiel ihm ein tiefer Felsspalt etwa in Schulterhöhe auf. Chee warf einen vorsichtigen Blick hinein, denn ein Spalt dieser Art war ein idealer Ruheplatz für eine Schlange. Tatsächlich hatte sich darin eine ausgewachsene Rautenklapperschlange zusammengerollt.

Links neben der Klapperschlange, wo der Spalt etwas tiefer war, erkannte Chee graubeige verfärbtes altes Segeltuch. Dort hatte jemand eine Satteltasche hineingeschoben. Wenn er das Risiko einging, dabei die Schlange zu reizen, ließ sie sich bestimmt herausangeln.

Chee sah sich nach einem geeigneten Stock um und gab sich dann mit einem Ast zufrieden, den er von einem überhängenden Wacholder abbrach.

»*Hohzho*, Hosteen Schlange«, sagte Chee. »Friede. Lebe in Harmonie mit allem, was dich umgibt.« Er steckte seinen Ast in den Felsspalt. »Nur keine Aufregung. Ich will dich nicht stören.«

Er konnte die Tasche erreichen, ohne seine Hand in Reichweite der Schlange bringen zu müssen. Aber die Satteltasche steckte fest und ließ sich nicht bewegen.

Die Schlange prüfte die Luft mit ihrer Zunge, witterte den Menschen in ihrer Nähe und rollte sich anders zusammen. Ihre Schwanzspitze wurde sichtbar. Sie begann zu klappern.

»*Hohzho*«, sagte Chee beruhigend. Er zog Hand und Ast zurück und sah sich nach einem geeigneteren Werkzeug zur Bergung der Satteltasche um.

Dabei fielen ihm die Schleifspuren auf.

Sie waren ganz frisch. Links von ihm war etwas Großes und Schweres über den sandigen Boden und zwischen die Felsen gezerrt worden.

Chee ging den Spuren nach. Er bog um die Ecke.

Dort stand William Odell Redd. In der Hand hielt er einen großkalibrigen Revolver, mit dem er mehr oder weniger auf Chees Knie zielte. Und vor Redds Füßen lag die Leiche eines kleinen Mannes – auf dem Rücken, als habe Redd ihn an den Schultern gepackt, um ihn wegzuschleppen.

»Ich wollte, Sie wären nicht hierher zurückgekommen«, sagte Redd.

Ich auch! dachte Chee. Aber er fragte: »Was haben Sie hier zu suchen?«

»Ich wollte ein paar Sachen holen, die mir gehören«, antwortete Redd. »Ich habe vermutet, daß Sie kommen würden. Ich wollte rechtzeitig vor Ihrem Eintreffen verschwinden.«

»Ich nehme an, Sie haben einen Tip von Jean Jacobs gekriegt«, sagte Chee.

»Eine großartige Frau«, stellte Redd fest. »Wirklich!«

»Ganz mein Eindruck.«

Redd blickte auf Tagert hinab. »Er hat sie wie ein Stück Dreck behandelt«, sagte er. »Er hat alle wie Dreck behandelt. Dieser Schweinehund!«

»Haben Sie ihn deshalb erschossen?«

»Nein«, antwortete Redd, ohne den Professor aus den Augen zu lassen. »Ich hätt's wahrscheinlich tun sollen. Schon viel früher.«

Chee betrachtete den Revolver. Die Waffe schien etwa hundert Jahre alt zu sein. Vermutlich stammte sie aus dem Halfter des toten Banditen, der sich vielleicht als Butch Cassidy erweisen würde. Wichtig war jetzt nur, ob sie funktionieren würde oder nicht. Der Revolver sah alt und staubig aus. Aber nicht verrostet. Und sein Hammer war gespannt. Nachdem es möglich gewesen war, ihn zurückzuziehen, würde er auch wieder nach vorne schnellen. Kräftig genug, um eine Patrone zu zünden? Schon möglich. Waren die Patronen nach so vielen Jahren noch brauchbar? Das erschien zweifelhaft, aber in diesem trokkenen Klima hielt sich fast alles.

Taka Ji hatte hier oben einen Schuß gehört. Aus dem Revolver? War Professor Tagert damit erschossen worden? Chee fiel es schwer, an etwas anderes zu denken, als daran, was Redd wohl mit der Waffe vorhatte. Aber er wagte nicht, ihn danach zu fragen.

Es hatte zu schneien begonnen. Kleine trockene Flocken schwebten heran, hingen in der Luft und lösten sich auf. Chee merkte, wie sein Verstand merkwürdig arbeitete. Er hatte herausbekommen, warum Oberst Ji erschossen worden war – auch wenn das im Augenblick nicht gerade die wichtigste Frage war. Janet und er hatten bei Redd im Zusammenhang mit dem Mordfall Nez darüber gesprochen, daß Jis Wagen in der Nähe des Tatorts gesehen worden sei. Auch Redd mußte ihn in dieser Nacht gesehen und angenommen haben, es gebe einen Zeugen für die Ermordung Tagerts. Sobald er die Identität dieses vermeintlichen Zeugen von ihnen erfahren hatte, mußte er nach Shiprock gefahren sein und Ji erschossen haben. Aber er hatte den Falschen ermordet. Andererseits gab es keinen Richtigen. Auch Taka Ji hatte den Mord nicht beobachtet.

Dann erkannte Chee plötzlich, inwiefern ihm dieses Wissen nützlich sein konnte – wenn er die Sache geschickt anpackte.

»Haben Sie in dieser Nacht den Jungen hier oben gesehen?« fragte er. »Den Jungen, der die Felsen angemalt hat?«

»Welchen Jungen?« Redd sah ihn überrascht an.

»Einen Jungen von der Shiprock High School«, sagte Chee. »Er hat Ihren Wagen dort unten gesehen. Er hat Sie mit Pinto und...« Chee warf einen Blick auf den Ermordeten. »...dem Professor gesehen. Seiner Aussage nach sind Sie zu zweit hier heraufgeklettert. Ohne Pinto. Ihm zufolge ist er unten geblieben und hat sich der Flasche gewidmet.«

Redd war sichtlich betroffen. »Es war der Mathe-Lehrer!« behauptete er. »Nicht irgendein Junge!«

»Da haben nicht nur Sie sich getäuscht. Aber es war nicht der Mathe-Lehrer, sondern ein Schüler von der Shiprock High School.«

»Ach, Scheiße!« murmelte Redd. »Ach, Scheiße!« Er lehnte sich an den Felsen. »Dann muß ich jetzt wohl doch damit rechnen, daß Sie mir auf der Spur sind.«

»Am besten stellen Sie sich der Polizei«, riet Chee ihm.

Aber Redd hörte nicht zu. Er schüttelte den Kopf. »Merkwürdig«, sagte er. »Eigentlich verrückt, wie alles angefangen hat...«

»Wie denn?«

»Ich hatte bloß vor, den alten Hundesohn um einen Tausender zu erleichtern. Nur wegen der ganzen Überstunden, die er mir nie bezahlt hat.«

»Indem Sie ihm einen Teil der Übersetzung vorenthalten haben?« fragte Chee. »Sie wußten, daß er auf der Suche nach dieser Stelle war. Und auf der Suche nach den beiden toten Cowboys – oder wer immer diese Männer sein mögen.«

»Butch Cassidy«, antwortete Redd geistesabwesend. »Yeah, diesen Teil der Geschichte habe ich ausgelassen. Den Teil mit der Wegbeschreibung. Dann habe ich Tagert erzählt, daß ich die Stelle finden könnte, weil ich Navajo spreche und mit den Leuten reden kann. Er hat mir fünfhundert Dollar Vorschuß gegeben.«

Redd sah zu Chee auf und lachte.

»Diese Felsformation hatte ich bald gefunden. Nach Pintos genauen Angaben war das nicht weiter schwierig. Aber diese

Stelle hier habe ich nicht finden können. Daraufhin hat der Schweinehund sein Geld zurückverlangt. Aber dann kam ich auf die Idee, den alten Pinto zu engagieren. Als Hellseher, wissen Sie. Soviel ich gehört habe, klappt das manchmal – vor allem, wenn der Schamane mehr weiß, als er zu erzählen bereit ist.«

»Pinto hat diese Stelle also gefunden?«

»Wir haben ihn hierhergebracht. Er hat in seine Kristalle geschaut. Er hat sie auf den Boden gelegt und mit Blütenstaub besprenkelt, ein paar Beschwörungsformeln gemurmelt, in die Kristalle geblickt und uns den Weg hierher erklärt. Anfangs hat er sich ziemlich vage ausgedrückt, aber Tagert hat ihm Whiskey aufgedrängt. Dann ist er gleich gesprächiger geworden.«

»Warum haben Sie Tagert erschossen? Wollte er die restlichen fünfhundert Dollar nicht herausrücken?«

Redd starrte ihn an. »Sie haben gesagt, daß der Junge gesehen hat, wie ich Tagert erschossen habe? Das stimmt doch, nicht wahr?«

Chee nickte wortlos.

»Sie Dreckskerl!« sagte Redd. »Nein, das hat er nicht.« Er lachte. Erleichtert. Geradezu entzückt.

»Wie meinen Sie das?«

»Damit meine ich, daß ich den Hundesohn nicht umgebracht habe. Ich habe Tagert nicht erschossen. Folglich kann der Junge das auch nicht gesehen haben. Ich möchte wetten, daß er überhaupt nichts gesehen hat!«

»Er hat Sie gesehen«, sagte Chee, aber Redd hörte nicht zu.

»Hmmm, vielleicht klappt doch noch alles«, sagte Redd halb zu sich selbst. Er stieg über den Toten hinweg und sah auf ihn herab.

»Aber ich will Ihnen trotzdem verraten, warum ich ihn hätte erschießen sollen. Nicht wegen lausiger fünfhundert Dollar.« Er stieß Tagerts Schulter mit einer Stiefelspitze an. »Es ging um viel mehr Geld.«

Der Revolver war jetzt direkt auf Chee gerichtet, und Redd beobachtete ihn über die Waffe hinweg.

»Was wissen Sie von dem Raubüberfall, wegen dem diese beiden Banditos in die Berge flüchten mußten?«

»Es war ein Postraub, soviel ich weiß. Oben in Utah, stimmt's?« fragte Chee. In Wirklichkeit fragte er sich jedoch, was Redd mit seiner Behauptung meinte, Tagert nicht erschossen zu haben. Wer sonst sollte der Täter gewesen sein?

»Richtig«, bestätigte Redd. »Viel Geld haben sie nicht erbeutet – und zum größten Teil wieder verloren, weil der dritte Mann damit vom Pferd geschossen worden ist. Aber der Zug sollte die kleinen Postämter entlang der Strecke mit Briefmarken versorgen. Sie hatten nur zwanzig bis dreißig Silberdollar und ein paar goldene Fünfdollarstücke in ihrer Satteltasche. Aber auch mindestens ein Dutzend Briefmarkenpäckchen. Wissen Sie, was das bedeutet?«

Chee erinnerte sich an den Briefmarkenkatalog, den er bei Redd gesehen hatte.

»Vermutlich eine Menge Geld«, sagte er.

»Richtig, sogar verdammt viel Geld! Dutzende von Bögen mit postfrischen Briefmarken aller Art. Ich bin kein Philatelist, aber ich habe einige der Preise nachgeschlagen. Zum Beispiel bringt ein Viererblock der Fünf-Cent-Marke mit William McKinley mindestens vierhundert Dollar. Ein Viererblock der Zehn-Cent-Marke zur Erinnerung an den Kauf Louisianas ist sogar achthundert Dollar wert. Manche dieser Ein-Cent-Marken würden über hundert Dollar pro Stück bringen. Ich habe noch nicht alles zusammengezählt, aber wir reden hier von drei- bis vierhunderttausend Dollar!«

»Ein Haufen Geld«, bestätigte Chee, der jedoch andere Dinge im Kopf hatte. Würde der alte Revolver, mit dem Redd ihn bedrohte, noch losgehen? Wie sollte er hier bloß lebend rauskommen, verdammt noch mal? Und er war offenbar nicht beeindruckt genug gewesen.

»Für Sie ist das wahrscheinlich nicht viel, weil Sie einen sicheren Job haben«, sagte Redd, »aber für jemanden, der sich durch sein Studium hungert, ist das ein verdammter Haufen Geld. Endlich ist Schluß mit der ständigen Pleite und der Sklavenarbeit für Dreckskerle wie diesen hier.«

»Womit hat's denn Probleme gegeben? Wollte Tagert den ganzen Fund für sich behalten?«

Redd lachte. »Auf Geld konnte er verzichten! Das hatte er schon. Ruhm und Ehre, das war's, worum's ihm ging! Und er wollte sich an den Kollegen rächen, die ihn seiner Ansicht nach verleumdet hatten. Nein, er wollte alles so lassen, wie ich's in seinem Auftrag entdeckt hatte, und seinen Fund den Behörden melden. Vor allem wollte er einen Sachverständigen des Postministeriums anfordern, der ihm amtlich bestätigen sollte, daß dieser Postsack mit diesem Inhalt damals aus dem Zug der Colorado and Southern geraubt wurde.«

»Ah, ich verstehe!« sagte Chee. »Er wollte eine eindeutige Verbindung zwischen diesen beiden Toten und der Identifizierung Cassidys als Posträuber. Das wäre dann der Sieg über die anderen Historiker gewesen.«

»Ich glaube, daß Tagert irgend etwas gefunden hat, mit dem er den Toten identifizieren konnte. Und er hat die Leiche abgemessen. Können Sie sich das vorstellen? Hat ihn so gerade wie möglich hingelegt und seine Größe gemessen. Er hat gesagt,

Cassidy sei einsfünfundsiebzig groß gewesen – genau so groß wie die Mumie mit dem Schnurrbart. Und er hat gesagt, Cassidy habe eine tiefe Narbe unter einem Auge und zwei weitere am Hinterkopf gehabt. Tagert hat behauptet, auch sie gefunden zu haben, aber die Mumie ist so verschrumpelt, daß ich selber nichts feststellen konnte.«

»Daß der Tote Cassidy ist, dürfte auch so eindeutig sein, finde ich. Wer wollte das Gegenteil beweisen?«

»Da kennen Sie die Historiker aber schlecht«, sagte Redd. »Und Tagert ist ein verdammt sturer Hund gewesen. Ich hab' ihm gesagt, daß die Post die Beute der Posträuber als ihr rechtmäßiges Eigentum zurückfordern würde. Der Nominalwert der Briefmarken beträgt ein paar hundert Dollar – wir hätten ein Vermögen eingebüßt.«

»Was hatten Sie vor?«

»Ich wollte teilen«, sagte Redd. »Einfach ehrlich teilen. Fifty-fifty. Das wäre fair gewesen. Schließlich hätte er diese Stelle ohne mich nie gefunden.«

Wie wär's mit je einem Drittel gewesen? dachte Chee. Schließlich war ja auch noch Ashie Pinto dabei. Ohne ihn hättest du überhaupt nichts gefunden. Laut fragte er jedoch: »Wie hat Tagert auf diesen Vorschlag reagiert?«

»Er hat bloß hämisch gegrinst und mir erklärt, als Honorar sei ein Tausender vereinbart, von dem mir noch fünfhundert Dollar zustünden.«

»Deshalb haben Sie ihn erschossen?«

»Ich hab' ihn nicht erschossen! Ich wollte die Satteltasche an mich reißen – und dabei hat sich rausgestellt, daß er einen Revolver in der Jacke hatte. Tagert hat mir gedroht, mich zu erschießen, wenn ich nicht alles unberührt ließe. Und wissen Sie was? Ich glaube sogar, daß er's getan hätte.«

Nur nicht widersprechen, dachte Chee. Weiterreden lassen! »Das würde mich nicht wundern – nach allem, was ich über ihn gehört habe.«

»Allerdings nicht!« bestätigte Redd hämisch lachend. »Und nun zur Ironie des Schicksals: Der alte Ashie hat Tagert erschossen.«

Natürlich – und Nez ebenfalls. Der alte, betrunkene Ashie Pinto als allzeit bereiter Sündenbock.

»Pinto?« fragte Chee jedoch. »Was soll daran eine Ironie des Schicksals sein?«

Nach dem ersten Flockenwirbel hatte der Schneefall wieder aufgehört. Jetzt begann er erneut, streifte Chees Wangen mit Schneeflocken und ließ sie um Redds Knie tanzen.

Redd hatte nachgedacht, nicht richtig zugehört. Er schien zu einem Entschluß gekommen zu sein. Jetzt machte er Chee mit seinem Revolver ein Zeichen.

»Her mit der Waffe!« forderte er ihn auf.

Chee zuckte mit den Schultern. »Keine Waffe«, antwortete er. »Ich bin nicht im Dienst.«

»Erzählen Sie keinen Scheiß«, sagte Redd. »Ihr Cops seid ständig bewaffnet.«

»Nein, das sind wir nicht. Im Augenblick bin ich krank geschrieben.« Er hielt seine verbundene linke Hand hoch. »Deswegen.«

»Doch, Sie haben eine Waffe«, behauptete Redd. »Los, an diesen Felsen. Nehmen Sie dazu Ihre gesunde Hand. Wir werden gleich sehen, ob Sie bewaffnet sind.«

»Keine Waffe«, wiederholte Chee – und das stimmte leider. Sein Dienstrevolver lag dort, wo er sich meistens zu befinden schien, wenn Chee ihn gebraucht hätte: im Handschuhfach seines Pickups.

Redd klopfte seine Taschen ab und überzeugte sich davon, daß Chee weder in seinen Hosenbeinen noch in seinen Stiefeln eine Waffe verborgen hatte.

»Okay«, sagte er dann. »Mir ist aufgefallen, daß Sie diese alte Donnerbüchse angestarrt haben. Vertrauen Sie lieber nicht auf ihr Versagen. Sie schießt noch – das hab' ich selbst ausprobiert.«

»Was haben Sie jetzt vor?« erkundigte Chee sich neugierig. »Sie haben niemanden erschossen. Weshalb stellen Sie sich nicht einfach?«

Redd war auf die Felsspalte zugetreten, in der er die Satteltasche versteckt hatte. Er bedrohte Chee weiter mit seinem Revolver, während er hineingriff, sich ans Gestein lehnte und das Segeltuch zu fassen versuchte. Ohne Chee aus den Augen zu lassen, grinste er spöttisch.

»Wozu sollte ich mich stellen?« fragte er. Dann grunzte er, weil seine Finger von der Satteltasche abrutschten. »Das verdammte Ding ist da drinnen festgeklemmt«, sagte Redd. »Ich wollte nicht, daß jemand zufällig hier raufkommt und die Tasche findet.«

»Warum haben Sie sie dann nicht mitgenommen?« erkundigte sich Chee. Seine Nerven waren zum Zerreißen gespannt. Sobald Redd die Satteltasche herauszog, war der Augenblick für einen Fluchtversuch gekommen. Von der Idee, einen Ausfall zu wagen, war er längst wieder abgekommen. Redd war mindestens fünfzehn Kilo schwerer und hatte zwei gesunde Hände.

»Wegen dem verdammten Streifenwagen. Erst war's Nez. Und jetzt Sie.« Redds Hand kam wieder leer zum Vorschein. »Ich hatte keine Zeit, große Überlegungen anzustellen. Ich wollte bloß weg von hier.«

»Wozu noch den Wagen anzünden?« fragte Chee mit gepreßter Stimme.

»Dieser verrückte Hundesohn«, sagte Redd, und Chee vermutete, daß er damit nicht Nez, sondern Pinto meinte. Er warf einen Blick in die Spalte, um die Entfernung abzuschätzen. »Ich hätte sie nicht so weit reinschieben sollen«, sagte er wie zu sich selbst. »Nez war bereits tot. Warum der Wagen brannte... Keine Ahnung, wie das passiert ist. Da ein Betrunkener daran beteiligt war, könnte man wohl von einem Unfall sprechen. Alles war in gewisser Beziehung eine Sache des Zufalls.« Er lachte. »Kismet«, sagte er. »Schicksal.«

»Yeah, Schicksal«, stimmte Chee zu. »Der alte Kojote ist an allem schuld.«

»Zum Beispiel daran, daß Sie und die junge Frau hier aufgekreuzt sind, als ich die Satteltasche holen wollte. Ich habe geglaubt, die Cops würden sie finden und die nähere Umgebung überwachen. Als ich schließlich gemerkt habe, daß das nicht der Fall war, und hergekommen bin, um die Tasche zu holen, habe ich Sie hier mit dieser Frau gesehen. Zuletzt wollte ich die Tasche bis nach dem Prozeß hier versteckt lassen. Erst sollte ein bißchen Gras über die ganze Sache wachsen.«

Während Redd das sagte, sah er sich nach etwas um, mit dem er die festsitzende Tasche lockern konnte. Er begutachtete Chees Ast, griff aber nicht danach. »Die Tasche hat fast ein Jahrhundert hier oben gelegen. Was sind da schon ein paar weitere Monate?«

»Was haben Sie vorhin mit der Behauptung gemeint, es sei eine Ironie des Schicksal gewesen, daß Pinto den Professor erschossen habe?« fragte Chee.

»Nun ja«, sagte Redd und griff so weit wie irgend möglich in die Felsspalte, »Tagert hat dem Alten den Scotch gegeben, verstehen Sie? Er hat ihn dazu verführt. Hat ihn an der Flasche riechen lassen. Hat ihm erzählt, er habe eine ganz süße Marke gekauft, eben wegen Pintos Vorliebe für Süßes.« Er lachte. »Ich glaube, daß er den Whiskey mit Süßstoff versetzt hat.«

Redd sprach mit kieksend hoher Stimme weiter, um Tagert zu imitieren.

»›Versuch bloß mal ’nen Schluck! Mußt dich ja nicht gleich betrinken. Bloß mal ’nen Schluck kosten.‹ Er wollte den Alten betrunken machen, damit Pinto mehr ausplauderte, als er eigentlich sagen wollte. Das hat mir Tagert auf dem Weg zu Pinto selbst erzählt. Er hat gesagt: ›Engagiert man den alten Knaben, um sich etwas erzählen zu lassen, versucht er immer, die eine oder andere Kleinigkeit zurückzuhalten, aber bei Whiskey kann er nicht nein sagen. Wenn er also störrisch wird, setze ich ihn unter Alkohol – und sobald er betrunken ist, erzählt er mir ...‹ «

Redd grunzte plötzlich. Er strengte sich an, um noch tiefer in den Felsspalt hineinzugreifen. »Ah«, sagte er, »jetzt hab’ ich dich!«

In diesem Augenblick stieß die Klapperschlange zu.

Redd fuhr mit einem Aufschrei zurück, hielt die Satteltasche jedoch instinktiv weiter fest. Die große graue Schlange, die ihre Giftzähne in die Nackenmuskeln dicht unter seinem linken Ohr geschlagen hatte, hing zappelnd seitlich von seinem Hals herab. Redds lauter Schreckensschrei wurde zu einem entsetzten Gurgeln. Er ließ die Satteltasche fallen, packte die Rautenklapperschlange an ihrem flachen, dreiecksförmigen Kopf, riß sie los und schleuderte sie zwischen die Felsblöcke davon.

Chee vergeudete etwa zwei Sekunden, in denen er das alles beobachtete. Zuerst war er zu verblüfft, um zu flüchten; dann glaubte er, Redd werde auch die Waffe fallen lassen. Als er es nicht tat, rannte Chee los.

In schwierigem Gelände rasch voranzukommen, ist eine natürliche Gabe junger Männer, die in einer Kultur aufwachsen, in der läuferische Fähigkeiten geachtet werden und zugleich nützlich sind. Schon nach einer Minute wußte Chee, daß Redd ihn nicht mehr aufspüren konnte, und blieb stehen, um sich umzusehen und zu horchen. Der Schneefall hatte zugenommen, und die Flocken waren nicht mehr klein und trocken. Sie hafteten lange Sekunden an den schwarzen Felsen, bevor die im Gestein gespeicherte Wärme sie schmelzen ließ.

Redd verfolgte ihn nicht. Damit hatte Chee auch nicht gerechnet. Obwohl Redd nicht allzu viel von Schlangen zu verstehen schien, hatte er bestimmt erkannt, daß es eine Klapperschlange gewesen war. Und vermutlich wußte er auch, wie verdammt gefährlich ein Schlangenbiß in den Hals war. Dort war das Gift nur eine Handbreit vom Gehirn entfernt. Nein, Redd würde sich beeilen, schleunigst Hilfe zu bekommen.

Chee kletterte weiter und suchte einen Platz, von dem aus er die Felsformation überblicken konnte. Er fand einen und entdeckte Redd trotz des starken Schneetreibens fast augenblicklich. Er hatte die Felsen hinter sich gelassen und trabte den grasbewachsenen Hang in Richtung Arroyo davon. Wahrscheinlich zu seinem Bronco II, dachte Chee. Die Satteltasche schleppte er mit sich.

Chee machte sich an den Abstieg, fand den Weg und folgte ihm zu seinem verschneiten Pickup.

Das Fahrerfenster war eingeschlagen.

Er setzte sich ans Steuer und versuchte, den Motor anzulassen. Ohne Erfolg. Chee entriegelte die Motorhaube, stieg aus und fand genau, was er befürchtet hatte.

Redd hatte die Zündkabel herausgerissen.

Chee blieb neben seinem Wagen stehen und stellte sich die nähere Umgebung wie auf einer Landkarte vor. Das nächste Telefon befand sich im Handelsposten von Red Rock. Die Entfernung dorthin? Mindestens fünfzehn Meilen, vermutlich eher mehr. Wenn er im Schneesturm die ganze Nacht durchmarschierte, konnte er den Handelsposten morgen früh etwa zur Öffnungszeit erreichen.

23

Kurz nach 10.30 Uhr drückte Chee im Federal Building in Albuquerque auf einen Knopf, um mit dem Aufzug nach oben zu fahren. Er sah aus wie ein Mann, der eine schlaflose Nacht damit verbracht hat, durch einen Schneesturm zu marschieren – und genauso war es auch gewesen. Wegen des Schneesturms war der ohnehin spärliche nächtliche Verkehr auf der Navajo Route 33 ganz zum Erliegen gekommen. Übrigens ein Schneesturm, der das ausgetrocknete Four Corners County mit weniger als fünf Zentimetern Schnee bedeckt hatte, die jedoch genügten, um die Leute zum Daheimbleiben zu veranlassen.

Erst bei Tagesanbruch hatte Chee endlich den Handelsposten von Red Rock und damit ein Telefon erreicht. Von dort aus hatte er seine Dienststelle in Shiprock angerufen und alles gemeldet, was sich ereignet hatte. Danach hatte er bei Mesa Airlines angerufen und sich einen Platz in der Neun-Uhr-Maschine reservieren lassen. Zuletzt hatte er einen Frühaufsteher, einen Navajo-Rancher, der eigentlich nur zum Tanken vorbeigekommen war, dazu überredet, ihn zu seinem Trailer und anschließend zum Flugplatz zu fahren.

Vom Flugplatz aus hatte Chee versucht, Janet Pete und den Staatsanwalt Hugh Dendahl zu erreichen. Beide waren schon auf dem Weg zum Federal Building gewesen. Er hatte für beide eine Nachricht hinterlassen.

Ein U.S. Marshal in einem Anzug, der letztes Jahr vielleicht noch groß genug gewesen war, erkannte ihn auf dem Weg zum Gerichtssaal.

»Wo haben Sie gesteckt, verdammt noch mal?« wollte er wissen. »Dendahl hat Sie überall gesucht.«

»Hat er meine Nachricht nicht bekommen?«

Der Marshal schüttelte den Kopf. »Keine Nachricht. Er hat sich um die Anwesenheit seiner Zeugen gekümmert.«

»Mir hat er gesagt, ich würde erst nachmittags gebraucht«, antwortete Chee. »Möglicherweise sogar erst morgen, falls die Auswahl der Geschworenen länger dauert als erwartet.« Möglicherweise überhaupt nicht, wenn er von Redd erfährt, dachte Chee dabei. Dann muß das gesamte Verfahren von neuem aufgerollt werden.

»Die Geschworenen stehen fest«, sagte der Marshal. »Nach der Anklageverlesung beginnen die Zeugenaussagen. Vielleicht braucht er Sie gleich nach dem Mittagessen.«

»Okay, ich bin da«, sagte Chee.

Der Marshal betrachtete ihn prüfend. Sein mürrischer Gesichtsausdruck blieb kritisch.

»Wohnen Sie in der Nähe?« fragte er. »Dann könnten Sie heimfahren und sich um ein etwas zivilisierteres Äußeres kümmern. Eine Rasur könnten Sie sicher ganz gut vertragen.«

»Ich wohne in Shiprock«, antwortete Chee. »Leihen Sie mir Ihren Kugelschreiber? Und haben Sie auch ein Stück Papier?«

Der Marshal hatte ein Notizbuch in der Innentasche seiner Anzugjacke. Chee schrieb hastig zwei fast gleichlautende Mitteilungen an Janet Pete und Hugh Dendahl. Er nahm an, daß er als späterer Zeuge nicht mehr in den Saal gelassen werden würde. Aber das spielte alles keine Rolle mehr. Dieses Verfahren würde ohnehin nicht mehr stattfinden.

»Danke«, sagte Chee und gab dem Marshal den Kugelschreiber zurück. »Jetzt muß ich zusehen, daß Dendahl diese Nachricht bekommt.«

An der Saaltür hielt ihn der Gerichtsdiener auf.

Chee faltete die beiden Zettel zusammen und gab sie ihm. »Dieser hier ist für Dendahl«, stellte er fest. »Und dieser hier für Janet Pete.«

Im Saal schien sich etwas Ungewöhnliches zu ereignen. Die Geschworenen wurden hereingeführt. Janet, Dendahl sowie ein Staatsanwalt, den Chee nicht kannte, standen um den Richtertisch herum. Richterin Downey war sichtlich aufgebracht.

»Was ist denn los?« fragte Chee.

»Schwer zu sagen«, antwortete der Gerichtsdiener. »Soviel ich mitbekommen habe, will der Alte seine Aussage widerrufen. Aber er hat verlangt, daß die Geschworenen anwesend sind, weil er eine Erklärung abzugeben hat.«

»Seine Aussage widerrufen?« fragte Chee ungläubig. »Soll das heißen, daß er sich schuldig bekennen will?«

»Kann ich nicht beurteilen«, sagte der Gerichtsdiener mit einem Blick, der deutlich zeigte, was er von Chees Geistesgaben hielt. »Seine Anwältin hat auf nicht schuldig plädiert, folglich müßte eine Änderung wohl auf ein Geständnis rauslaufen.«

»Hören Sie«, fuhr Chee fort, »dann sind diese Mitteilungen um so wichtiger. Können Sie dafür sorgen, daß die beiden sie sofort bekommen?«

Der Gerichtsdiener zog eine skeptische Miene. »Wenn Sie meinen«, sagte er und watschelte den Mittelgang hinunter.

Chee betrat den Saal, setzte sich in eine der hintersten Reihen und hörte zu.

Auch Hosteen Pinto saß da und wartete. Er wurde auf Chee aufmerksam, sah zu ihm hinüber und nickte ihm zu. Die Besprechung am Richtertisch ging zu Ende. Janet setzte sich neben den Alten und flüsterte ihm etwas zu. Ashie Pinto schüttelte den Kopf. Richterin Downey klopfte irritiert mit ihrem Holzhammer auf den Richtertisch. Der Gerichtsdiener wartete geduldig auf eine Gelegenheit, Chees Mitteilungen überbringen zu können.

»Ins Protokoll wird aufgenommen, daß der Angeklagte beantragt hat, seine zur Anklage abgegebene Erklärung ändern zu dürfen«, sagte Richterin Downey. »Weiterhin wird aufgenommen, daß der Angeklagte nach Rücksprache mit seiner Verteidigerin beantragt hat, die Geschworenen in den Saal holen zu lassen. Es wird ebenfalls aufgenommen, daß der Angeklagte vor Gericht eine Erklärung abgeben möchte.«

Janet Pete nickte Ashie Pinto zu. Er stand auf, sah sich gemächlich im Saal um und fuhr sich mit dem Handrücken über die Lippen.

»Ich bin ein alter Mann und schäme mich«, begann Hosteen Pinto. Seine Stimme klang überraschend kräftig. »Ich möchte, daß jedermann erfährt, wie es dazu gekommen ist, daß ich den Polizisten erschossen habe. Und wie es dazu gekommen ist, daß ich ...«

Der Dolmetscher machte ihm ein Zeichen, daß er zunächst nicht weiterreden solle. Er wirkte verblüfft und verunsichert, während er das Geständnis ins Englische übersetzte, nickte ihm dann zu und sagte: »Jetzt kannst du weiterreden.«

Chee saß wie vor den Kopf geschlagen da. Pinto hatte Nez erschossen? Also nicht Redd? Er hatte angenommen, daß Redd log. Er hatte angenommen...

»Und wie es gekommen ist«, fuhr Ashie Pinto fort, »daß ich als junger Mann bei einem Sing- und Tanzfest auf der Crooked Ridge einen Mann aus dem Clan meines Vaters erschlagen habe. Es war jedesmal derselbe Grund: Whiskey, immer wieder Whiskey.« Von mehreren Ausdrücken für Whiskey, die Navajos kannten, benutzte Pinto den einen, der »Wasser der Dunkelheit« bedeutete. Danach machte er eine Pause und blieb mit leicht gebeugtem Kopf stehen, während der Dolmetscher übersetzte.

Chee beobachtete Janet Pete. Sie wirkte traurig, aber keineswegs überrascht. Pinto mußte sich ihr endlich anvertraut haben. Er hatte vor Gericht sprechen wollen, und sie hatte ihm diese Gelegenheit verschafft. Wann?

Der ganze Saal hörte gespannt zu, als Pinto jetzt weitersprach.

»...und als sie dort von den Felsen runtergekommen sind – Mr. Redd und der Mann, den ich später erschießen würde –, hat der Mann einen Revolver in der Hand gehabt. Mit diesem Revolver hat er Mr. Redd bedroht. Der Mann mit dem Revolver war auch der Mann, der mir den Whiskey gegeben hat. Er hatte mir schon früher welchen gegeben, wenn ich für ihn gearbeitet habe. Er wußte genau, daß ich keinen Whiskey vertrage. Er wußte genau, daß ich böse Dinge tue, wenn ich Whiskey trinke. Daß ich ihm Dinge erzähle, die ich eigentlich nicht erzählen wollte. Und er wußte auch, daß Whiskey meine Zunge löst. Daß ich mit Whiskey im Bauch nicht mehr ich selbst bin, weil er den Wind, der in mir weht, schwarz wie die Nacht macht.«

Der Dolmetscher zupfte Pinto am Ärmel.

»Nicht so schnell!« ermahnte er ihn.

Pinto hatte zu schnell gesprochen. Der Dolmetscher hatte Mühe, seinen Wortschwall zu übersetzen, ohne etwas auszulassen.

Pinto erzählte ihnen, daß Redd ein guter junger Mann sei, daß er ihm ein Zeichen gegeben habe, dem Mann den Revolver wegzunehmen, und daß er die Waffe an sich gebracht habe, als sie zu dritt ins Auto gestiegen seien, um wegzufahren.

»Dann hab' ich auf ihn geschossen«, sagte Pinto aus. »Neben dem Wagen. Und noch ein zweites Mal.«

Der Dolmetscher übersetzte.

»Dann hat Mr. Redd die Leiche des Mannes weggeschafft. Ich glaube, er wollte nicht, daß die Polizei ihn findet. Der Mann, den ich erschossen hatte, war sehr klein, und Mr. Redd ist groß und hat ihn in die Felsen raufgeschleppt, wo ihn niemand finden würde. Ich habe dort neben dem Auto gewartet, als der Polizist herangefahren kam. Er hat davon gesprochen, ich hätte irgendwas angemalt. Ich wußte nicht, was er meinte, aber ich hatte Angst, daß er mich verhaften würde, darum hab' ich ihn auch erschossen.«

Der Dolmetscher übersetzte weiter, aber Chee wollte nicht noch mehr hören. Er fragte sich noch immer, weshalb der Alte den Streifenwagen angezündet hatte. Vielleicht würde Pinto auch das erklären, aber Chee hatte vorerst genug. Er hastete aus dem Saal und zum Aufzug.

Chee hatte sich vom Flughafen aus ein Taxi genommen. Einmal kein eigenes Auto zu haben, war eine merkwürdige Erfahrung, mit der er noch nicht ganz zurechtkam. Er ging zu der Cafeteria im Erdgeschoß, bestellte sich einen Kaffee und dachte nach. Er hatte Kopfschmerzen, was ebenso ungewöhnlich war wie der Umstand, daß er keinen Wagen hatte. Wahrscheinlich war daran diese Nacht ohne Schlaf schuld. Oder die Tatsache, daß er nichts gefrühstückt hatte. Obwohl er eigentlich nicht hungrig war, bestellte er einen Hamburger dazu.

Redd war inzwischen vermutlich schon verhaftet. Oder tot. Falls er sich nicht schnellstens in ärztliche Behandlung begeben hatte, mußte das Schlangengift tödlich gewirkt haben. Chee dachte darüber nach – und über den Wert von drei- oder vierhunderttausend Dollar in Briefmarken. Was hätte Redd sich davon kaufen können, das er nicht schon besaß? Einen besseren Wagen? Ein besseres Haus? Dann gestand er sich ein, daß er darüber nachdachte, weil er nicht an die Mitteilung denken wollte, die er Janet geschickt hatte. Wie Dendahl auch, aber den sollte der Teufel holen!

Empfehle dringend einen Antrag auf Vertagung, hatte Chee beiden geschrieben. *Ich glaube nicht, daß Pinto der Täter war. Redd war mit am Tatort. Er hat Oberst Ji erschossen. Ich glaube, daß er Tagert und Nez ermordet hat. Und ich glaube, daß wir das alles beweisen können.*

Wieder falsch geraten! Redd hatte Oberst Ji ermordet, weil er dachte, Ji habe zuviel gesehen. Er hatte befürchtet, Ji hätte die toten Banditen und die Briefmarken finden können.

Danebengetippt. Wie dämlich er jetzt dastehen mußte. Und wie dämlich er sich fühlte.

Chee aß langsam seinen Hamburger und dachte daran, wie Janet ihn im Aufzug umarmt hatte. War das vor oder nach Pintos Geständnis ihr gegenüber gewesen? Seine Erinnerung an diesen Augenblick sagte ihm, daß es danach gewesen sein mußte. Daß sie bereits gewußt hatte, daß Pinto schuldig war. Aber wozu dann diese Umarmung? Und es war eine wunderbare Umarmung gewesen, bei der sich Janet an ihn geschmiegt hatte. Die Umarmung war so ziemlich der einzige Lichtblick in dieser verfahrenen Situation.

Dann kam Janet auf ihn zugehastet.

»Ich hab' dich drinnen gesehen«, sagte sie und setzte sich neben ihn in die Nische. »Wieviel hast du mitbekommen, bevor du gegangen bist?«

»Alles bis zu der Stelle, wo er gestanden hat, Delbert erschossen zu haben«, antwortete Chee. »Da bin ich lieber gegangen. Hab' ich was verpaßt?«

»Nur noch Mr. Pintos Schlußwort über den Whiskey. Daß er alle zerstört, die mit ihm in Berührung kommen. Er hat das Gericht beschworen, sämtlichen Whiskey der Welt wegschütten zu lassen. Auf diese Gelegenheit hatte er gewartet. Das war auch der Grund für sein hartnäckiges Schweigen. Er hat sich daran erinnert, wie er einmal verurteilt und ins Gefängnis geschickt worden ist. Deshalb wollte er diese Gelegenheit nutzen, um die ganze Welt vor dem Whiskey zu warnen.«

»War gut gemeint, schätze ich«, sagte Chee. »Jedenfalls genau das, was man von einem verrückten alten Navajo-Schamanen erwartet. Das gesprochene Wort hat große Macht, weißt du.« Seine Stimme klang verbittert.

Janet grinste nur. »Warum so sarkastisch? Es hat wirklich Macht. Hast du die Leute von der Presse gesehen? Der Alte wußte genau, wann er auspacken mußte!«

Ihr Grinsen verschwand. »Ich hab' deine Nachricht bekommen. Du mußt mir alles erzählen. Über Odell Redd, meine ich.«

»Okay«, stimmte Chee zu. »Möchtest du was essen?«

»Danke, ich trinke nur einen Kaffee.« Sie machte der Bedienung ein Zeichen. »Wie bist du Redd auf die Schliche gekommen?«

»Du meinst, wie ich herausbekommen habe, daß er Delbert Nez erschossen hat? Wie ich auch in dieser Beziehung versagt habe?«

Ihr fiel sein Tonfall auf. Sie war jetzt ganz ernst.

»Du hast keineswegs versagt. Du hast Ashie Pinto verhaftet. Du hast ihn trotz deiner Verletzungen festgenommen. Die Schuld liegt bei mir. Ich habe ihn für unschuldig gehalten.«

»Yeah«, sagte Chee. »Schon gut.«

»Ich hab' mich auch in anderer Beziehung getäuscht«, fuhr Janet fort.

»Zum Beispiel?«

»Zum Beispiel in bezug auf dich«, sagte sie. »Du hast erreicht, daß ich eine Zeitlang geglaubt habe, du wolltest nur beweisen, daß du recht hast.«

»Wie meinst du das?« fragte er.

»Ach, vergiß es einfach!« sagte sie. Und zu Chees Überraschung umarmte Janet Pete ihn nochmals – diesmal sogar noch fester.

24

Leaphorn hatte den ganzen Morgen in seinem Dienstzimmer verbracht. Kurz nach zehn Uhr lehnte er sich in seinem Stuhl zurück und genoß sekundenlang den Anblick, der sich ihm bot: Sein Eingangskorb war geleert, sein Ausgangskorb voll, aber ordentlich, der Schreibtisch leer. Überall blankes Holz. Lediglich der Kugelschreiber auf der Schreibunterlage störte noch.

Er griff nach dem Kugelschreiber, ließ ihn in die oberste

Schublade fallen und betrachtete seinen Schreibtisch erneut. Noch besser.

Dann befaßte er sich wieder mit dem Mordfall Nez. Er holte den *Gallup Independent* aus dem Papierkorb, in dem die Zeitung in seinem Anfall von Aufräumwut gelandet war. Er las den Bericht über Ashie Pintos Geständnis und seine Verdammung des Alkohols noch einmal.

Leaphorn war Wort für Wort damit einverstanden. Der Tod in der Flasche, so hatte Pinto ihn genannt. Ganz recht! Elend, Sorgen und Tod.

Wie die Zeitung meldete, hatte Richterin Downey ihre Urteilsverkündung aufgeschoben, bis ein von Ärzten und Psychiatern erstelltes Gutachten über Pinto vorlag. Unter diesen Umständen konnte höchstens lebenslängliche Haft verhängt werden. Das Urteil würde vermutlich auf etwas weniger lauten – aber der Unterschied zwischen lebenslänglich und zehn Jahren war bedeutungslos. In der Zeitung stand, daß Pinto »ungefähr achtzig« sei.

Seine Befriedigung über den leeren Schreibtisch verflüchtigte sich allmählich. Leaphorn dachte über Officer Jim Chee nach. Ein Versager, aber ein interessanter junger Mann. Intelligent, wie er alle Zusammenhänge miteinander verknüpft hatte. Aber aus ihm würde niemals ein guter Verwaltungsmann werden. Und auch kein Teamspieler, wie es die Polizeiarbeit oft erforderte.

Vielleicht eignete sich Chee wie Leaphorn besser für Ermittlungsarbeiten? Der Lieutenant lächelte bei diesem Gedanken. Wo man ruhig ein Versager sein konnte, wenn man nur ab und zu einen kreativen Gedanken hatte. Er würde mit Captain Largo darüber sprechen. Largo kannte Chee besser als er.

Leaphorn dachte über die seltsamen Umstände des Mordfalls Nez nach.

Seine Mutter hätte gesagt, Kojote habe auf Nez gewartet. Pech gehabt. Wie Redd übrigens auch. Ihm war es anscheinend nur um eine anständige Entlohnung für seine Arbeit als Linguist gegangen. Und sein Spiel war damit zu Ende gegangen, daß er den falschen Mann aus dem falschen Grund ermordet hatte. Jedenfalls hatte Kojote auch Redd erwischt. Autofahrer hatten seinen alten Bronco in einem Straßengraben entdeckt und Redd in ein Krankenhaus gebracht, wo die Ärzte nur noch seinen Tod feststellen konnten.

Leaphorn drehte sich nach der Wandkarte um und zog die wenigen Nadeln heraus, die mit diesem Fall zusammenhingen. Sie hatten nicht sonderlich viel gebracht.

Sogar eine Nadel für Professor Bourebonette. Die Frage ihres Motivs.

Er lächelte in sich hinein, während er darüber nachdachte. Emma hatte ihm häufig vorgeworfen, er sei zu zynisch. Auch diesmal hatte sie wie so oft recht behalten.

Lieutenant Leaphorn hatte Louisa Bourebonette überprüfen lassen. Er hatte einen alten Freund in der Fakultät für Anthropologie an der Arizona State University angerufen und ihn gefragt, ob er jemanden an der Northern Arizona University kenne, der wiederum Professor Bourebonette kenne? Ob sich feststellen lasse, wie weit sie mit ihrem neuen Buch sei? Die Auskunft war eindeutig gewesen: Das Manuskript befand sich beim Verlag; das Buch würde im kommenden Frühjahr erscheinen. Soviel dazu. Er würde sich ein Exemplar kaufen, denn es interessierte ihn wirklich.

Auf der nächtlichen Rückfahrt vom Handelsposten Short Mountain hatten sie über Mythologie diskutiert. Sie hatte ein bißchen geredet und ein bißchen geschlafen, und als sie aufgewacht war, war sie sehr gesprächig gewesen. Sie hatte ihn nach seiner Kenntnis der Navajo-Mythen gefragt und sich dafür interessiert, woher sie stammte. Und sie hatten über das Wesen der Phantasie diskutiert. Wie die menschliche Intelligenz funktioniert. Über den Unterschied zwischen Intelligenz und Verstand. Es war eine angenehme Fahrt gewesen. Sie hatte auch von ihrem Aufenthalt in Kambodscha und Thailand gesprochen, wo sie Animismus-Mythen gesammelt und mit Schamanen zusammengearbeitet hatte, die den genauen Ort bestimmen, an dem die Gebeine eines wichtigen Vorfahren aufbewahrt werden müssen, um der Familie Glück zu bringen.

Von seinem Fenster aus konnte Leaphorn jetzt einen Konvoi von vier großen Viehtransportern sehen, die vor den Stammesställen jenseits der Navajo Route 3 hielten. Das mußten die Jungstiere für das Rodeo der alljährlichen Tribal Fair sein. Er verzog das Gesicht. Der Jahrmarkt war ein Problem für sämtliche Cops des Reservats. Außerdem bedeutete er auch, daß der Winter kam.

Dieses Jahr fürchtete er den Winter.

Er würde zum Mittagessen gehen. Allein. Er griff nach seiner Mütze, setzte sie auf. Nahm sie wieder ab. Griff nach dem Telefonhörer. Wählte die Auskunft.

Sie meldete sich nach dem zweiten Klingeln. »Hallo.«

»Hier ist Joe Leaphorn«, sagte er. »Wie geht's Ihnen?«

»Ausgezeichnet«, antwortete sie. »Sind Sie hier in Flagstaff?«

»Window Rock«, sagte er. »In meinem Büro.«

»Oh? Ich habe übrigens gehört, daß Sie sich nach mir erkundigt haben. Wegen meines Buchs.«

»Ich war skeptisch, was Ihre Motive anging«, gab Leaphorn zu. »Einer meiner Fehler. Zynismus. Emma hat mir das oft vorgeworfen.«

»Nun, damit muß man wohl rechnen. Bei einem Polizisten.«

»Professor Bourebonette, ich reise demnächst nach China«, sagte Leaphorn. »Wollen Sie nicht mitkommen?«